新 潮 文 庫

季節のない街

山本周五郎著

新 潮 社 版

1924

目次

主要登場人物一覧

六ちゃん…………「電車ばか」。
くに……………六ちゃんの母。てんぷら屋の女主人。
島悠吉（島さん）…興信所の職員。
島さんの妻
小田滝三…………古物商。
富川十三夫………島さんの隣人。
松井………………島さんの同僚。
井河………………島さんの同僚。
野本………………島さんの同僚。
半助………………細工師。
斎田先生
岡田辰弥…………新聞社の給仕。
伸弥………………辰弥の兄。
光雄………………辰弥の異父弟。

辰弥の母
増田益夫……………日雇い人夫。
勝子……………益夫の妻。
河口初太郎……………日雇い人夫。
良江……………初太郎の妻。
父親
子供
八田公兵……………自称事業家。
徳さん……………島さんの隣人。博奕打ち。
くに子……………徳さんの妻。
平さん……………マットレス作りの男。
女
寒藤清郷……………「憂国塾」の塾頭。
八田忠晴……………「憂国塾」の塾生。
お富さん……………後家。

せい子……………舟八百屋、本田政吉の妻。
じん……………せい子の息子。
治助
はつ……………治助の妻。
沢上良太郎……刷毛作りの職人。
みさお…………良太郎の妻。
太郎……………良太郎の長男。
次郎……………良太郎の二男。
花子……………良太郎の長女。
四郎……………良太郎の三男。
梅子……………良太郎の二女。
綿中京太………元教師。
たね……………京太の妻。
かつ子…………たねの姪。
時岡かなえ……たねの妹。かつ子の実母。
岡部定吉………酒屋「伊勢正」の店員。
土川春彦………自称事業家。

ばんくん……………春彦の同居人。
福田肇……………廃品回収業の手伝い。
光子………………肇の妻。
相沢七三雄………廃品回収業。
ます………………七三雄の妻。
塩山慶三…………郵便局の配達人。
るい………………慶三の妻。
はる………………慶三の長女。
ふき子……………慶三の二女。
とみ子……………慶三の三女。
たんばさん………彫金師。
惣さん……………いも屋。
曾根隆助…………左官。
琴…………………隆助の妻。
孝さん……………運送店の店員。

季節のない街

街へゆく電車

その「街」へゆくのに一本の市電があった。ほかにも道は幾つかあるのだが、市電は一本しか通じていないし、それはレールもなく架線もなく、また車躰《しゃたい》さえもないし、乗務員も運転手一人しかいないから、客は乗るわけにはいかないのであった。要するにその市電は、六ちゃんという運転手と、幾らかの備品を除いて、客観的にはすべてが架空のものだったのである。

運転手の六ちゃんは「街」の住人ではない。中通りと呼ばれる、ちょっとした繁華街に、母親のおくにさんと二人でくらしていた。父親はなかった。死んだのか別れたのか、その消息は誰も知らないが、ともかく父親を見た者はなかった。おくにさんは女手でてんぷら屋をいとなみ、六ちゃんと二人で肩身せまくくらしていた。

――断わっておくが「てんぷら」屋といっても、じつは精進揚げのことである。

おくにさんは四十がらみで、顔も軀《からだ》も肥えていた。眼にはあらゆる事物に対する不信と疑惑のいろを湛《たた》え、口は蛤《はまぐり》のように固くむすばれ、いくらか茶色っぽいかみの毛は、油っけなしのひっ詰め髪に結われていた。古い伊勢縞《いせじま》か、木綿の布子《ぬのこ》か、夏は洗いざらした浴衣《ゆかた》に白い割烹《かっぽう》前掛をつけ、夏冬とおして衿《えり》に手拭《てぬぐい》を掛けていて、黙っててんぷらを揚げたり、客の応対をしたりするのであった。衿に掛けた手拭と、白い割烹前掛とが、喰《た》べ物を扱う彼女の動作を、いかにも清潔らしく見せるように感じられた。

おくにさんは無口だった。客にもよけいなあいそは云《い》わず、あたしの揚げるてんぷらの味が充分にあいそを云っている筈《はず》だ、と自負しているようなそぶりがちらちらした。——事実はそうでなく、絶えまなしに六ちゃんのことが気にかかり、絶えまなしにおそっさまの御利益《ごりやく》や、奇蹟《きせき》や、効験あらたかな祈禱師《きとうし》の噂《うわさ》などが、そのいくらか茶色っぽいかみの毛を油けなしでひっ詰め髪に結った頭の中で、せめぎあっていたのだ。

一日のしょうばいが終り、店を閉め、寝る支度をすませてから、おくにさんは仏壇を開いて燈明《とうみょう》と線香をあげ、玩具《おもちゃ》のような団扇《うちわ》太鼓を持って、六ちゃんと並んで坐《すわ》る。できるなら標準型の団扇太鼓にしたいのだが、近所に遠慮があるし、（なぜなら近所にはてんぷらを買ってくれる客が多いから）まさか太鼓の大小によって、おそっさまの機嫌が変るものでもあるまいと思い、多少ひけめを感じながら、その小さな太鼓でまにあわせているのであった。

「*なんみょうれんぎょう」坐るとすぐに六ちゃんが、仏壇に向っておじぎをしながら、母親に先んじてお願いをする、「――おそっさま、毎度のことですが、どうか、かあちゃんの頭がよくなるように、よろしくお願いします。なんみょうれんぎょう」

そして、おくにさんが玩具のような団扇太鼓を叩《たた》き、お題目をとなえ始めるのであった。

おくにさんの祈りが、わが子六ちゃんのためであることは断わるまでもない。にもかかわらず、お題目とおそっさまに対する祈念が、主として母親の本復を六ちゃんのほうで乞《こ》い願っているところに、天秤《てんびん》の狂いのようなものがあった。

六ちゃんはふざけているのではない、あてつけや皮肉でそんなことをするのでもなかった。かあちゃんが自分のことで世間に肩身のせまいおもいをし、自分のためにおそっさまを拝んだり、お呪禁《まじない》をしたり、いろいろな祈禱師を招いたりするのはわかっていた。そんな必要はない、かあちゃんはそんな心配をすることなんか少しもないのだ。

どうしてそんなに心配ばかりするのさ、かあちゃん、なにが不足なんだい、と六ちゃんは幾たびも云った。そうだよ、不足なんかなんにもないよ、心配なんかしちゃあいないよ、とおくにさんはいつも答えるが、その顔にあらわれている望みを失ったような悲しみの影は、消えも弱まりもしなかった。六ちゃんにはそれが気がかりなのだ、このままでなんの不足もないのに、精をすり減らしているかあちゃんが哀れで、そんなかあちゃんをなんとかしてまともなものにしてやりたい、と念じているのであった。

「お願いします、おそっさま」おくにさんのとなえるお題目のあいまに、六ちゃんはしんそこ祈るのであった、「——毎度のことで飽き飽きするかもしれないが、かあちゃんのことはよろしくお頼みします、なんみょうれんぎょう」

おくにさんは胸がせつなくなってくる。もうなん年となく同じおつとめを欠かさずやっているのだが、わが子のその祈願を聞くたびに、そのたびごとに胸がせつなくなり、涙がこぼれそうになった。

この子はこんなに親おもいで、こんなにちゃんと口もきける、きっといまに頭もまともになるだろう、おくにさんはそう信じようとする。六ちゃんはそういうかあちゃんの顔を、憐《あわ》れむような眼つきで見まもり、ちょうど母親が怯《おび》えている子をなだめるように、大丈夫だよ、なにも心配することはないよ、万事うまくいってるじゃないか、気を楽にしなよ、と云いきかせるのであった。

六ちゃんが好きなのはかあちゃんと、「街」の住人である半助と、半助の飼い猫のとらだけで、反対に云えば、この二人と一匹だけは六ちゃんのことを好いていた。その他の人たちを六ちゃんは好かない。かれらは六ちゃんをからかったり、悪口を云ったり、六ちゃんの運転する市電の妨害をしたりする。特に、市電の運転の邪魔をする者が多いので、六ちゃんは気のしずまるときがなかった。

じつに知恵のないはなしだが、その町内の人たち、ことに子供たちは、六ちゃんのことを電車ばかと呼んでいた。そうかもしれない、客観的にはそれが当っているかもしれないが、主観的には六ちゃんはもっとも勤勉で、良心的な、市電の運転手であった。

朝、――起きるとすぐに、六ちゃんは電車の点検をする。電車は車庫の中にあり、車庫は家の横のろじにある。

狭い勝手の揚げ蓋《ぶた》の隅に、古い蜜柑箱《みかんばこ》があって、その中に口の欠けた醤油注《しょうゆつ》ぎや、ペンチや、ドライバーや、油じみた軍手や、ぼろ布が整頓《せいとん》されてある。これらは客観的にも存在するのだが、そこにはまたコントローラーを操作するハンドルや、名札や、腕時計や、制帽などが、主観的には存在するのである。口の欠けた醬油注ぎも、主観的には油差であった。

六ちゃんは油差とドライバーとペンチを持って車庫へゆき、自分の運転する電車を点検する。客観的にはなにも存在しないのだが、六ちゃんの主観には、そこにはっきりそれが見えるらしい。彼は仔細《しさい》ありげに眉《まゆ》をしかめたり、ときには舌打ちをしたり、片手で顎《あご》を撫《な》でたりしながら、その電車のまわりをぐるっと廻ってみる。ボディーを手で叩き、踞《かが》んで、ボディーの下の車軸や、エンジンの連結部を眺めたりするのだ。

「しゃあねえな」六ちゃんは頭を振って呟《つぶや》く、「整備のやつ、なにょ*うしてるんだ、なっちゃねえじゃねえかな」

彼はドライバーを使ってどこかを直し、ペンチを使ってどこかを直し、軸受のところを足で蹴《け》ってみる。もういちど蹴ってみて、首をかしげて舌打ちをし、さも不満そうに舌打ちをする。

「もうこいつも古いからな」六ちゃんは怠け者の整備係に譲歩して呟く、「やつらに小言を云ってもしゃあねえだろう」

終って顔を洗い、朝めしが済むと出勤であるが、おくにさんがしょうばいの材料を買出しにゆく日は、帰って来るまで待たなければならない。買出しはたいてい一日おきであるが、毎日のときもあって、すると六ちゃんは苛立《いらだ》っておちつかず、こんなに遅刻が続いては成績に影響する、と不平を云うのであった。

出勤するときは勝手へまわる。例の蜜柑箱から制帽を取ってかぶり、油じみた軍手をはめ、コントローラー用のハンドルと名札を取りあげる。右のうち現実に存在するのは軍手だけで、他の三品が客観的には架空なものなことは、まえに記したとおりである。

六ちゃんは電車へ乗り、まず名札を札差に入れ、ハンドルをコントローラーの*ノッドへ嵌《は》め込む。そして右手で*制動機のハンドルを摑《つか》み、左廻しにがらがらと廻してみてから、次に右へがらがらと廻し、制動機に故障のないことを慥《たし》かめる。これらの動作は毎日きちんと、狂いのない順序で行われるし、六ちゃんの顔には、どんなに優秀な運転手よりも敏感そうでするどい、しんけんそのものといった表情があらわれるのであった。

「さあ」と彼は呟く、「発車しようぜ」

そして制動機をがらがらとゆるめるのだが、これは右手で摑んだハンドルを放して、右の腕をちょっとあげればいい。すると制動機はがらがらと巻き戻るのであった。

人は六ちゃんのことを「電車ばか」と呼ぶ。

六ちゃんはばかではなかった。ひとびとの意見にさからうようだが、彼は幾人もの専門医の診察によって、白痴でもなく、精神薄弱児でもないことが、繰り返し証明された。彼は小学校を出ている。だが初めから終りまで、なんにも勉強しなかったため、各学年の修業免状も、卒業証書も貰《もら》えなかった。彼は学齢に達したとき小学校にはいり、六年かよって小学校を出たのだ。学課はなに一つまなばなかったし、体操も遊戯もしなかった。初めて教室へはいったときから、ずっと電車の絵ばかり描いてい、六年のあいだ、ただもう電車の絵だけを描き、家にいるときは電車の運転に没頭しようとした。

人が彼をばかと呼ぶとおり、慥かに六ちゃんの電車は現実には存在しないし、それを発車させ、運転し、終電に至って入庫させるまでの作業は、すべて架空なものであった。

けれども、それなら現実に市電を運転している者はどうであろうか。——中通りを北へいって、橋を渡り、横丁を一つ越すと本通りがあって、市電やバスや、各種の車が往来している。それはみな、現実の運転手によって、現実に運転されているのであり、その事実には些《いささ》かの疑問もないが、しかし、はたしてそのままを信じていいだろうか。

ここに一人の運転手が、いま市電の運転をしている。だが、彼の心はそこにはない。彼はゆうべ細君とやりあったこと、またそのあと、近所の呑《の》み屋で侮辱されたことなどから、少なからず厭世《えんせい》的な気分になっており、そのため感情が苛だっていた。彼は空想の中で細君を痛烈にののしり、呑み屋で自分を侮辱した客を繰り返し殴りつけ、そんな不愉快なめにあうのも、結局は自分が市電の運転などをしているからだ、という理由で、その職業までも呪《のろ》った。こういう気分であったから、乗客の待っている停留所を素通りしてしまい、下車する客にどなられた車掌から停車のゴングを鳴らされ、慌《あわ》てて停車操作をする自分に、いっそうはらを立てる、という結果になるのだ。

もちろん、他の職業人でも同じような例があるだろう。たいていの人間が自分の職業に満足していないらしい、口ではどう云おうとも、心の中では自分の職業を嫌うか、軽蔑《けいべつ》するか、憎みさえしている者が少なくないようだ。

これらの人たちと六ちゃんを比較するのは、正しい評価ではないかもしれない。けれども、六ちゃんはまさしく、精神的にも肉躰的にも、市電を運転することにうちこんでおり、そのことに情熱を感じ、誇りとよろこびを感じているのであった。

さていま、六ちゃんは中通りを進んでゆく。左手のハンドルをローからセコンドにあげ、右手でブレーキのハンドルをしっかりと握り、そして車輪の音をまねる。

「どですかでん、どですかでん」

これははじめ、どで、すか、でん、と緩徐調*でやりだし、だんだんに調子を早めるのである。つまり、車輪がレールの継ぎ目を渡るときの擬音であって、交叉点《こうさてん》にかかると次のように変化する。

「どでどで、どでどで、どですかでん」

これは交叉する線路の四点の継ぎ目を、電車の前部車輪四組と、後部四輪とが渡る音であった。

突然、前方に不注意な通行人があらわれる。六ちゃんは足を停めて、右足の爪先《つまさき》で地面を叩きながら、がんがんがん、と警告のゴングを鳴らす。不注意な通行人は気がつかない。線路の上をまっすぐにこっちへやって来る。こういうのは殆《ほと》んどよその町の人で、六ちゃんのことを知らず、六ちゃんの運転している電車や、その線路も見えないのだ。

六ちゃんは驚いてまっ赤な顔になり、慌ててけんめいに停車操作にかかる。

「あぶないぞ」

六ちゃんは喚《わめ》きながら、左手でコントローラーをがちゃんとゼロに切替え、右手でブレーキのハンドルをぐるぐると、ありったけの力で廻し、上半身を反らせてうーっと緊《し》めあげる。口できき、とブレーキの緊《しま》る音をまね、その電車はかろうじて停車する。

「あぶないじゃないか」

六ちゃんは車窓から首を出し、赤く怒張した顔でその不注意な通行人を叱《しか》りつける。

「電車にひかれるじゃないか、電車にひかれたらどうしようもないじゃないか」それからしんけんな眼つきで睨《にら》みつける、「線路をあるくのは違反なんだ、田舎者はそんなことも知らないんだからな、ほんとに、気をつけなくちゃ困るじゃないか」

不注意な通行人は口をあけ、六ちゃんのただならぬ顔を見て、いそいで脇《わき》へよけてゆく。六ちゃんはそのうしろ姿をいまいましそうな、軽侮の眼で見やりながら、なんてまぬけなやつだ、と呟く。

「なんてやつだ」と六ちゃんは云う、「自分がどこをあるいてるかもわからねえんだからな、いなかもの」

そして、右の肱《ひじ》をあげてブレーキをがらがらと解き、コントローラーをセコンドに入れ、緩み終ったブレーキのハンドルを止めて握ると、左手で速度をあげ、どですか、でん、と進行してゆくのであった。

町内の人たちはもう六ちゃんに興味をもってはいない。六ちゃんはその町の風物の中に溶けこんでいるのだ。六ちゃん自身もかれらには無関心であるし、子供たちがわるくふざけたり、からかったりしても、ちょっと睨むだけで、まったく相手にならなかった。

中通りを三往復すると、六ちゃんはうちへ帰って休み、また三往復しては休みして、終電になる。その日の気分によって終電の時間はまちまちだが、途中で半助の飼い猫のとらに出会うと、電車を停めて抱きあげ、半助のいる「街」まで届けにゆくのであった。

とらは黒ずんだ三毛猫《みけねこ》の雄で、すばらしく大きい。顔はフットボールの球くらいもあって、まるく太く、軀もよく太っている。半助が飼うようになってからでも七年になるが、猫について見識のある人に云わせると、少なくみつもっても、十二、三年はとしをくっている、ということだが、この界隈《かいわい》でとらがボスのナンバー・ワンであることには、紛れがなかった。

「どうしたとら」六ちゃんは抱きあげたとらに話しかける、「今日はなにを停らした、トラックか電車か」

とらはにゃあと答える。声は出ない、にゃあというように口はあくが、声は出さないのである。交尾期や日常の闘争で声帯を酷使するため、よほど必要なときでない限り、声は出さないように注意している、といったふうであった。

「どのくらい停めた」六ちゃんはまたたずねる、「三台か五台か、てんぷらは食ったか」

こんども猫はにゃあというように口をあき、眼を細くして喉《のど》を鳴らす。てんぷらと云っても、それは六ちゃんのうちのではなく、本通りのむこう側の新道《しんみち》にある「天松」という店の、本格的なてんぷら屋のものであるが、とらとてんぷらの関係については、のちに記すとしよう。

「うちへ帰るんだな」六ちゃんは電車の方向を変えながら云う、「よしよし、規則違反で監督にみつかるとうるせえが、おれの電車でつれてってやろう、しっかりつかまってな、スピードをあげるからな、ほら、どですかでん、どですかでん」

　電車は古いから、そのままゆけるときもあるが、故障をおこすこともある。故障がおこると六ちゃんは舌打ちをし、電車を停めて運転台からおりる。肩にのせた猫をなだめながら、六ちゃんは電車の周囲をゆっくり点検してまわり、仔細ありげな渋い顔つきで、車躰を叩いたり、下を覗《のぞ》いてエンジンの連動部を見たり、シャフトの受け軸を足で蹴ったりし、それから空のほうを見あげて、架線とポール*との接触をたしかめたりする。

　これらの動作はおどろくほど写実的で、初めて見る者には、それが単に空想の所産にすぎない、などとは信じられないに相違ない。点検してまわるときに描く長方形の各辺の長さは、そこに車躰があるという現実的な立体感を与えるうえに、どこかを叩いたり、足で蹴ったりするときには、その音が聞えるようなリアリティをもっているからだ。

「整備のやつら、みてやがれ」六ちゃんは呟く、「こいつがいくら古いからって、整備をずるけてもいいっていう法はねえ、入庫したらとっちめてやるからな、みてかでん、どですかでん、どですかでん」

やがれ」

六ちゃんは運転台へ戻り、電車を発車させる。

「さあ、スピードをあげるぞ」六ちゃんは肩の猫に云う、「どですかでん、どですかでん」

中通りの南よりに、安八百屋と呼ばれる八百屋がある。ほかの店より三割がた安く売るそうで、かなり遠くからも買いに来る客があり、そのためそんな呼び名が拡《ひろ》まったものらしい。看板には「八百辰《やおたつ》」と書いてあった。

その八百屋と、靴の修繕をする小さな店のあいだに横丁があり、でこぼこで水溜《みずたま》りなどのある道が百メートルほど、西へむかって延びている。道の左右は古びて忘れられてしまったような、小さな家並が続き、そこを通りぬけると広い荒地へ出る。

そこは草原でもなくあき地とも云えなかった。赭土《あかつち》まじりの地面に、ところどころ草が生えているのは、老衰して毛の抜けた犬の横腹のようであり、見る限り石ころや欠け茶碗《ぢゃわん》や、あき缶や紙屑《かみくず》のちらばっている中に、ひねこびた櫟《くぬぎ》が五、六本かたまっていたり、幅二メートルほどのどぶ川を挟んで、灌木《かんぼく》の茂みがあったりするが、ぜんたいの眺めから受けるものは荒廃という感じでしかなかった。

六ちゃんはその原っぱを横切ってゆく。まばらに生えた草の中の踏みつけ道は、やがてどぶ川に遮られる。それは荒地のほぼ中央にあり、一メートル五十くらいの深さで、両岸から蔽《おお》いかかる雑草や灌木をすかして見ると、油の浮いた青みどろの水の淀《よど》みに、欠けた椀《わん》や皿や、折れた箸《はし》や穴のあいたバケツなど、すでに役目をはたしたあらゆる器物、またしばしば、犬や猫の死躰などが捨ててあり、四季を通じて、この世がいとわしくなるような悪臭を放っていた。

六ちゃんはそのどぶ川をとび越える。そこは一種の境界なのだ。どぶ川の東側は中通りのある繁華街に属し、そこから西側は「街」の領分であって、どちらの人たちも、その境界を越えることはなかった。

これは「街」の住人たちが極めて貧しく、殆んど九割以上の者がきまった職を持たず、不道徳なことが公然とおこなわれ、前科者やよた者、賭博《とばく》者や乞食《こじき》さえもいるという理由から、近づくことをいやがられているのではなく、東側の人たちにとって、その「街」も住人も別世界のもの、現実には存在しないもの、というふうに感じられているためのようであった。

例のひねこびた櫟の脇をぬけるとすぐに、われらの「街」が見える。長屋が七棟《むね》、朽ちかかった物置のような独立家屋が五軒。一とかたまりではなく、寄りあったりちらばったり、不規則に、あぶなっかしく建っている。これらのうしろは高さ十五メートルほどの崖《がけ》で、崖の上は西願寺の墓地であるが、墓地そのものは、竹やぶや雑木林に蔽われていて見えず、ただその高くて岩肌のあらわな崖の、威圧的な量感とひろがりが、「街」のみじめな景観をきわだたせているように思えた。

六ちゃんはとらを肩にのせて、そちらへ近よってゆく。荒地には子供たちが遊んでいるが、決して六ちゃんを見ることはない。

荒地には子供だけでなく、内職のためになにかを割ったり、乾《ほ》したり、束ねたりする老人や、いくらかの手間賃になる雑多の仕事にはげむ老婆《ろうば》やかみさんたちもいるのであるが、これらもまた子供たちと同様に六ちゃんを見ようとはしない。かれらには六ちゃんが見えないのだ。ちょうどどぶ川の東側の人たちにとって、ここの住人たちが別世界のもの、現実には存在しないもの、という考えかたと同じ意味が、ここの人たちの場合にもあてはまるのだろう。――これはしいてなにかを暗示しようとするのではなく、われわれが日常つねに経験していることである。雑踏する街上において、劇場、映画館、諸会社の事務室において、人は自分と具体的なかかわりをもったとき初めて、その相手の存在を認めるのであって、それ以外のときはそこにどれほど多数の人間がいようとも、お互いが別世界のものであり、現実には存在しないのと同然なのである。

「もうすぐだぞ」六ちゃんはとらに云う、「そら、もうそこがおめえのうちだ」

彼はろじへはいってゆく。そこは左右が二階建ての長屋で、といっても一般のものとは違って棟が低く、二階は屋根裏と呼ぶほうがいいくらいで、立ってあるくことができなかった。――葺板《ふきいた》の屋根はもちろん、軒も庇《ひさし》も、不規則に曲ったり波を打ったりしているし、建物ぜんたいがあぶなっかしく傾いていた。長屋ぜんたいが一方へ傾いているのではなく、一部は前方へ、一部は後方へといったあんばいで、そのためろじの入口から眺めると、左右の長屋が一部では仲よく軒を接し、一部では敵意をもつかのようにお互いが相手から身をそらしているようにみえるのであった。

六ちゃんの肩から、とらはのたりと地面へとびおり、一軒の家の半分あいている格子《こうし》口へはいっていった。その格子はあけてあるのではなく、閉めることができないのだ。それ以上あけることもできないし、閉めることもできないので、ずっと以前からそのままになっているのであった。

「とらを送って来たよ」

六ちゃんが戸口でそう云うと切貼《きりば》りだらけの障子が*二インチほどあいて、五十歳ばかりの瘦《や》せた男が、顔の半分だけでこっちをのぞいた。それが半助であった。——臆病《おくびょう》で疑いぶかいなにかの動物が、穴からそっと外をうかがい、そこにいるのが無害な相手か、それとも危険な敵であるかを、よくよくたしかめたいとでもいうような、極めて慎重なのぞきかたであった。

「六ちゃんだね」半助は低い声で云った、「とらを送って来てくれたんだね」

「とらを送って来てやったよ」

「いつもすまないね」半助はあいそう笑いをした、「ありがとうよ」

だが、二インチほどあけた障子はそのままだし、あがれと云うようすもなかった。

六ちゃんはかぶっている——実在しない——帽子をぬぎ、手の甲で額をこすった。

「まだ信心しているかね」半助がきげんをとるような口ぶりできいた、「毎晩おそっさまに欠かさず信心をやっているかね」

「ああ」六ちゃんは答えた、「毎晩*おそっさまに信心してるよ」

半助は溜息《ためいき》をついた、「おっかさんも*たいてえじゃないね」

「だいじょうぶさ、心配なんかないよ、おれが付いているからな」

「うん、それはそうだ」

半助は気弱そうにそっと六ちゃんから眼をそらせた。六ちゃんは持っている——空想の——制帽の庇を撫でている、それから半助に問いかけた。

「おじさんの仕事はうまくいっているのかい」

「まあまあだね」

半助は眼で笑った、「うまくいってるっていうほどでもないが、まあそうわるいってこともないね、まあぼちぼちってところだね」

六ちゃんは「ふーん」と鼻で云った。

半助の脇からとらが顔を出し、六ちゃんを見て、大きく口をあけた。ないたのであろうが、やはり声は出ず、そのまま半助のうしろへ引込んだ。

「さて、——」

半助はそう云い、指で鼻の脇を撫でた。すると、それが別れを示す協定の合図であるかのように、六ちゃんは帽子をかぶり、片手を振って戸口からはなれた。

「ありがとよ」半助はそう云った、「おっかさんによろしくってな」

六ちゃんは黙ってろじを出ていった。

夜になり、寝る支度をしたあとで、母親のおくにさんは六ちゃんと二人、仏壇の前に坐る。仏壇には燈明がともり、線香の煙がゆれている。おくにさんが小さな団扇太鼓を手に持つと、六ちゃんがまず両手を突いておじぎをし、母親のためにお願いをする。

「なんみょうれんぎょう」彼は合掌し、あたかも仏壇の中におそっさま自身がいるかのような、純粋なしたしみと、信念のこもった表情で呼びかける、「——どうかまいどのことでうるさいかもしれないが、どうかかあちゃんの頭がしっかりするように、よろしくお願いいたします、なんみょうれんぎょう」

それからおくにさんがお題目をとなえ、団扇太鼓を叩きだすと、六ちゃんがまたおじぎをし、仏壇に向って云った。

「かあちゃんのことは、とらんとこのおじさんも心配しています」

おくにさんは太鼓もお題目も中止して、けげんそうに六ちゃんのほうを見る、六ちゃんは母親をなだめるようにうなずいて云った。

「かあちゃん気にしなくっていいんだよ、気にするのがいちばん頭に毒だからな、だいじょうぶだよかあちゃん」

おくにさんは向き直って、お題目をとなえ始めた。

僕のワイフ

島さんは左の足が短い。右の足より三インチほど短いようだ。しぜん、あるくときにはかなり派手にびっこをひいた。

島さんは口髭《くちひげ》を立てている。眉《まゆ》のきりっとした、眼のきれいな、品のいい顔だちで、こんな「街」に住むような人柄とはみえない。移って来て半年たらずのうちに、ここの住人たちの殆《ほと》んどぜんぶと知りあい、誰彼《たれかれ》の差別なくつきあい、いつもあいそのいい笑いと、陽気な話しぶりとでみんなに好かれた。

——ええ、僕は満足してます、なんの不満もありませんね。

島さんのようすを見ていると、こう云《い》っているように思える、——この世もすばらしいし、この世に生きているということもすばらしいじゃありませんか、え。

ただ困るのは、と近所の人たちはかげで云いあった。あの顔のやまいだな、足のほうはなんでもないが、顔のあのやまいだけはどうにも馴染《なじ》めないよ。

島さんには一種の持病がある。顔面神経痙攣《けいれん》とでもいうのだろうか、時をおいて顔にデリケイトな痙攣がおこり、同時に、喉《のど》の奥のほうからなにかがこみあげてき、喉を這《は》い登って「けけけけふん」というふうな音になって鼻へぬけるのであった。向いあって見ていると、まず片方の眉がつりあがり、眼がすばやいまばたきをする。これが痙攣のおこる前触れなのだが、初めはたいていの人がウィンクされたように感じて狼狽《ろうばい》するようだ。

私はへどもどしちゃってね、と古物商の小田さんは云った。――あの眼をぱちぱちっとやられたときには、今夜おめえの女房を貸せよ、とでもいう謎《なぞ》じゃねえかと思っちゃってさ。

このウィンクに続いて、左右の眉と眼と口とが、それぞれ勝手な痙攣を始め、鼻までがうごめきだし、そうして喉からこみあげてきたものが、「けけけけふん」と鼻へぬけるのである。――これらデリケイトな発作は、まったく不定期におこった。二時間も音沙汰《おとさた》なしでいたり、十分おきに反復したりする。酔ったときにはしばしば安全であるが、そう気がつくなり激烈なやつが襲ってくる、というぐあいであった。

島さんには妻がいた。島さんより十センチほど背が高く、躰重《たいじゅう》も十キロは多いだろう。脂肪のたっぷり付いた腰に怒り肩、手も足も大きく、胸などは乳牛ほどもあった。

——ほんとだよ、と相長屋の女房たちはかげで云った。あのかみさんが通るとうちが揺れて、棚の物が落っこちるんだから。

髪は茶色で薄く、眼がすわっていて、唇が厚く、左の頬に青い痣《あざ》があった。——としが幾つであるかは見当がつかない、島さんは三十四だと云っているが、彼女は同じくらいにもみえるし、四十五、六にみえるときもあった。いつも黙っていて、近所の人たちともつきあわず、朝晩の挨拶《あいさつ》さえもしないくらいだった。

島さんの妻は人に好かれないばかりでなく、むしろ嫌われていたようだ。彼女は不機嫌な岩のように尊大で、人を見るときには「眼の右下の隅からみさげる」と云われた。また、それと同時に唇の左の隅が左のほうへへし曲るので、どんなに根性わるな者でも「あれほど小意地のわるい顔つきはできないだろう」という評もあった。

ここの住人たちのつきあいは、物の貸し借りと、ぐち話の交換が中心になっている。*他人は泣き寄り、という言葉がかれらの唯一《ゆいいつ》の頼りであり、信仰であるようにさえみえる。物の貸し借りといっても、小皿へ一杯の醤油《しょうゆ》とか、一と摘《つま》みの塩とか、茶碗《ちゃわん》一杯の米ぐらいのものであるが、貸してやったほうは「源さんのとこもらくじゃないんだね」と思い、自分のうちにはまだ少しはゆとりがあるのだ、というささやかな心づよさと優越感をあじわえるのである。それはしばしば、相手にそういう感情をたのしませるために、必要でもない一と摘みの塩を借りにゆくという、隣人愛のあらわれともなるのであった。

島さんの妻はそんなことはしなかった。この「街」にも八百屋と魚屋がおり、どちらも戸板一枚に並べるだけの品しかなかったし、魚は僅《わず》かな塩物とあらばかり、八百屋は色も水気もないしなびた野菜ばかりで、両方とも市場で捨てる屑《くず》を拾って来るのだといわれているが、それでも住人たちは、その二軒でけっこうまにあわせていた。だが島さんの妻は振向きもせず、買い物にはいつも原っぱを越して中通りまでいった。

「あの奥さんはたいへんなひとだよ」住人のかみさんたちはこう話しあった、「このあいだ安八百屋でキャベツを買うのにさ、上《うわ》っ側《かわ》の葉はしなびてるし傷があるからって云って、ばりばり剝《む》いて捨てちゃうのさ、およそ六、七枚も剝いちゃったろうかね、それからあとのキャベツを店の人に渡して、これを秤《はかり》にかけておくれと云うじゃないの、キャベツは一個いくらときまってる、目方で売るんじゃないって店の人が云ったら、こんな傷だらけのしなびた葉まで値段に入れるのかい、それで安八百屋だなんてよく云えたもんだ、おまえんとこは貧乏人の血を啜《すす》るんだね、って一町*四方に聞えるような声で喚《わめ》きたてるじゃないの」

客はこわがって出てゆくし人立ちはするしで、店の人もやけくそになったのだろう。そんなら只《ただ》でやるから持ってゆきな、と云ったのがいけなかった。島さんの妻はひらき直って、おらあ乞食《こじき》じゃねえぞ、と男みたような啖呵《たんか》をきりだし、結局は店の人があやまって、キャベツを秤にかけたうえ値段をきめた。

「ところが驚くじゃないの、金を払って帰るときにさ、あの奥さんは自分が剝いて捨てたキャベツの葉を拾い集めて、買ったキャベツといっしょに抱えて、しゃあしゃあと出てったわよ」

魚屋へいったときの話もあるが、キャベツの例と同じように、どこまでが事実かはよくわからない。噂《うわさ》をする女房たちも事実を求めているのではなく、島さんの妻に対する共通の反感をたのしめばいいので、話の真偽は問わないのであった。

島さんはこの「街」へ移って来るとすぐ、古物商の小田滝三を呼んで払い物をした。

　家財道具を売ってその土地を去る。つまり世帯《しょたい》じまいをする、という話はあるが、引越して来てすぐに家財道具を売る、という例はあまり例がないだろう。――しかもそれらは、まだ新しそうなうえに高価らしい品にみえた。鉄の釜《かま》、大きな鉄鍋《てつなべ》、南部の鉄瓶、金銀の象眼《ぞうがん》のある南部鉄の火箸《ひばし》。また桑材の茶箪笥《ちゃだんす》、総桐《そうぎり》の長火鉢、鏡台、春慶塗《しゅんけいぬり》の卓その他で、小田滝三は眼をむいた。

「こういう出物になると」小田滝三は尊敬のあまりしりごみをして云った、「とてもわたし独りでは仕切りきれません、たて場に有力者がいますから、それに来てもらってもいいでしょうか」

　島さんはよかろうと答えた。

「おい、大儲《おおもう》けだぞ」うちへ帰った小田滝三は、昂奮《こうふん》のあまり息をはずませて妻に云った、「何年にもお眼にかかったことのねえ大きな世帯じまい――じゃあねえな、引越して来たばかりなんだからな、こんなのはなんて云うんだろう」

　立場《たてば》から呼ばれて来た有力者というのは、さすが有力者だけあって具眼《*ぐがん》の士らしく、それらの品を見てもたじろぐようすは少しもなかった。初めにひとわたり眺めまわし、それからおもむろに、これと思わしい物を手に取ってみたが、それはほんの二つか三つで、あとは興味もないというふうに、向き直ってタバコに火をつけた。

「四月にしちゃ冷えるな」有力者は誰にともなくそう呟《つぶや》いた、「このぶんじゃあ花*もおくれるこったろう」

小田滝三は有力者のようすに驚き、島さんの顔色をうかがった。島さんは気楽そうに、明るく笑いながら有力者にあいづちをうち、有力者は急に話を変えた。

「旦那《だんな》はこれを幾らでお売んなさるつもりかね」

「高いほどいいね、僕は」島さんはにやっとした、「これはみんないわくのある品なんだ、手放すのは惜しいんだ、ほんとに、そこのその釜なんぞは特にね」

そして各品について、それぞれの伝来や由緒《ゆいしょ》や、秘話などを詳しく語りだし、まるでお家騒動の芝居ばなしのような雰囲気が展開したため、小田滝三は魅入られるような気分になったが、有力者はタバコをふかしながら、依然として四月にしては冷えすぎる、とでも云いたげな顔をしていた。

「そういう話は話として」と有力者はやがて云った、「旦那はいったいどのくらいなら、これをお払いになる目算ですか」

島さんが金額を云うと、有力者は首を振った。

「だめですな」有力者はタバコを灰皿で揉《も》み消しながら云った、「とても相談にならない、桁《けた》がちがいます、私もだてにこんなしょうばいをしているんじゃあねえんですから、おい滝さん、失礼しよう」

そうして、小田滝三といっしょに帰ってしまった。

小田滝三はわけがわからないので戸惑い、外へ出るといそいで理由をきいた。有力者は鼻をならして、あれらの品は全部いかさまだということを、その道の術語*で云った。長火鉢の桐は張ったものだし、桑材の茶簞笥も、春慶塗の卓も、塗料を使ってそれらしい色と木目を付けたものであり、南部鉄の火箸も金銀の象眼ではなく、真鍮《しんちゅう》とニッケルのメッキだという。鍋も釜も底に穴があいていて、屑鉄の値にしかならない。どれ一つとしてまともな品はない、あんな物にうっかり手を出すとひどいめにあうぜ、と有力者は注意した。

小田滝三は頭を搔《か》いて、こんなこととは知らないものだから、大事な暇をつぶさせて申し訳がないと、繰り返しあやまった。

「髭なんぞ立てやがって」と有力者は云った、「――へ、ふざけた野郎だ」

島さんはべつの古物商を呼んで来て、それらの品を始末したらしい。右隣りの富川さん夫婦の話によると、小田滝三の呼ばれた次の夜、もう九時すぎたじぶんに、島さんの家で器物を動かす音と、低い声で値段のかけあいをしているのが聞えたそうである。

「身につまされたね」と富川さんは云った、「引越して来たばかりだからな、引越して来たばかりでまた、もう世帯じまいをするのかと思ったからね」

もちろん誤解であったし、島さんはそれから数日のちに、近隣の人たちを招いて酒をふるまった。

「晩めしのあとで来て下さい」島さんはそう云って廻った、「なんにもありません、ほんの顔つなぎだと思って下さい」

彼は十四、五軒をそう云って廻ったが、実際に来た客は五人だけであった。来なかった人たちの大部分は、明日のたべ物を稼ぐため、外へはたらきに出るとか、内職の夜なべで手があかなかったのだ。

五人の客の中に、みんなから先生と呼ばれる、五十年輩の男がいた。背丈は一メートル五十ちょっとで、痩《や》せていて白髪頭で、しかしまっ黒な口髭をぴんとはね、やはりまっ黒な顎鬚《あごひげ》をたくわえていた。眉毛も黒くて太く、その下にある眼は並はずれて大きく、人を見るときには、いや笑うときでさえも、まるで威嚇《いかく》するようにぎょろっと光った。——すり切れて地の薄くなった、黒というよりは小豆色にちかいモーニングに、膝《ひざ》のところがまるくふくれた縞《しま》ズボンをはき、そのくせ靴下なしの素足であった。

「ごめん」先生は戸口で云った、「お招きにあずかって参上した、か、ん、ど、う、せ、い、き、ようという浪人者です、よろしく」

ごめん、という古風な云いかたと、先生の大時代な恰好《かっこう》と、そして例のぎょろっとした眼を見て、島さんはなにも感じなかったのだろうか、まるで十年の知己に会ったかのように、白い歯をみせてあいそよく笑い、さあどうぞと手を振った。先生はすぐにはあがろうとせず、モーニングの胸ポケットから、一枚の大きな名刺を出して島さんに渡した。——一般のものより三倍くらい大きな名刺で、それには「憂《ゆう》国塾《こくじゅく》塾頭　寒藤清郷」と大きな活字で印刷してあった。それは使い古したものとみえ、手垢《てあか》でよごれ、四隅がめくれていた。

か、ん、ど、う、せ、い、き、ょ、う、と読みながら気がつくと、寒藤先生が片手を出していた。

「やあどうも」と島さんは云った、「僕の名刺はいま刷らせているところです、古いやつは捨てちまったものですから、失礼します」

そりゃあ構わんよ、と云ったけれど、寒藤先生は手を引込めようとはしなかった。

島さんはすぐにそれと気づき、持っていた先生の名刺を先生に返した。そこで寒藤先生はもとのポケットへ慎重にそれをしまい、ちびた下駄をぬいであがった。

そこにはすでに古物商の小田滝三と、右隣りの富川十三夫と、たんば老人が来ていて、互いに挨拶を交わしながら、寒藤先生はいちばん奥へいって坐《すわ》った。そのあとから岡田《おかだ》辰弥《たつや》が来たのだが、詰衿《つめえり》の服にまる刈りの坊主頭《ぼうずあたま》で、島さんの眼には十四、五の少年としかみえず、酒を飲むのだから子供は遠慮してくれと、なだめるように断わった。

「僕は子供じゃありません」と岡田辰弥は答えた、「これでも一家の主人ですよ」

「そうだ、それは失敬だが島くんの誤解だ」と寒藤先生が云った、「岡田少年はとしこそ十九だが、五人家族の主人であり立派に生活をいとなんでおる、酒も飲める」

あがりたまえ、と云いかけたとき、島さんのデリケイトな持病が活動し始め、岡田辰弥はびっくりして逃げ腰になった。第一のウィンクに続いて、顔ぜんたいの造作がそれぞれ勝手に痙攣し、なにかが島さんの喉の奥でごろごろ鳴りだしたので、「帰れ」という激しい拒絶の表現だと思ったらしい。

島さんは手まねで岡田少年を制し、そのうちに喉を這い登ったものが、けけけけふん、と鼻へ抜けたので、島さんはにこっと笑って云った。

「あがりたまえ」

あとの客は来ない、とわかったので、島さんは酒を出した。

部屋は六*帖《じょう》一と間しかない。そこへちゃぶ台一つと、なにかの空箱を重ねて並べ、その上へ*張板を二枚のせたのが食卓で、洗った敷布が掛けてあるから、中の仕掛は見えないけれども、肱《ひじ》を突いたりよりかかったりすると、ひとたまりもなく解躰してしまうから、島さんは初めに念を押して断わった。

部屋には古くて傷だらけの箪笥と、鏡にひびの入った鏡台と、柳行李《やなぎごうり》と瀬戸の火鉢、などが眼につくだけで、ほかにこれという家財道具はみあたらなかったが、六帖の広さには変りがないから、主人と客たちが食卓を囲むと、もう身動きもできないように思われた。

二リットル壜《びん》に半分の酒と、二リットルそっくり詰っている焼酎《しょうちゅう》が出され、大きな丼鉢《どんぶりばち》の片方にあみの佃煮《つくだに》、片方に大根なます、どっちも山盛りになっていて、取り箸がいちぜん。盃《さかずき》の代りには茶飲み茶碗が六個、——みんな大きさも形もまちまちであるし、そのうち三個は、隣りの富川さんから借りたものであった。

「きまりきった挨拶はやめ」と云って島さんはこくっとおじぎをした、「僕は島悠《ゆう》吉《きち》、――どうかよろしく」

「それがきまり文句だ」と寒藤先生は茶碗を取り、それに焼酎を注ぎながら云った、「――よろしくと云われたって、ここの住民には人の面倒をみる能力を持った人間は一人もおらん、きみ自身もそんなことを考えちゃおらんだろう」

「あ痛」と島さんは胸を押えた。

「かりそめにも」と寒藤先生は云った、「男子たる者が心にもないことを云うものじゃない」

そして持っている茶碗を上にあげて、「いただく」と云い、ぐっと一と息に飲んだ。

「さあ、諸君もどうぞ」島さんは他の四人に向って、明るい笑顔をみせながら云った、「摘み物はおのおの手にのせてやって下さい、古代ローマでは帝王も貴族もみな手づかみで喰《た》べたものです、僕はここで、――不義なる富と虚飾をわらって飲もう、と云いたいところですが」

「帝王や貴族にまねるのなら」と岡田少年が云った、「富や虚飾をわらうことはできませんね」

寒藤先生がばかげた声をだして笑い、島さんはまた「痛い」というふうに胸を押えて、云った。

「ブルータスよおんみもか」

「自由だ、解放だ」と岡田少年が云った、「圧制は崩壊した」

島さんは頬へ平手打ちでもくったように眼をみはり、すると例のデリケイトな発作がおこった。岡田辰弥少年はいま経験したばかりだし、隣りの富川さんと小田滝三はすでにその病癖を知っていた。けれども寒藤清郷とたんば老人の二人は初めてなので、いちどは驚いたが、次には深い興味を唆《そそ》られたとみえ、島さんの顔面にあらわれる無秩序な、むしろ乱脈ともいえる神経痙攣の経過を見まもっていた。

島さんは見られることに馴《な》れているのだろうか、例のものが喉から鼻へ抜けるまで、ゆうゆうと発作に身を任せていて、それが終るといさましく笑った。

「これはサプライズだ」と島さんは岡田少年に云った、「きみはシェクスピアを知ってるんだね」

「岡田少年は英語の天才だ」寒藤先生が代って答えた、「ひるまは大新聞社に勤務し、夕方からは正則英語学校の夜学にかよっておる、将来は大英語学者になる人物なんだ」

「それは洋々たるものですね、きみ岡田くん」と云って島さんは右手を差出した、「握手をしよう」

それから酒がまわり始め、寒藤先生が「細君はどうした」と云った。細君に一杯酌がしてもらいたい、客を迎えるのに一家の主婦が顔をみせないという法はない、と主張したが、島さんは「使いに出ているがもう帰るでしょう」と答えただけであった。

島さんの妻は、——あとでわかったことだが、決して客の前へは出ない。近所づきあいもしないように、島さんのどんな親しい友人が来ても、挨拶はもとより、一杯の茶を出そうともしないのである。この「街」のかみさんたちは、顔の痣を見られたくないからであろう、と云っているが、そんな女らしい羞恥心《しゅうちしん》からでないことは、良人《おっと》の島さんがよく知っているようであった。

「ちょっと諸君にきくが」島さんが急に、あらたまった調子で云った、「諸君は米屋からただで米を略奪したことがあるかね」

「借り倒しなら」と寒藤先生が答えた、「僕はその道の達人だ」

「いやそうじゃない、借りるんじゃなく略奪するんだ、それも正々堂々とさ、どうだい諸君」

誰も返辞をせず、好奇心をおこすようすさえなかった。この「街」の住人たちはひっくるめて、うまい話、というものを信じない。かれらはうまい話にとびついたため、これまでに幾たびとなく裏切られた覚えがある。かれらにとって、この世にうまい話があるなどとは、とうてい信じられなくなっていたのだ。

「それなら教えよう」

と島さんは云った。

まず鉄の釜の内部を水で濡《ぬ》らしてから、知らない米屋へゆき、米を二キロ計って入れさせる。二キロ以上でも以下でもいけない、というわけは心理学の応用問題だから略すが、二キロの米が釜の中に計り入れられたら、これを貸してもらえないかと問いかける。知らない顔だからたいてい断わるだろう、断わられたら残念そうに、ではまたこの次にしよう、と云って釜の中の米をあけて返す。釜の内部は濡れているから、米粒のおよそ一*と側《かわ》は貼《は》り付いて残る。

島さんがそこまで話したとき、岡田少年が口をはさんだ。

「それは落語ですよ」と岡田少年は云った、「ええ、たしか笊《ざる》でもって同じようなことをする落語がありますね、ラジオで聞きましたよ」

「そうじゃない、違うんだ」島さんはにこっと笑った、「はなしかってやつは独り合点《がてん》でよくまちがったことを云うがね、これは笊じゃあ絶対にだめなんだ」

岡田少年は黙り、他の四人は初めて島さんに注意を向けた。

「というのはだね」と島さんは続けた、「これが笊だとすると、さかさまにして底をはたかれる、米はきれいにはたき出されてしまうんだ、わかるね」

岡田少年のほかの四人はかすかに頷《うなず》いた。

「そこへゆくとさ」島さんは云った、「そこへゆくと鉄の釜はそうはいかない、底には煤《すす》が付いているし、それ自体が重いから、さかさまにしてはたくというわけにはいかないんだ」

「そればかりじゃない」

島さんはそこで調子を高めた。

「鉄の成分にあるイオンが米粒に触れると、化学作用をおこして一種のアルカロイ*ド物質が生じるんだな」

「アルカロイド?」岡田少年がびっくりしたような声をあげた。

「いや」島さんは口ごもった、「いや、アルデハイド*だったかな、いや、やっぱりアルカロイドだったと思うがね、まあそんなことはどっちでもいい、とにかく鉄と米粒の接触によって或《あ》る化学作用がおこり、接触した米粒がはなれにくくなるんだ」

したがって、笊などとは比較にならない量が釜に付いて残る。これを二軒か三軒やって廻れば、五百グラムぐらいの米は確実に集まる、というのであった。

「こんなことぐらい知らないとすれば」と島さんは結論をつけた、「諸君はまだまだ本当の貧乏は知らないと云えるだろうね」

「あたしなんざ、恥ずかしいが」と小田滝三が云った、「まだ鉄の釜って物を使ったことがないんですよ、ええ、親の代からもう土釜だもんでしたから」

「そんなことがなんだ、めしは土釜で炊《た》くのがいちばんうまいんだぞ」と寒藤先生がきめつけた、「いずれにせよ、男子たるものがめしのことなんぞに頭をひねくるというのはばかくさい話だ、島くん、きみはいまの政界をどう思うか、きみの意見を聞かしてもらおうじゃないか、どうだ」

小田滝三は水っぽい酒を啜りながら、いよいよせっぱ詰ったときのために、島さんの米を略奪する方法が嘘《うそ》か本当か、一度ぜひたぬきの啓さんにきいてみなければならない、と考えていた。

岡田少年はときを計って、たんば老人の茶碗に酒を注いでやり、老人はにやっと微笑して頷き、黙ったまま、けれどもたのしそうに少しずつ啜りながら、みんなの話を吟味するように聞いていた。

寒藤先生は島さんを、政界の問題へひきずり込み、そこへ釘付《くぎづ》けにしようとした。島さんは明らかにその問題が嫌いとみえ、そこから脱出しようとして、持ち技のある限りをこころみているようであった。

「そうだ、そうだ」とついに島さんは云った、「あなたはライガー総理にそっくりだ」

島さんはついに、政界問題からの脱出口を発見したことを知った。彼は猛牛に鼻《はな》環《わ》をはめたのであった。

寒藤先生の表情がなごやかになり、口が横へぐっと一文字にひろがった。

「僕は誰かに似ていると思っていたんだが」と島さんは云った、「そうだ、まちがいなく浜内*ライガー首相だ、あなたのその口のあたりは総理にそっくりだ、ねえ諸君」

富川十三夫が初めて、ライガーとはなんですかと質問し、島さんが、それはライオンとタイガーと交尾して生れた混血獣であり、だがそれは「一代限り」で、後継者は生れない、と説明するあいだに、寒藤先生の口はますますしっかりと、あたかも浜内ライガー首相それ自身であるかのように、横へひろがり、上唇にふくらみをあらわしていた。

「うん、人は可愛《かわい》がっておくもんだよ」と寒藤先生は表情を崩さないように、注意しながら云った、「――彼が某省の次官*でくすぶっておったころ、僕は大夕紙*の社会部長だったが、みどころのあるやつだと思ったから局長の反対を押しきって、彼のためによくトップ記事を書いてやったものさ」

「うん、人は可愛がっておくべきものだ」と寒藤先生は大きな口髭を捻《ひね》りながら、感慨ふかそうに頷いて続けた、「次官なんぞでくすぶっていたあの男が、いまでは浜内ライガー首相、一国の総理大臣にのしあがったんだからな」

たしかに似ている、どうしていままで気がつかなかったのか自分でも合点がいかない、と富川さんが初めて口をきいた。

「やめてくれ、せいしゅく」と寒藤先生が叫んだ、「諸君はそう云ってくれるが、僕はうれしくない、なんだ浜内ごときが」

そして拳《こぶし》をあげて、いさましく食卓を打った。島さんがとめようとしたけれどもまにあわず、テーブル・クロスであるところの敷布の下の仕掛は分解し、やかましい物音とともに酒壜や茶碗や丼鉢などが転げ落ち、張板の片方がはねあがり、寒藤先生は力あまって前のめりになった。

つづめていえば、それが宴の終りであった。富川さんは自分が貸した茶碗を捜し集め、三個とも無事であったことを慥《たし》かめるのにいそがしかったし、寒藤先生はモーニングの衿のところを、鼠色《ねずみいろ》になったハンカチーフで熱心にこすっている。小田滝三は雑巾《ぞうきん》を取りに勝手へ走り、岡田少年とたんば老人は立ちあがったまま、あっけにとられている。そして島さんは、収拾のつかなくなった食卓の残骸《ざんがい》を眺めながら、もういちどそれを組立てる気力が、自分にはもうないということを認め、こんなときにこそ例のデリケイトな発作がおこってくれればいいのに、とでもいうのか、鼻や口をしきりにもぐもぐうごめかせていた。

島さんがどういう勤めをしているのか、誰も知らなかった。尤《もっと》もこの「街」では大部分の者がそうであったし、それを詮索《せんさく》するようなひまじんは数えるほどしかなかった。

そのひまじんの一人が、島さんの左隣りにいた。徳さんというひとり者で、本通りの向うに大きな縄張を持っている「簗正」親分のみうちだ、ということを極秘でたれかれに耳うちをしている。本職の博奕打《ばくちう》ちだ、と云いたいのであろう。としは四十がらみで、中肉中背のどこといって特徴のない、平凡で穏やかな人柄であった。「あれはどうやら、ね」と徳さんは或るとき囁《ささや》き声で告げた、「高利貸の出前持ち、じゃなかった、御用聞き、でもないか、つまり貸し金の取立てをやるやつさ、なんというのか、ね、——島さん夫婦の話しているのを聞いたんだが、どうもそんなようなからくりだとにらんだ、ね」

「どうもおかしい、あっしにはちょいと腑《ふ》に落ちないんだが」徳さんはべつのときにまた囁いた、「あれは高利貸しのお先棒じゃない、どうも探偵社のようなところへ勤めてるらしい、ね、探偵社の勧誘員かなにかだとにらんだ、それが慥かなところらしいよ」

彼は次には、島さんを三百代言だと推察し、次にはなにか汚職関係で警察に手配されているため、こんなところに身をひそめているらしい、とにらんだ。そして次にはまた、——

＊

これらはみな夜のしじまに、薄い壁ひとえ隣りから、話し声を聞いてさぐりだした情報であるが、だれにしろかれにしろ、まじめには受けとらなかったし、もともととそんな他人のことなどに関心はなかったのである。

島さんはたいてい十時ごろに家をでかけてゆき、帰りの時刻はまちまちである。夕方のときもあれば、夜半に帰ることもあった。

島さんはいつもきちんとしていた。古いけれども注文製らしい背広に、黒いソフト。自分で磨くのだそうだが、靴もきれいに手入れがしてあり、ステッキを左の腕に掛けていた。

「やあ、お早う」家から出て誰かに会うと、口髭の濃い上品な顔いっぱいに笑いをうかべ、右手でソフトをちょっと持ちあげて挨拶する、「いい天気だね、景気はどうです」

「やあ、よく精が出ますね」と女性か老人のときにはやさしく云う、「坊やの風邪はどうです、熱はさがりましたか」

こういうあいそを云わないときでも、顔いっぱいに笑って、こくんとおじぎをしながら、「やあ」と明るい声で会釈《えしゃく》することは決して忘れなかった。

そうして、ステッキを腕に掛けた島さんが、軀《からだ》を一方にかしげ、次に反対側へかしげ、また一方へかしげながらあゆみ去る姿にも、そんなあるきぶりをたのしんでいるようにみえ、すると人びとは島さんに対して、尊敬とあたたかいしたしみを感じるのであった。

島さんは「街」へ移って来て二た月めくらいに、なにがし興信所へ就職した。彼は古物商の小田滝三と、隣りの富川さん、そして寒藤先生と岡田辰弥少年の四人に、新しい名刺を出してそれを告げた。

「こんどまた一杯やろう」と島さんは岡田少年に云った、「英語のほうはどうだ、夜学へはちゃんとかよっているのかい」

少年は首を振った、「夜学じゃありません、午後の部です、まだかよってますよ」

彼の勤めている大新聞社の係長が、彼を夜勤にまわしてくれたので、学校の午後の部へかよえるようになったのだ、と少年は簡単に説明した。

「じゃあ近いうちに」と島さんは云った、「こんどはビールで盛大にやるよ」

だが、盛大なビールの宴は実現しなかった。島さんは勤勉に興信所へかよい、人に会うと明朗に笑い、誰とでも気軽に立ち話をした。けれども、隣りの富川さんですら、茶をのみにいちど呼ばれたためしもなかった。

島さんの妻は、相変らず近所づきあいをせず、外で誰に会っても知らん顔をしていた。尤も、高ぶっているとか、相手を軽蔑《けいべつ》しているとかいうのではなく、つめたいとさえも感じられないほどの無関心――空の雲ゆきについて犬が無関心であるような無関心を示すだけ、と云うようであった。

近所の細君たちは、彼女のことを「奥さん」と呼んでいた。この種の「街」で奥さんというのは、例外なしに蔑称であることが共通しているし、またしばしば「おきちさん」というのも同意語で、それはどこか尋常でないもの、きちがいじみているもの、という意味をあらわしていた。

「おどろいたよ、あたしは」とかみさんの一人が云う、「島さんちじゃあ島さんが煮炊きして、あの奥さんはそれをふところ手で眺めてるよ、あんな夫婦ってあるかしら」

「徳さんの話だけどね」と他のかみさんが云う、「島さんちには客もないし、いつも二人っきりだろう、それで話をするのは島さんだけで、奥さんは黙りっきりなんだって、ときたま聞えたと思うと、うるさいね、とか、少し黙ってな、とかって、どなるだけなんだって、それっきりまたしんとなっちゃうんだってよ」

こういう蔭口《かげぐち》には際《きり》のないものだが、右にあげた二つなどは尾鰭《おひれ》の付かない例にはいるだろう。夏が去り、秋が去り、冬が来て十一月の下旬、――島さんの家には珍しくも客があり、酒が始まった。

それは月給日のことで、客は三人。なにがし興信所における島さんの同僚たちであった。客を同伴することは予告してあったのだろう、電燈《でんとう》がついてから帰った島さんは、たてつけの悪い格子《こうし》をあけながら、陽気な声で叫んだ。

「おい、お客さんだよ」

しかし家の中から返辞は聞えて来なかった。

障子には燭光《しょっこう》の弱い電燈の明りがさしているし、中で人の動くけはいもするが、はいとも、お帰りなさいとも、云う者はなかった。

客の三人は眼を見交わした。

「どうぞはいりたまえ」島さんは元気に云った、「遠慮されるような邸宅じゃあない、さあどうぞ」

三人は狭い土間へはいって、帽子をぬぎ、オーバーをぬいだ。そして島さんのあとから、互いに軀をぶっつけあいながら部屋へあがった。

片方の障子があいていて、そこに一人の大きな女のいるのが、客たちに見えた。女とは云うまでもなく島さんの妻であり、そこは勝手で、女は煉炭火鉢《れんたんひばち》のぐあいをみているらしい。

「おい、お客さんだよ」島さんはまた云った、「ちょっと来てご挨拶しないか」

「めんどうくさい火だね、ちっ」奥さんは煉炭火鉢に向って舌打ちをした、「ああ癇癪《かんしゃく》がおこる、*しとのうちへのこのこ、たかりに来る野郎どもがいるからこんなめんどくさいことをしなきゃならないんだ、ちっ、なんて火だろう」

「今日の文書部長の顔はおもしろかったね、松井くん」と島さんは妻の独り言をかき消そうとするように、高い声で云いだした、「――まるであれだよ、そら、タバコへ火をつけたら、それが*はじけタバコでさ」

「ぱちんとはじけたので眼を剝いた、って図だったな」と松井くんが云った、「島くんはうまいことを云うよ、まったくそのとおりだったね」

「鼻の先でぱちんとさ」と島さんが云った、「ふつうのタバコだとばかり思って火をつけたら、ぱちん」

　三人の客はおもしろくってがまんができない、ということを証明しようとするかのように、口をあいて笑った。

　そこへ奥さんが出て来た。客たちは彼女の躰軀《たいく》の大きいのと、顔にあらわれた異常さ、――痣があるという意味ではなく、あの非人間的な無関心、この世のあらゆる事物を認めようとしない、完全な無関心を示す表情に、胆《きも》を抜かれた。

「きみ、こちらが井河くん」と島さんは客を紹介した、「こちらが野本くんに松井くんだ、——諸君、僕のワイフです」

三人の客は紹介された順に、ズボンの膝を気にしながら、坐り直してそれぞれの名をなのり、「よろしく」と挨拶した。しかし奥さんはなにも聞えず、なにも眼にはいらないようすで、低く鼻唄《はなうた》をうたいながら、そこへちゃぶ台を押しやり、勝手から大きな丼を二つ、片方にはあみの佃煮、片方には福神漬《ふくじんづけ》が、それぞれ山盛りになっているのを持って来て、ちゃぶ台の上へ放りだした。誇張して云うのではない、文字どおり放りだしたので、二つの大丼はいまにも転げそうに、左右へ二、三度もひっかしがり、福神漬は一と握りほどこぼれ落ちたため、松井くんは慌《あわ》てて膝を横へ向けた。

島さんはすばしこく手を伸ばして、二つの丼を安定させながら、松井くんのほうを見た。丼の一つから福神漬が汁といっしょに、一と握りほどこぼれ、松井くんが慌てて膝をよけたからだ。月賦《げっぷ》のズボンをよごしたのではないか、二つの丼を安定させながら、島さんはそう問いかけようとしたのであるが、その瞬間にいつもの発作が起こり、それがけけけけふんと鼻へ抜けるまで、問いかけを待たなければならなかった。

「オッケー、大丈夫だ」

松井くんはズボンの膝を撫《な》でながら答え、眼の隅で勝手のほうをにらんだ。島さんは品のいい顔をほころばし、はじけタバコについて語りだした。三人の客たちは、怒りをいっぱいに詰めた風船だまのような顔になり、それでも島さんの胸の中がどんなであるかを推察して、しらけた気分を隠しながら、島さんの話にあいづちを打った。

そこへ奥さんが勝手から出て来た。片手に風呂《ふろ》道具を抱え、片手に手拭《てぬぐい》をぶらさげて、口には火のついたタバコを咥《くわ》えていた。

「湯へいって来るからね」と奥さんは云った、「火はおこってるよ」

そして鼻唄をうたい、ぶらさげた手拭を振りながら、大股《おおまた》に出ていった。客たちは眼を見交わし、島さんは陽気にしゃべりながら、軀を振り振り立っていって、勝手で酒の燗《かん》をつけ、――それはガス台でやるのだが、次に二十センチ四方ばかりの板を持って来て、ちゃぶ台の脇《わき》に置き、さらに煉炭火鉢を抱えて来て、その板の上へしっかりと据えた。このあいだも島さんは休みなしに話し続け、盃や取皿や箸をはこび、湯豆腐の具のはいった*ニューム鍋や、薬味汁の小鉢を四つ配り、それから燗のついた二合徳利を持って来て、ようやく自分の席に戻った。

「この湯豆腐はうちの自慢でね」と島さんは云いかけ、やあ、かんじんの鍋を忘れた、と立ちあがりそうにしたが、僕が取って来ましょうと、井河くんがすばやく立っていった。

三人は心の中で涙ぐんでいた。足が不自由で、顔面に神経痙攣の持病をもち、しかも陽気で明るく、紳士のような風貌《ふうぼう》の島くんが、あんな女相撲の大関みたいな、ばかでかくて無神経で、冷血動物のような細君の暴慢な態度を叱《しか》りもせず、客をもてなすために独りで奔走している姿は、男同志として、平静な気分で眺めていられるけしきではなかったからだ。

「さあ、井河くんからいこう」島さんは徳利を持った、「この中ではきみがいちばん若いんだろう、松井くんはジュニアーがいたんだっけね」

「それは僕だ」と野本くんが云った、「松井くんは結婚して十年になるがまだ子供はない」

そしてむっと口をつぐんだ。

島さんは戸惑ったように、湯豆腐の鍋のかげんをみた。野本くんの言葉は、口から棒切れでも吐きだすような調子で、その棒切れの一つずつが、彼の感情に棘《とげ》の生えたことを示すように聞えたのだ。

島さんは鼻と口をもぐもぐさせた。こんなときに例の発作がおこってくれれば、話題の転換の助けになるのだが、こういうときに限って、発作のやつはそっぽを向いたまま、協力しようとしないのであった。

「今朝は痛いけしきを見たよ」と島さんは云った、「いつもより早く出て、ちょっと自分の仕事をしていたんだがね、そこへ外国部次長の二平さんが来たんだ、あの人はいつも居眠りばかりしているだろう」

「あれはもう芸の一つですね」と井河くんが云った、「タイプを打つのは一日にせいぜい五通くらいなもんでしょう、大事なものは部長がみんなやっちゃうからね」

「中村部長は英語が達者なんだ」と松井くんが云った、「法明大学の夜間部の教授をしているくらいだからな、しゃべらせてもアクセントが違うよ、アクセントがね」

島さんは湯豆腐の鍋へ、それぞれの食品を入れながら、二平さんが一日じゅう居眠りをしているようすを、身振り入りで語り、上品に笑い、デリケイトな発作が過ぎ去るのを待って、話を戻した。

「僕はデスクの上に自分の仕事をひろげていた、文書部の者はまだ誰も来ない、社長秘書の黒板くんがちょっと顔を出したな、――さあ諸君、箸を取ってくれたまえ」島さんは煮えてきた湯豆腐のほうへ手を振り、三人に酌をして続けた、「やがて二平さんが来たね、例のとぼけたような顔で、角のやぶけた鞄《かばん》を抱えて、*ロスタン流にいえば鉛の靴をはかされたみたいな足どりでさ、ゆっくりかんと自分のデスクへゆき、鞄を置いて大きな欠伸《あくび》をした、彼の日課の開幕というところだ」

野本くんはあみの佃煮を口へほうりこみ、手酌で酒を三杯ながしこんだ。

「さて鞄をあけて中の物を出し、タイプライターの蔽《おお》いをとった、そこへ会計部長がいそぎ足で出社して来たんだ、と、二平さんを見るなり、やあ、速達が届きませんでしたか、と云った」島さんは可笑《おか》しそうに、白いきれいな歯をみせて笑った、「やあ、二平さん速達が届きませんでしたか、ってね、そしてそのままいそぎ足で会計部のほうへいっちまったよ」

「あの人はいつもいそぎ足だ」と松井くんが云った、「いつもなにかを追っかけてるようだ」

「二平さんの顔がさっと変るのを僕は見た」と島さんが云った、「あのねぼけたような顔がきゅっとちぢまり、まっさおになって、いっとき呼吸が止ったようだった、僕はこの眼でそれを見たんだ」

若い井河くんは自分の箸を持ってちゃぶ台をまわり、鍋の脇に坐って、自分たち三人の取皿に、湯豆腐とぐをよそい、二つを松井くんと野本くんの前へ押しやると、自分はすぐさま喰《た》べはじめた。

「僕にはなんのことかわからなかった」と島さんは云っていた、「速達とはなんのことだろう、と思っているとさ、二平さんはいまデスクの上へ出した物を鞄の中へ戻し、タイプライターへ蔽いを掛け、その蔽いの上からタイプライターをそっと撫でたね、二十秒ばかりそうやっていたかね、まもなく鞄を取って抱え、あの型の崩れた古いソフトをかぶって、なにも云わずに帰っていった」

「速達は解雇通知さ」松井くんが云った、「外国部のサラリーは二十日に出るんだが、サラリー分はきっちり働かせたわけだろうさ」

「二平さん速達が届きませんでしたか」島さんはこわいろを使って云った、「それで終りだ、あの人は十幾年か勤めたそうだ、それが一通の速達でオール・イッツ・オヴァ*、二平さんがタイプライターを撫でていたのは、それだけが別れを惜しむ相手だったからだろうね」

「ああ居眠りばかりしていたんじゃ、友達もできやしないさ」と松井くんが云った、「細君と子供が五人、いちばん下はまだ幼稚園だそうだ」

　野本くんは黙って飲み、あみの佃煮ばかり喰べていた。彼の感情に生えた棘はますます太くするどくなるばかりで、彼はそれがますます太くするどくなるのを、あみの佃煮と酒とで助長しているようであった。

　話は同僚やら課長、部長などのうわさが続いた。それが悪口や*おひゃらかしで占められるのは、こういう場合の常識であろう。中でも島さんの表現がいちばん辛辣《しんらつ》であり、井河くんや松井くんは幾たびも声をあげて笑わされた。

　野本くんだけは黙っていた。彼がいちばん多く飲み、誰よりも先に赤くなったが、いつかその赤みは消えて、顔は白っぽく硬《こわ》ばり、眼がすわってきていた。

「きみ、島くん」野本くんはやがて、うるんだような声で問いかけた、「――僕たちは今日は、招かれざる客じゃなかったのかい」

「どうして」島さんの顔に発作がおこり、それが鼻へぬけるまで答えがとぎれた、「僕がなにか気にいらないことでも云ったかい」

「きみは*いい人だ、じつにいい人だよ、それは僕が保証する」

　野本くんは十円印紙を証文に貼るような口ぶりで云い、次に本題へはいろうとしながら、もっとも簡単で効果的な言葉はないかと、頭の中で記憶のページをめくってみたが、適当なやつが思いだせないというようすで、おもむろに唇を舐《な》めた。

「しかしあの女はなんだ」野本くんは唇を舐めてからいきなり云った、「きみは僕のワイフだと紹介した、だから僕たちは、僕はそう信じた、信じたればこそ頭をさげて挨拶したんだ」

「そうか、済まない」島さんはこくんとおじぎをし、歯をみせて明るく笑った、「それは僕があやまる、なにしろ野人のうえにわがまま者なんで」

「きみにあやまってもらうことはない、僕はきみを責めているんじゃないんだ」と野本くんがさえぎって云った、「きみはいい人だし、僕はきみのために人間的義憤を感じているんだ、なんだいあの女は、あれでも人の妻だと云えるのかい」

松井くんが割ってはいろうとしたが、野本くんは手を振って拒み、自分で自分の言葉に感動しながら続けた。

「僕はいい、僕たちに対する無礼はいいよ、だが良人であるきみに対するあのやりかたはなんだ、主人が勤めから帰ったのに、お帰りなさいとも云わない、客があるのに挨拶はおろか茶も出さない、おまけに湯へいってくる、火はおこってるよって、冗談じゃない、どこの世界にそんな女房があるもんか、僕ならたったいま叩《たた》き出してやるよ」

「だからさ、野本くん、それは僕があやまるから」

「きみを責めてるんじゃないって云ったろう、きみはいい人だ、きみがあやまることはないんだ」と野本くんは泣き声で云った、「僕たちにあやまるより、きみはあの女を叩き出すべきだ、男同志として云うが、あんな女は」

そこで事態が転回した。野本くんが終りまで云いきらないうちに、島さんが立ちあがってとびかかった。片足が短いとは信じられないほどすばやく、野本くんにとびかかり、押し倒して馬乗りになった。野本くんは肥えてはいないけれども、背丈は高く骨太なので、人並より小柄な島さんが馬乗りになったところは、不安定というよりも反自然な印象を与えた。

「なにを云うんだ、きみはなにを云うんだ」島さんは相手の肩を押えつけながら、吃《ども》り吃り叫んだ、「僕のワイフがきみになにかしたんならともかく、なんにもしないからといって叩き出せとはなんだ」

「まあ島くん」と松井くんが云った、「まあきみ、乱暴なことはよしたまえ」

「いいから構わないでくれ」と野本くんは仰向きに押えつけられたままで云った、

「島くんの云い分を聞こうじゃないか」

「あれは僕のワイフだ」島さんは歯をくいしばった声で云った、「きみたちには三文の値打もないとみえるかもしれないが、あいつは僕のために苦労してきたんだ、食う物がなくて水ばかり飲むような生活にも、辛抱してきてくれたんだ」

松井くんも井河くんもしゅんとなり、野本くんは顔をそむけた。

「きみたちは知るまいが」と島さんは続けた、「米屋からただで米をめしあげるには、鉄の釜を濡らすのがいちばんだ、ということまでためさなければならないほどの貧乏にも、あいつは耐えぬいてくれたんだ、それをなんだ、なんの権利があってきみは、叩き出せなんて云うんだ、え、きみにどんな権利があるんだ」

島さんは一と言ずつに野本くんの肩を押しつけた。とびかかったときの勢いでは、殴るか首を絞めでもするかとみえたが、島さんはパン屋が小麦粉をこねでもするように、細い腕でただもう野本くんの肩をぐいぐい押しつけるばかりであった。

「わかった、もうよそう」と野本くんが云った、「僕の失言だ、あやまるよ」

島さんは野本くんの上からおり、苦しそうに喘《あえ》ぎながら、元のところへ戻っていって坐った。同時に顔面の発作がおこり、喉をなにかが這いのぼって、陽気な音声となって鼻へぬけた。

野本くんは起きあがって、ネクタイや上衣《うわぎ》の乱れを直し、井河くんは湯豆腐の鍋の中を覗《のぞ》き、松井くんはその場の緊張した空気をほぐすために、なにか突飛な話題をひねりだそうとしているようにみえた。それは時間にして十秒くらいのものだったであろう。松井くんが突飛な話題をひねりだすまえに、表のたてつけの悪い格子があいて閉り、障子をあけて閉めて、島さんの妻がはいって来た。片手に湯道具を抱え、片手に濡れ手拭をぶらさげていた。

三人の客はさっと左右に眼をはしらせた。動物園で「ライオンが檻《おり》から逃げた」と聞いたときの観客の表情は、そんなふうではないかと思われるような表情であった。

「失礼しよう」と野本くんが云った、「――どうも御馳走《ごちそう》さま」

それを聞いてから、奥さんは勝手へいった。

「まあきみ、野本くん」と島さんは片手をあげた、「まだ酒が一本あるんだ、湯豆腐も残ってるし、ようやく始めたばかりじゃないか」

だが松井くんも井河くんも、浮き腰になって馳走の礼を述べ、帰り支度をした。たしかに三人とも島さんには友情を感じているけれども、友情ですら引止めることのできないほどの強力なものが、かれらを追いたてるようであった。

島さんが三人を送りだして、ちゃぶ台の前へ戻ると、勝手から奥さんがあらわれた。彼女の顔は磨きあげた赤銅《しゃくどう》の洗面器のように、赤くてらてらと光ってい、立ったままで島さんを見おろした。

「話は聞いたよ、僕のワイフだって、ふん」と奥さんは鼻をならした、「あたしがおまえのワイフかい、笑わしちゃいけないよ」

これはどういう意味であろう。島さんはただ黙って、盃に残っている冷えた酒を啜った。

半助と猫

半助の家はいつもしんとしていた。彼は独身で、とらという猫がいっしょに住んでいる。どんな稼ぎをしているのかわからない、ときどき小さな風呂《ふろ》敷包《しきづつみ》を持ってどこかへゆき、帰りにはその包が大きくなっている。日用品とか食物にちがいないので、でかけるときの包には、稼ぎのもとがはいっているのであろう。とすれば、——一日じゅう家にいるのだから、内職をしているには相違ないのだが、なにをしているかということは、誰にもわからなかった。

半助は五十がらみで、髪は青年のように黒ぐろと濃いが、躯《からだ》はしなびた糸瓜《へちま》のように瘦《や》せていた。血のけのない壁土色のおもながな顔は小さく、いつも誰かに殴られるのを恐れているような、卑屈な、おどおどした眼つきをしていたし、人と話すときには、それがいっそう際立《きわだ》ってみえた。——彼はいつも誰かにあやまっているようだし、自分は自分自身の躯のうしろにちぢこまっているようだ。外をあるくときでさえ、自分自身の軀のうしろから、そっとついてあるくように感じられた。「まるで指名手配でも出されている人間みたいだな」と退職刑事の和泉《いずみ》正六が云《い》った、「きっと叩《たた》けば泥の出るやつだぞ」

それを聞いたヤソの斎田《さいた》先生が、あとで笑った。

「叩いて出るのは埃《ほこり》だ」と斎田先生は云った、「泥は吐かせると云うものだ、退職刑事もどうやら怪しいな」

半助は近所づきあいをしない。たまに訪ねて来るのは、べつの町内にいる六ちゃんという少年と、この街で「小屋の平さん」と呼ばれる男の二人だけであった。平さんは半助と同年配で、十日に一度ぐらい訪ねて来るのだが、かくべつ用があるわけではないらしい。小半日ちかくいるときでも、話し声は殆《ほと》んど聞えないし、たまに聞えるのは茶を啜《すす》る音か、天気のこと、景気のよしあしなどで、なんのために訪問し、なんのためにそうしているのか、とんと理解がつかないのであった。

半助はこの街の誰よりも早く起きて、井戸端で洗面をしたあと、東の空に向ってかしわ手を打ち、敬虔《けいけん》に眼をつむって頭を三度さげながら、口の中でなにか呟《つぶや》く。願いごとをするのだろうが、なにを祈願するのか、ぶつぶつ呟くだけで内容は聞きとれない。それから二つのバケツに水を汲《く》んで帰る、というのが日課の始まりで、これは季節や天候に左右されることなく、毎日きちんとおこなわれた。

極めて稀《まれ》に、井戸端で人といっしょになることがある。

「お早う」と相手が呼びかける、「いつも早いね、半助さん」

すると半助はたちまち肩をすぼめ、卑屈におじぎをしながら、相手のきげんをとるように、おどおどと返辞をするやいなや、二つのバケツをさげて、自分の家のほうへ小走りに去るのであった。


半助の生活はとらと呼ぶ飼い猫とだけ、密接につながっていた。とは云っても、特に変ったところがあるわけではない。一般に猫好きとか犬好きとかいわれる人たちの中には、常識はずれな例が少なくないが、それらの人たちに比べると、半助ととらの関係は極めて平凡な、ありふれたものにすぎなかった。——ただ人づきあいをしない半助が、とらとだけは話をしたり、いっしょにめしを喰《た》べたり、共寝をしたりするところに、「密接」なつながり、という感じがするのであった。


朝はやく、夏でも暗いうちに半助は眼をさます。

「とら公」と半助は呼びかける、「そろそろ起きようかね」

掛け夜具の裾《すそ》のほうで、まるくなって寝ているとらが、眼をあいて主人のほうを見る。半助は夜具の中で伸びをし、大きな欠伸《あくび》をしながら、軀のどこかを掻《か》く。
——とらに呼びかける声も囁《ささや》くようだし、欠伸をするにも声は出さない。起きて夜具をたたみ、戸納《とだな》へそれをしまうにも、殆んど物音をさせない。これらはすべて、大切な重病人が側《そば》に眠ってでもいるように、注意ぶかくひそやかにおこなわれた。——それから着替えをして井戸端へ出るのだが、たてつけの悪い格子《こうし》と雨戸をあける音だけは、半助にも防ぎようがなかった。

「腹がへったかい」と彼は七厘《しちりん》でめしを炊《た》きながら云う、「待ってろよ、もう少しだからな、とら」

とらはにゃあとなくが、口をあけるだけで声は出さない。小さなニュームの鍋《なべ》でめしが炊きあがると、同じような小鍋で味噌汁《みそしる》を作り、そのあいだに漬け物を出し、お膳《ぜん》の支度をする。いまは田舎でもみかけない古風な、蓋付《ふた》きの箱膳で、中に食器がはいってい、蓋を返して箱の上にのせると、そのまま食膳になった。終れば食器は布巾《ふきん》で拭《ふ》いて、元のように箱の中へしまうから、勝手までいって洗うてまが省けた。半助はきれい好きなほうだが、それでもときたま、布巾を洗うだけで満足していた。

とらは半助の側をはなれない。勝手でも部屋でも、彼についてまわり、軀をすりつけたり、彼の手や足へ冷たい鼻を押しつけたり、坐《すわ》ればその膝《ひざ》へ乗ったりする。――半助は徹底した菜食主義で、だしをとる鰹節《かつおぶし》以外には、魚も肉も絶対に喰べない。とらにも漬け物をかくやに刻んでめしに混ぜたものを与えるだけであった。「魚や肉はな、軀に毒なんだよ」と彼はとらに云う、「魚だの肉を喰べるといのちをちぢめるだけだ、野菜と米のめしを喰べてさえいれば、病気にもとりつかれないし、寿命だけは必ず生きられるものなんだから」

とらはにゃあと、声を出さずになき、主人を見あげる。それはまるで、あなたの云うとおりです、知らない世間のやつらは哀れなもんですね、とでも云っているようであった。

めしを喰べるにも、半助は茶碗《ちゃわん》や箸《はし》の音をさせない。誇張していえば、物を嚙《か》む音さえさせないのである。したがって、そのようすは食事をしているというより、ぬすみ食いをしている、というふうであって、なにかを喉《のど》へつかえさせるとか、むせて咳《せき》をするなどということはまったくなかった。

朝めしを済ませると、半助はすぐ仕事にかかる。なにを作るかは判然としないが、小さいけれども樫材《かしざい》の頑丈な小机と、小刀や各種の鑿《のみ》、糸鋸《いとのこ》、特別に誂《あつら》えたらしい小さなまんりき、三種類ほどの錐《きり》などが道具で、材料は上質の象牙《ぞうげ》と、鉛の延棒《のべぼう》だけであった。

極めてこまかい仕事とみえ、片方の眼に時計屋が修理のとき使うような、筒形の拡大鏡をはめ、机にのしかかって、慎重に、入念に細工を進めるのである。そのようすは、なにかの仕事をしているというより、荘厳《そうごん》な神事でもおこなっているというほうがふさわしくみえた。——仕事のあいだも物音はたてない、錐を使い各種の鑿、糸鋸の類《たぐい》を使っても、殆んど音が聞えないのだ。小刀で象牙を削るときには、ごくかすかに、やわらかな擦音が出るけれども、それでさえ側へ寄って、じっと耳をすまさなければ聞えないのであった。

それはよほど大切な、しかも秘密な仕事なのだろう。「小屋の平さん」でさえ、それらの道具を見たことはない。平さんが来れば部屋へとおすが、どこへどう隠すものか、頑丈な小机以外にはこれといって眼につく物はなかった。平さんのほかに部屋へとおす者は絶対にないし、中通りの六ちゃんが来ても、切貼《きりば》りだらけの障子を少しあけ、顔を半分だけ出して話す、というのが常のことであった。

なにをするにも音を忍ばせ、食事のときに箸の音さえたてず、ひっそりと息をひそめているような生活の全部は、すべてその仕事をするためのトレーニングであるようだ。その仕事の大切さと秘密を要することと、さらにその細工が極めて微妙であるため、起居動作からして、それに順応するように自分を馴《な》らしている、というのが真相のようであった。

とらは主人が仕事にかかるのを見届けてから、机の脇《わき》のところで眠るか、外へでかけてゆくかする。眠るときは俗に香箱《こうばこ》を作るというかたちで、横になることはめったにない。外出したいときには、主人の膝へ軀をこすりつけたり、仕事に熱中している主人が気づかない場合には、「にゃあ」とかすかにないてみせ、主人が障子をあけてくれるまで待った。

外へ出たとらは、ゆうゆうとあるいてゆく、彼は黒っぽい三毛猫《みけねこ》で、軀もたっぷり肥えていて大きいし、顔もサッカーのボールくらい大きくてまるかった。半助が飼ってからでも七年になるそうだが、十年以上のとしよりだという者、もうそろそろ化けるころだ、という者もあった。

とらはボスのナンバー・ワンであった。

主人の半助がひっそりと、自分自身のうしろにちぢこまっているようであるのと対蹠《たいせき》的に、とらはいつも堂々といばりかえって、なにもかも気にくわん、とでもいうような眼つきで、ゆうゆうと好きなところを好きなようにあるいてゆく。——彼の縄張がどこまで広いか見当もつかない。この界隈《かいわい》はもとより、中通りから本通りのほうまで、彼の勢力圏にはいるようだ。云うまでもないが、これは実力で獲得したものであり、この範囲内では、かなり古参の犬でさえ彼にちょっかいをだしたため、片眼を失ったり、耳を食い千切られたりしたものが四、五匹はいた。

いまでは挑戦するような犬もいないし、たまにそんなおろかなやつがあらわれても、彼のほうで暴力をふるうことはなかった。単に立停って、じろっと見返すだけでいい。相当あたまの悪い喧嘩《けんか》好きな犬でも、とらのその眼つきを見るだけで尻尾《しっぽ》がさがってしまう。自然に尻尾がさがり、今日はまたなんていやな空模様だろう、とでも云いたげに、天のほうを見あげたり、または急に用を思いだしたといったようすで、あらぬ方向へ走り去ったりするのだ。

彼が暴力をふるうのは交尾期だけである。いまでもその期間には、彼がいかにボスのナンバー・ワンであるかを、現実に見ることができた。——ここに一匹のみめよき雌猫がいるとする、まず若い雄猫たちが彼女を囲んで、恋のセレナーデを競いあい、うたい勝ったやつが彼女に近づくのをきっかけに、かれら独特のレスリングが始まる。もっと経験を積んだ猫たちはそんな軽薄なまねはしない、若いかれらが独唱したり格闘したりするのを黙って見ている。そうして、若輩どもがたたかい疲れたじぶんに、自分がそこにいることを主張し始める。それからミドル級の勝ち抜き戦になり、終りのヘビー級となると一対一か、せいぜい三者対立くらいで勝敗を争うことになる。しかし、もしもそこにとらが出て来るとすると、ヘビー級で勝利を占めた選手も、決して自分の選手権を主張しようとはしない。すぐさま自分の権利をとらに譲って、ほかの恋人を捜しにかかるのである。

交尾期には、相当かしこい猫でも多少はあたまにきているから、中にはとらにいどみかかる勇士もある。そのときこそ、とらは平生《へいぜい》とっておきの喉を存分に開放するが、その叫喚のすさまじさは形容しようのないものであり、牙《きば》を剝《む》き出した顔つきのすさまじさもまた、形容を絶するものであった。それでもなお頑張ろうとするやつがたまにはいるけれども、そいつはまもなく軀じゅうから血を流し、毛を挘《むし》り取られ、びっこをひきひき自分のおろかさや、大事な時間をむだにしたことを悔みながら、そこから逃げだしてゆくのであった。

われらの「街」から出たとらは、いま荒地を横切り、中通りをあるいてゆく。肥えていて大きいから、あるきぶりもおもおもしくゆったりしている。左の前肢《まえあし》を出すときには、左の肩肉がくりくりと動くし、次には右の肩肉がくりくりと動く。脇見などは殆んどしない、なにもかもわかっているのだ。ここが靴の修理屋で次が荒物屋で、その隣りのしもたやには犬がいるが、それは臆病者《おくびょうもの》のめめしいやつで、格子の中できちがいのように吠《ほ》えたてるが、ちょっと睨《にら》んでやると、まるでどこかを嚙まれでもしたように、きんきん悲鳴をあげながら土間の隅へ隠れてしまい、すると顔の青ぶくれたような細君が出て来て、乳吞み児《ちのみご》をあやすような、あまだるい声でなにか呼びかける。

「うん、ここを嚙まれたんだ」とそいつは訴えるようなくんくん声を出す、「あいつです、あの悪い猫が僕のことを嚙んだんですよ、いつもなんです」

「よしよし、だいじょぶよ」とその細君はそいつを抱きあげてとらのほうを睨む、「またとらのやつだわ、なんて憎たらしいつらをしているんだろう、しっしっ、あっちへゆけ、悪いのら猫だよ」

とらは軽侮にもあたいしない、といいたげに髭《ひげ》をふるわせてそこを去る。安八百屋の近所には二疋《ひき》の雄猫がいるし、甘露堂というたいそうな看板を掲げた駄菓子屋には、猫でも犬でも生き物さえ見れば石を投げたり、棒で叩いたりする六歳ばかりの女の児《こ》がいる。――とらにはこれらすべてが、退屈なほどみえすいていて、いまさら注意をひかれたり、好奇心を唆《そそ》られたりする対象はなにもないのだ。

「ふん、いつものとおりだ」と彼は呟くようである、「こんな変りばえのしない生活を繰り返していて、よくもやつらは飽きないもんだな」

　中通りを北へゆくと橋がある。掘割に架けた石の橋で、それを渡り、二た筋目の横丁を構わずとおりぬけたところに、本通りがあり、流行のトップをゆくと称する、各種の商店や貴金属店、服飾店、キャバレー、銀行、百貨店、レストランなどが軒を並べてい、道の中央に市電、車道にはトラックや自転車、多種多様な自動車などの往来が絶えなかった。

　とらがここへ来るには目的があった。それは、この本通りを横切った向う横丁にある、「天松」という本格的なてんぷら屋なのだ。

　本格的といったが、それはおくにさんのやっている五色揚げに対してのことで、事実は「駄てんぷら」であり、その故《ゆえ》にまた下町の客にはよろこばれていた。お座敷てんぷらの、白っぽく、上品にとりすました揚げかたは、ばちがいだと下町の客は云う。狐色《きつねいろ》よりやや濃い色に、ぱりっと揚げたやつこそ本筋で、もともとてんぷらなんてやつははげて物なんだ、ちかごろは職人も客もそいつを知らねえからな、などと云うのであった。

とらはその「天松」のてんぷらがひいきだった。大きな店ではない、間口三メートル、奥行六メートルほどの広さで、入口の右側が板場、左が細長い土間で、テーブルが五つ、椅子《いす》がそれぞれ三脚ずつ置いてある。四脚置くと通路がなくなるからで、食事どきにははいれない客が、よく店の前で順番を待っていた。

主人は五十五、六、瘦せた背の高い男で、顔だちは五代目菊五郎*にそっくりだといわれていた。もちろんずっと古い客の評が伝承されたので、いまでは五代目の顔など写真でさえ見ることはないが、そういわれればそうかと、客たちは思うのであった。――息子は二十六、七、色が白く、瘦せていて、父親によく似た顔だちであり、父親と同じように無口であった。ほかに出前や雑用をする小僧が二人、奥のことは不明だが、店には女っけはなかった。

材料の買い出しから下拵《したごしら》え、揚げるのも客へ出すのも、この父子《おやこ》できびきびとやっていた。

とらはこの店の入口へ来て、どっかりと腰をおろし、てんぷらを貰《もら》うまでは動かない。客がはいろうとすると、じろっと睨んで牙を剝きだすのである。なにしろずう躰《たい》がすばらしく大きいし、サッカーのボールほどもある顔で、牙を剝き出しながら睨まれると、たいていの者がはいりそびれてしまう。しっしっ、などと追ったぐらいでは動かない。水をぶっかければすばやく脇へよけるが、すぐにまた入口へ坐りこむのである。

初めのころだったが、小僧の一人が竹箒《たけぼうき》でもって打つまねをしたところ、身をおどらせて小僧の胸にとびかかり、四肢の爪《つめ》で掻きむしったり噛みついたりした。

「いやだよう」と小僧は悲鳴をあげた、「おっかないよう、ごめんだよう」

ほかの小僧たちや主人、息子などがとびだして来ると、とらは敏捷《びんしょう》に逃げてしまった。

小僧はかなりな傷だったので、すぐに近所の医者へやった。医者は傷の手当をしたのち、「*鼠咬症《そこうしょう》というやつがあるから猫咬症《びょうこうしょう》なんてこともあるかもしれない」と云い、なにかの有効な注射を打ったそうである。――幾日かおいて、とらはまた平然とあらわれ、そんなことがあったかしらん、とでもいうような顔つきで、店の入口へ腰を据えた。

「お、また来やがった」もう一人の小僧は吃驚《びっくり》してとびのいた、「親方たいへんです、ちょっと来て下さい」

これには主人もあきれたようだが、としの功だけあって、とらの居坐りがなんのためであるかすぐに察し、ちょうど揚げ残りのてんぷらがあったのを、二つ三つ出してやれと命じた。石油缶に客の食いかすがあるから、それでたくさんだろうと小僧は云ったが、主人は黙って睨みつけた。猫もこのくらい権威者になるとごまかしはきかない、そこらのざっとした人間などより、趣味も嗜好《しこう》もよほど洗練されている、ということを主人は知っていたようである。

とらは三つのてんぷらの内、海老《えび》を残して、あなごときすの二つを喰べると、口のまわりや髭などに付いた揚げ油を、左右の前肢でていねいに撫《な》で、「天松」の人たちをではなく、「店」のほうをちらと横眼に見て、ゆったりとあるきだし、歩み去っていった。

「へえーえ」と無口な息子が、去ってゆくとらの姿を見送りながら感嘆の声をあげた、「云うこたあねえな」

これがとらと「天松」との、馴染《なじみ》になるきっかけになり、その後は両者の関係がずっとスムーズに続いていた。店先にゆきさえすれば、とらは必ずてんぷらの幾つかにありつけたし、痛めつけた小僧とも、――彼は猫咬症なんということにはならずに済んだが、――かくべつトラブルはおこらずに済んだ。

揚げ残りではあるけれども、本筋の下町ふうてんぷらに満足したとらは、食後のけだるい幸福感にひたりながら、ゆったりと帰途についた。こんども脇見などはしない、世間はおれのものだ、とでもいいたげな顔つきで、一歩、一歩と、本通りを横切ってゆく。各種の自動車、自転車、市電など、ぜんぜん気にかけない。——トラックが走って来てクラクションを鳴らす。ずう躰が大きくて、あるきぶりがゆうゆうとしているから、たとえ砂利トラの運転手でも眼をひかれずにはいられないのだ。

「やい、そこの泥棒猫」と運転手はクラクションを鳴らしながらどなる、「どかねえとひき殺すぞ」

とらは走りだすだろうか、否《いな》、彼は逆に立停ってしまい、ゆっくりとトラックのほうへ振返る。なんだ、という顔つきで、じっと運転手を睨みつけるのだ。運転手もまさかひき殺すわけにはいかないから、慌《あわ》てて急ブレーキをかけ、トラックを停める。とらはそれを確認してから、おもむろに車道を横切ってゆくのである。

市電でも同じことであった。市電には正規のレール上を運行するという、一種の特権を与えられているから、そんなことはないだろうと思われるが、運転手には感情があるので、やはり承知しながらひき殺す気にはなれない。やけなように警笛を鳴らしたうえ、これも急ブレーキをかけて電車を停める。――とらはそれを振返って見ている。軌道上に立停り、大きなまるい顔を振向け、なんだ、という眼つきで睨みつけるのである。

市電が確実に停車するのを慥《たし》かめてから、とらは悠然とあるきだす。ゆっくりと歩をはこぶので、左右の肩の肉が、くりっ、くりっと動くありさまが見えるのだ。とらはこのように、人間どもに対してさえ、ボスであるところの自分の権威をゆずろうとしない。いつも正面から現実にぶっつかってゆき、それを突きやぶり、うち勝ってゆくのである。――半助はこの事実を知っているだろうか、これを知ったら、自分の生活態度を変えるであろうか。いつも誰かに殴られはしないかと、びくびくしながら身をちぢめ、息をころしているような生活から、ぬけだすことができるであろうか。

そうは思えない。とらが市電やバスを停車させたり、「天松」からてんぷらをせしめたりするのを見たとしても、自分のくらしぶりを変えようとは思わないだろうし、まずとらと自分との、くらしぶりを、比較する気にさえならないであろう。半助は半助であって、自分なりに人生の重荷を背負っていたのである。

或《あ》るとき三人の紳士が、ふいに半助の家へやって来た。いずれも背広姿で、一人はハンティングをかぶり、他の二人は無帽だった。

三人とも見知らない顔なので、近所の人たちは好奇心にかられ、それとなくようすをうかがっていた。なにか異常なことがおこりそうだった。人づきあいをしない半助の家へ、突然そんなふうに、背広の紳士が三人も訪れて来るというのは、尋常な出来事ではないからであった。

だがこの期待は裏切られた。

「よう、やっぱりおまえだったんだな」と紳士の一人が云った、「ずいぶん捜したぜ」

半助の声は聞えなかった。

「あがらせてもらうよ」と他の紳士の云うのが聞えた、「じっとしてろ、手数をかけるじゃねえぞ」

ついで、なにか器物の音がしたが、乱暴をするとか、争うような音ではなかったし、半助の声は少しも聞えなかった。

用件はむずかしいものではなかったらしい、やがて三人の紳士が半助を伴《つ》れてあらわれた。紳士の内の二人が、なにか風呂敷包を抱えてい、半助を中にはさんで去っていった。紳士たちも半助も近所の人たちには言葉をかけなかったし、眼を向けさえもしなかったそうである。

「なんだろう、どうしたのかね」

と近所の人たちは云いあった。

「あの三人はなに者だろう、半助さんの友達かしらね」

「それならこれまでに見かける筈《はず》だな、友達ならさ」

かれらは心の中で察していた。この「街」の住人なら、そんなときぴんとくる考えはきまっているのだ。まもなく、島悠吉さんの隣りにいる博奕《ばくち》打ち、高名な「築正」親分のみうちだという徳さんが、かれらの推察に裏書きをした。

「あの三人は刑事さ」と徳さんは云った、「半助はいかさま賽《さい》を作る名人なんだってよ」

徳さんの云ったことを伝聞したたんば老人は、やさしい声でそっと笑った。

「刑事とはおかしいな」たんば老人は云った、「いかさま賽を作っていたにしろ、刑事が三人も来るなんてえことはないだろう」

「もしまた、いかさま賽を作っていたというのが事実なら」と老人はなお云った、

「やって来たのは刑事ではないな、そのみちのしょうばいにんの手先だ」

つまり職業的博奕打ちが、いかさま賽でからきめにあったか、あるいは半助の賽が欲しいために、住所を捜し求めて来たか、どちらかであろうと老人は云った。

「すると、半助さんはどういうことになるんです」

「わからないな、私には」たんば老は慎重に答えた、「どこかへ掠《さら》ってゆかれたにしても、あとのほうならまず軀に別条はないだろう、人に知れないところに匿《かく》まわれて、いかさま賽を作ればいいんだが、これがまえのほうだとすると無事では済むまいな」

博奕でいかさま賽を使えば、殺されないまでも軀のどこかをつめられる。半助は使ったのではないけれども、よほど巧妙な細工だとすれば、二度とそんな物が作れないように、やはりどこかをつめられるかもしれない。

「どっちとも云えないな」と老人は云った、「まあそのうちにはわかるだろうよ」

近所の人たちは、暫《しばら》くその話で気ばらしをした。いかさま賽については、徳さんが各種の例を説明し、その中には人間わざでは作れそうもない細工があり、どこまでが本当のことか疑わしかったが、それだけになお、半助の日常のひっそりした、呼吸さえ忍ぶような生活ぶり、決して人づきあいをしない明け暮れが、これで初めてわかったと、かれらは語りあった。

半助が連れ去られてから五、六日して、ジャンパーにズボンという恰好《かっこう》の男が二人来て、半助の家の中を片づけて去った。まえに来た三人とはべつの男たちで、隣りの住人にもなに一つ云わず、勝手に家の中へはいり、なにかごとごとやったのち、雨戸を釘付《くぎづ》けにし、口笛を吹きながら去っていった。

とらはどうしたろうか。俗に猫は家に付くといわれ、飼い主が移転しても、家に付いてはなれないそうであるが、とらはそんな俗説には関心がなかったのだろう、家のまわりで、幾たびかなくのを聞いた人はあるが、その後はさっぱりと姿をみせなくなった。

「きっと半助さんのあとを追っていったんだよ」と近所のかみさんの一人が云った、「三日飼われると死ぬまで恩を忘れないっていうからね」

「それは犬のことさ」とべつのかみさんが云った、「猫なんか恩のおの字も知りゃあしないよ、猫にできるのは化けるくらいのものさね」

半助はついに帰って来なかった。

親おもい

「そっちの番だよ」とたんば老人が云《い》った、「私はこの桂《＊けい》はねだ」

岡田《おかだ》辰弥《たつや》は重たい石でも持ちあげるように眼をあげて、一枚板の古い将棋盤の上を見た。いつも顔色こそよくないが、切れ味のいい刃物を思わせるような、きらっとした活気のひらめいている顔が、いまはむくんだように力を失い、たるんでいるようにみえた。

――またなにか困ったことがもちあがったんだな。

たんば老人はそう思ったが、けぶりにもみせず、半インチほどになったタバコのすい殻を、キセルの火皿に詰め、それを手焙《てあぶ》りの火ですいつけた。

「痛いな」岡田辰弥は聞きとれないほどの声で呟《つぶや》いた、「――弱ったな」

たんば老人は黙っていた。辰弥少年がやおら駒《こま》を進めても、黙ってタバコをふかしてい、辰弥も黙って盤面を見まもっていた。外は雨で、古い板葺《いたぶ》き屋根を打つ雨の音が、かなり高く、そして間断なしに聞えていた。

「それじゃあだめだね」とたんば老人が忘れたじぶんに云い、盤面の駒を指さした、

「この桂がはねたんだよ」

辰弥少年は指摘された点を見まもったが、いいや、やっちまえと呟いて、べつの駒を動かした。たんば老人は深い溜息《ためいき》をつき、タバコをふかした。それから暫《しばら》くたって、老人は黙ったまま、盤面の一隅《いちぐう》を指さして云った。

「角*が当ってるよ」

「ええと、そうか」

辰弥は両手の指を揉《も》み合せ、盤へのしかかるようにして、駒の配置をゆっくり眺めまわした。

「なんです」

辰弥は老人を見た。老人は喉《のど》の奥で忍び笑いをしていた。

「なんでもない、いまね、ひょっと治助さんのことを思いだしたんだよ」と老人は柔和な眼で少年を見ながら云った、「——あの男はなにをするにも、慎重に念を入れて考える癖があるんだよ、或《あ》るときこんなことを云ったよ」と老人はそこで声の調子を変えた、「——私はね、よくよくはらをきめてね、それがよかろうと思った

ものだからね、めしを喰《た》べることにしたよ」

「なんです、それは」

「べつに意味はないんだよ」老人はまた喉の奥で忍び笑いをした、「めしを食うのに、よくよくはらをきめた、ということさ、あの男はいつもそんなふうなんだがね」

辰弥は聞いていたのかどうか、腕組みをして天床《てんじょう》を見あげるかと思うと、振向いて、じっと壁をみつめたりした。

たんば老人はキセルを手焙りのふちではたき、火箸《ひばし》で火皿の中をほじくった。

「またあにきのやつが帰って来たんです」と辰弥は云った、「いつものとおりなんです、僕はもういやになっちまった」

たんば老人は、いちど置いたキセルを取りあげ、タバコのすい殻のはいったなにかの空き缶を引きよせたが、思い直したとみえて、また元のところへそっとキセルを置き、なんということもなく、溜息をついた。

「話してごらん」と老人は云った、「悪い物を喰べたときは、ひまし油をのんで出してしまうに限る、さっぱりするだけでも儲《もう》けものだからね」

「金を都合しろって云うんだ、帰って来ればいつもそうなんだけれど、こんどは大きいんですよ」

老人は黙ったまま、一枚板の古い将棋盤を、駒の配置の動かないように、脇《わき》のほうへそっと押しやった。

「僕は自分がなんのために生きて来たのか、なんのために生きてゆくのかわからなくなってきた」と辰弥は云った、「あにきは十二のとしに家出をしました、僕は二つだったからなにも知らないんですけれど、戦争が終ってすぐ、おやじが死んでしまって、うちの生活がどん底になったとき、あにきは逃げだしてしまったんです」

父親は軍需機械の下請工場に勤めていて、栄養失調と過労のために、*敗戦の年の十月に死んだ。あとには妻と十二になる長男、二歳の二男の三人が残り、長男は父の死後七日と経《た》たぬうちに、ふいと家を出ていったまま、行方不明になってしまった。――そのまえ、彼は学童疎開《そかい》で仙台の松島へいっていた。期間は二年くらいだったろう、家へ帰ったのは九月末だったから、辰弥は殆《ほと》んど顔も覚えてはいなかった。そのころ一般の生活がどんなものだったかは、ここに繰り返すまでもない。母は二十一年の二月に再婚した。

底の知れない社会的不安と食糧難、あらゆる物資不足の中で、女一人のゆくさきが心ぼそくなったのは当然だろう。再婚した相手は母より二つ若く、大学を出たサラリー・マンだった、ということであるが、戦後はブローカーのようなことをしていた。

「僕はその人を本当の父だと思っていました、いまでもそうとしきゃ思えないんです」と辰弥は云った、「僕の下に弟二人と妹が生れました、それが父の子なんですが、父は弟たちよりも、僕をいちばん可愛《かわい》がってくれました、叱《しか》ることも叱るけれど、叱りかたでも弟たちとは違うんです、僕は母よりも父のほうによけいあまえました」

辰弥は五歳のときから英語を教えられた。進駐軍は半永久的に日本を支配するだろう、だから英語ができなければ、これからの日本人は生きていけないんだ、と父は云った。

辰弥が十二のとき、家出をした兄が帰って来た。父が仕事で大阪へでかけた夜のことで、そのことを慥《たし》かめて来たらしい。固太りに肥えて眼が赤く、髪もぼさぼさだし髭《ひげ》だらけで、荒い呼吸はむせるほど酒臭かった。

母は泣きながらとびついた。

母は辰弥に、これがおまえのじつの兄さんだ、と告げたが、辰弥には信じられなかったし、弟や妹たちは側《そば》へ寄ろうともしなかった。兄であるかないかというより、こわい男だと思ったのだ。

としは満で二十二歳だったろう。しかし見たところはずっとふけていた。酔っているために赤かった眼や、黄色っぽい大きな歯や、ぶしょう髭の伸びた、固太りの、膏《あぶら》でぎらぎら光っている顔は、特攻隊くずれ、などといわれた若者たちのようだし、ことさらにやさしい作り声で話す口ぶりには、ぶきみな凄《すご》みさえ感じられた。

「おっかさん、夜なべなんかおよしなさい、疲れますよ、――なんて云うんです」と辰弥は無表情に続けた、「肩を揉みましょうか、だとか、苦労しましたねだとか、おっかさんの夢をみて泣かない晩はなかった、だとかって、――そらぞらしいあまったれ声で、おっかさんおっかさんの云いどおしなんです」

明くる朝、辰弥が眼をさましたとき、兄はもういなかった。静岡のどこかに勤めているので、すぐに帰らなければならなかったのだ、と母は辰弥たちに語った。けれども実際はそうでなく、兄はどう云いくるめたか、母からうまく金をせびり取っていったもので、父が出張から帰ってくると、母とのあいだに初めて、かなり激しい口論がおこった。

その前後から、父の仕事はうまくいかなくなっていたようだが、躯《からだ》も眼にみえて衰弱し、それをまぎらわすためだろうか、深酒を飲みだし、道傍《みちばた》に酔いつぶれているのを人に教えられて、母と辰弥とで伴《つ》れ帰りにゆくようなことも、幾たびかあった。

辰弥が十三になった年の冬、父は喀血《かっけつ》をして倒れた。医者の診察によると、古い肺結核の再発で、すぐに入院しなければだめだ、ということであった。病院を紹介してくれたが、どこにも空いているベッドはなかった。――大丈夫だ、テーベ*なら僕は自信がある、これまで二度も医者にテーベだと宣告されたが、二度とも薬さえのまずに自分で治した、心配するな、と父は力づよく云った。

母はこのときだけ、けんめいになった。空きベッドがないかと、熱心に病院を捜し続ける一方、父と共同で仕事をしていた人たちを訪ねて、入院費用をかき集めたりした。――辰弥は新制中学にかよっていたので、留守のあいだのことは知らなかったが、このあいだにも兄は、ひそかに母を呼び出して金をせびった。町の中で待伏せたり、近所の子供を使って呼び出したりしたのだろう。――共同経営者の一人が父をみまいに来、母が五人のなかまから、金を集めていった、ということがわかった。

父はその金をみせろと云い、母は出してみせたが、父の聞いた金額の三分の一にも足りなかった。父はその金を辰弥の手に握らせ、涙をぽろぽろこぼしながら、これを放すんじゃない、と云った。

「誰がなんと云っても、決してこれを渡すんじゃない、これは辰弥の金だよって」

辰弥はちょっと口をつぐみ、自分の言葉が感傷的に聞えないようにと、つとめて平板な調子を保ちながら続けた。

父は母を責めなかった。不足の金額は長男に貸した、と聞いたとき、彼女の顔をじっとみつめた。それは奇妙な、いま初めて会う人を見るような眼つきであった。けれどもその瞬間から、父は母に対して口をきかなくなった。母は弁明し、長男の窮状を訴え、金は必ず返る、と繰り返したが、父は聞いているようすもなかった。

病気は自分で治す、二度も治したんだから自信がある、決して心配するなと云い続けたが、父のは*奔馬性とかいう悪性のものだったそうで、三度も大量の喀血をし、四たびめのときに、血が気管に詰ったため窒息して死んだ。

学校が冬休みにはいっていたから、辰弥はその臨終を見た。初めに吐いた血を、父は新聞紙で隠しながら、まだ死ねない、いま死んでは困る、いまは困る、と歯をくいしばって叫んだ。

「なにかの本で読んだんですが、夏目漱石《なつめそうせき》が死ぬときにも、同じようなことを云ったそうです」と辰弥は云った、「新聞に書いている小説を中断させたくないためか、小さい子供たちに心が残ったのか、とにかく、いま死ぬことはできない、というようなことを云ったそうです」

たんば老人は眉《まゆ》も動かさず、穏やかな顔でゆっくりと頷《うなず》いた。

父に死なれた母は、泣くのはあとまわしだと云って、家財の始末をし、この「街」へ移った。それまで払い物をしていた古物商の、小田滝三が口をきいてくれたのである。そして、ここへ移ると同時に、父の共同経営者の一人の世話で、辰弥もいまの新聞社に雇われたのであった。

人間おちめになったら、とことんまでおちるほうがいい、中途半端《はんぱ》がいちばん悪いのだ、と母は子供に云いきかせた。おっかさんは屑拾《くずひろ》いだってしてみせるから、おまえたちも自分のお小遣や、学校の給食費ぐらいは、自分で稼ぐつもりになっておくれ。——それは嘘《うそ》ではなかった。屑拾いこそしなかったが、賃縫いや、ランドリーの下請けや、進駐軍ハウスの芝刈りや、闇成金《やみなりきん》の家掃除、米や薯《いも》や魚介の買出し、宝クジ売り。そのほか数えきれないほどの、そのときばったりの仕事をみえも外聞もなくやったうえ、いまでは躰力《たいりょく》も弱ったのだろうか、家におちついて、授*産所からまわってくる内職を専門にやるようになった。

辰弥が給仕*として雇われた新聞社に、「河馬《かば》」という渾名《あだな》の、或る部長がいて、どんなきっかけがあったともなく辰弥をひいきにし始め、特別手当の出るようにはからってくれたり、英語学校の夜間部にかよっていると聞くと通学時間にゆとりがあるように、あんばいをしてくれたりした。

その「河馬」部長のおかげで、辰弥の収入は平社員より多いことがあるくらいだったし、英語学校でも、午後のクラスへかよえるようにしてもらえた。——弟の一人も就職したが、一人は新制中学の三年、妹は中学の一年である。弟たちには大学までやらせるつもりだったので、辰弥はけんめいに頑張ったが、少しゆとりができたころになると、兄がやって来て、僅《わず》かな貯金まで召上げられてしまう。この「街」へ移って来てから三度、今日は四たびめというわけであった。

「僕は母にないしょで、ほかに貯金をしているんです」辰弥は恥ずかしそうに云った、「それは、どこかに家があったら、ここを出てゆきたいと思ってるからなんですが、——学校へいっている弟や妹のことを考えると、もう少しましな環境でくらしたいんです」

できればそうするほうがいいだろうね、たんば老人は呟くように云った。

兄が来たので、すぐに辰弥は家を出た。母が持っている金くらいなら、せびり取られてもしようがない。そういうきょうだいのいることは世間に例がないわけではなし、母はしょせん兄には勝てないのだから。けれども貯金のほうは絶対に困る、これだけは自分たち一家の将来に関する金なのだ、と辰弥は云った。

「僕がうちを出て来たのは、僕は心に隠していることがあると、すぐ顔に出てしまうからなんです、あにきなら一と睨《にら》みで見抜いてしまうでしょう、それは自分でよくわかってるんです」

老人は辰弥を見てきいた、「貯金帳を持ってかね」

「通帳はうちにありますが、誰にもみつかる心配のないところに隠してあるんです、それに、――僕が貯金していることだって、誰にも云ってはないんですから、自分で持ってるより大丈夫なくらいです」

たんば老人は半インチほどに切った巻タバコの一つを取り、キセルの火皿に詰め、火鉢ですいつけてうまそうにふかした。

「金を都合しろって、いったいどのくらいの額なんだね」

辰弥はその金額を告げて云った、「――どうしても必要だからって、いろいろな事情を書いた手紙が、三、四日まえに届いているんです」
「今日もその話をもちだしたのかい」
「僕は挨拶《あいさつ》しただけで、話はしずに出て来ました」
「すると、金がいらなくなって、それを知らせに来たのかもしれないね」
辰弥は冷たく微笑しながら、首を左右に振って云った、「そんなあにきならいいんですがね」
「私もいつか、そのにいさんという人を見たことがある」とたんば老人はタバコの煙をみつめながら云った、「たぶん、きわどい生活をしているからだろうが、どこかにぎらっとするようなものが感じられたね、しかし、それほど悪い男だとは思わなかった、なんだか気の弱い、人みしりをする性分のようにみえたがね」
「みかけだけじゃなく、することも云うこともそんなふうです」と辰弥が云った、「大きな声をだしたり、乱暴したりするようなことはありません、やさしい声でゆっくり話しますし、いつでも自分が悪いとか、みんなに済まないとか云って、すぐに涙をこぼすくらいです、それがあにきの手なんですから」

老人は火鉢のふちでキセルをはたき、火箸を取って、キセルの火皿をほじくった。

「ずっと昔のことだがね」と老人が静かに云った、「私の知りあいにひとり変った男がいた、かなり大きな商店の主人で、女中も三人、店の者もひところは十人以上使っていたかね」

その男は人使いが荒く、朝から晩まで口小言が絶えなかった。自分はなにもしないで、台所から店の内外まで、見てまわっては小言を云う、妻にも子供にも遠慮をしない。落語の小言幸兵衛はその男をモデルにしたのではないか、と思われるほどであった。

「そこに埃《ほこり》がある、これを片づけろ、あれをしまえ、煮物が焦《こ》げつくぞ、雑巾《ぞうきん》がぐしゃぐしゃだ、それをこうしてあれをどうして」たんば老人はキセルでなにかの廻るようなしぐさをした、「――そうやってみんなをこき使い、きりきり舞いをさせたあげく、その男はどっかり坐《すわ》って云う、――やれやれくたびれた、腰が痛くなった、ってね」

老人はそこでちょっと口をつぐんだ。話の効果をたしかめるようにではなく、その男をしっかり思いだそうとするかのように。そうしてやがて、含み笑いをし、ひどくゆっくりと頭を振った。

「これにはみんな呆《あき》れたね」とたんば老人は続けた、「まるで自分が一日じゅうこき使われたような口ぶりで、それがまたじつに感じの出ている調子なんだね、——やれやれくたびれはてた、くたくただ、腰が痛い」

辰弥はたんばさんがなんでそんな話を始めたのか、理解にくるしむといいたげな顔つきで、もちろん笑いもせずに聞いていた。

「みんなは蔭《かげ》で、さんざん悪口を云ったものだ」と老人は続けた、「因業《いんごう》じじいだとか、厄病神だとか、早くたばっちまえとかさ、ところが、——或るとき軀の調子がおかしくなり、医者に診てもらうと、腰椎《ようつい》カリエスだということがわかった」

辰弥はびっくりしたように眼をみひらいた。たんば老人はそっと眼を細めた。

「世間にはよくそういうことがあるんだな」と老人は太息《といき》をついてから、やわらかな声で云った、「あとになってから、あのときああしてやればよかったと、悔むようなことが誰にでもある、それがまた、人間の人間らしいところではあるだろうがね」

たんば老人はタバコをすおうかすうまいかと迷うように、みれんらしくキセルと空き缶とを見比べた。

辰弥は家へ帰った。たんば老人の話は、彼に一種のショックを与えたようだ。それがどういう内容のものであるか明瞭《めいりょう》ではないけれども、辰弥の顔には急に、幾歳かとしをとった男のような表情があらわれていたし、あるく足どりにも、つねにない力がこもっていた。

「そうだな、それもあるな」

と彼は考えぶかそうに呟いた。

「あにきにはあにきの云い分があるだろう、戦争ちゅう親たちからはなされ、遠い田舎で疎開ぐらしをしていた」

ことによると父や母が、敵の爆弾で死ぬかもしれない、そのときはどうしたらいいか。そういう心配が頭から去るときはなかったにちがいない、それから敗戦になり、家へ帰ると父が死んだ。

「おれはなにも知らない」彼は声に出して呟いた、「おれはまだ赤ん坊も同様だったから、――けれどもあにきは十二になっていた。あのめちゃくちゃな世の中で母と弟を自分が背負わなければならない、自分ひとりで背負うわけではないにしても、重荷の一端はかかってくる、却《かえ》って自分のいないほうが、母にはやってゆきやすいんではないか、そうだな」

彼は唇を嚙《か》んで立停《たちどま》った。

「そうだ」と彼は自分に答えた、「おれだって逃げだしたかもしれない、考えるだけでもたまらなかったろうからな」

親きょうだいにまで隠して、こそこそ貯金をしていた自分こそ、けちな利己主義者だったともいえる。このみじめな「街」からぬけ出ようという考えも利己主義だ。ここに住んでいる多くの家族は、自分たちがおちぶれて迷い込んで来たとき、それぞれのかたちであたたかく迎えてくれた。

「その人たちの多くはここからぬけ出すことができない」

そうじゃないか。中には子供の代になっても、ぬけ出せない人たちがいる。その中で自分たちだけぬけ出してゆく、――いや、それはひどい利己主義だ。貯金はあにきに進呈しよう、けちくさい貯金なんかしなくとも、時期が来ればしぜんと出てゆけるだろう、貯金はあにきに進呈すべきだ。

「なにをしておる、英学者」うしろで活潑《かっぱつ》な声がした、「がまぐちでも落したか」

寒藤清郷《かんどうせいきょう》であった。辰弥はどぎまぎし、赤くなった。

「うちへ帰るところです」

「どこのうちへ帰る、もう通り過ぎとるぞ」寒藤先生は例のとおり、古ぼけたモーニング姿で、うしろに大学の応援団のような、いさましい恰好《かっこう》の青年を一人伴っていた。「これはわが憂国塾の塾生で、姓名は八田忠晴という」

寒藤先生はそう紹介した、「よろしく」

その青年も「よろしく」と云いながら、活潑におじぎをした。そして二人は、自由主義をばぶっ潰《つぶ》せ、などとうたいながら歩み去っていった。

岡田辰弥が家へ帰ってみると、兄はもういなかった。

すぐ下の弟は勤め先の人たちとハイキングにゆくと云って、朝はやくから出てゆき、二番めの弟と妹がいたのであるが、いまは母と弟の二人きりだった。

母は勝手でなにかしてい、弟は机に向っていた。辰弥は弟のそばへいって、あにきはどうした、ときいた。

「帰ったよ」と弟は答えた。

弟は英作文をやっているらしかった。机の上は書き損じた紙や、ぼろぼろになった参考書や辞典やノートなどがいっぱいで、見るだけでもうんざりした。

「机の上をなんとかしろよ」と辰弥は云った、「まるで屑籠《くずかご》をひっくり返したようじゃないか、よくそれで勉強ができるな」

「諄《くど》いなあ」と弟は云った、「こうしなければおれは勉強ができないんだって、何度も云っているじゃねえか、うっちゃっといてくれよ」

「辰弥かい」と勝手から母が呼びかけた、「茶箪笥《ちゃだんす》におやつがはいっているよ」

「のらさんのみやげさ」と弟が低い声で云った、「ジー・アイ*の残飯の中からでも拾って来たらしいぜ」

のらさんとは、弟や妹たちがあにきに付けた呼び名であった。辰弥が茶箪笥をあけてみると、ふちの欠けた洋皿に、エクレアのような菓子が二つのせてあった。

「おまえ喰べたのか」

「犬じゃあないんでね」弟は振向きもしなかった、「アメちゃんの食い残しなんかまっぴらごめんさ」

もう米軍の残飯を食うなどということはなかった。実際にそれを喰べて飢えを凌《しの》いだのは、母と辰弥とすぐ下の弟くらいであろう。だが四男である彼は、それを喰べた母の乳で育ったというだけで、いまでも事ごとに激しい憎悪《ぞうお》を感ずるようであった。

辰弥は菓子には手をつけず、茶箪笥の戸納《とだな》を閉め、弟のそばへいって、あにきはおとなしく帰ったのか、と声をひそめてきいた。

「ごきげんだったよ」と弟は辞典を繰りながら、ぶっきらぼうに答え、振向いて辰弥を見た、「頼むから宿題ぐらいゆっくりさせてくれよ、おれは」

彼がそう云いかけたとき、戸外で人の声がした。どうやらこの家をきいているらしい、ええそこですよ、という女の声がし、すぐに戸口で「岡田さん」とおとずれる声が聞えた。辰弥が答えながらいって、障子をあけると、制服の警官が立っていた。

——とうとうきたな。

あにきがなにかやったな、と辰弥は直感し、急に呼吸が苦しくなった。警官はメモのような紙片を見ながら、岡田辰弥くんかとたずね、そうだと答えると、伸弥という兄さんがいるかときいた。

「はい、おります」

そう答えながら、辰弥は自分の顔色の変るのを感じた。

「兄はおりますが」と辰弥はかすれた声で続けた。「このうちには住んでいないんです、よそへ出てはたらいているんですが、兄がなにかしたんでしょうか」

「交通事故なんだ」

警官は辰弥の眼を避けるかのように、メモを見たままで云った。

「いま本通り一丁目の交番から連絡があってね、伸弥くんが小型乗用車にはねられたんだそうだ、向うからの電話連絡なんで」

「うちの息子がどうしたんですって」と母がとびだして来た。

「まあおちついて下さい」警官は片手で、なだめるような手まねをした、「本通り一丁目の交番から電話連絡があったんで、ぼくには詳しいことはわからないんだが、なんでも小型乗用車にはねられて」

「場所はどこです、けがは重いんですか軽いんですか」

「おっかさん」と辰弥が制止した、「静かにしなきゃだめだよ」

「とにかく電話連絡なんでね」と警官はひたすらメモをみつめながら云った、「場所はまあ交番に近いところだろうと思うが、けがの程度までは連絡では云っていなかった、中橋のそばにある仁善病院というのへ入院させて」

「病院へ、入院ですって」

「おっかさんったら」と辰弥はまた母を制止して、警官にきいた、「中橋の仁善病院ていうんですね」

「そういう電話連絡なんだ」

警官は初めてメモから眼をあげた。そして、このみじめな住居にすばやく視線をはしらせて、誰かすぐにゆけるかどうか、とあやぶむようにきいた。

「はい、すぐにゆきます」と辰弥が答えた、「どうもお手数をかけました、ご苦労さまです」

警官は挙手の礼をして去った。母は泣きだし、驚きのあまり立っていられないように、そこへ坐っておろおろと、長男の名を呼んだり、また泣きいったりした。

「おい光雄」と辰弥は弟に云った、「おまえ先にいってみてくれ、おっかさんとぼくは必要な物を持ってあとからゆく、いいな」

「そんな必要があるのかい」弟は机に向ったままで云った、「病院に入院しちゃったんなら、医者がなんとかしてるだろ、おれがいそいでいったって、なんにもできやしねえと思うがな」

「いいよ、頼まないよ」と云って、辰弥は母をせきたてた、「泣いてる場合じゃないよおっかさん、着る物やなにか出さなくっちゃ、それに毛布くらいはいま持ってゆかなくちゃならないんだろう」

「あたしにゃ、なにをしていいかわからない、あの子はきっと大けがをしてるんだよ」

「だってここの住所や名が云えるくらいだもの、きっとたいしたことじゃないよ、それより早く着る物を出しておくれよ」

風呂敷包《ふろしきづつみ》を自分で持って、母を支えるようにしながら、辰弥はその病院へいった。戦後に建てた安普請《やすぶしん》のバラックで、白と緑で塗りたくったペンキも剝《は》げ落ち、仁善病院と書いた看板の字も斑《まだら》に剝げていて、やっと判読できるくらいだった。狭い土間の片方にある受付に、四十がらみの女性がいた。白い看護衣の鼠色《ねずみいろ》になったのを着ているが、口のききかたも動作も、看護婦のようではなく、まるで不景気な*外食券食堂のかみさん、といった感じであった。

「ドアをちゃんと閉めて下さい」彼女はまずそう命じてから、辰弥の問いに答えた、「ええ、その人は預かっています、あなたがたは家族の人ですか」

「いま院長にきいてみます」とまた彼女は云った、「たぶん面会謝絶だろうがね」

そして二人をぎろりと白い眼で睨み、五十キロもある荷物をはこびでもするような、たいぎそうなあるきぶりで奥へいった。面会謝絶という言葉を聞いたとき、母は辰弥の腕をぎゅっと摑《つか》んだ。彼はその母の手をやさしく叩《たた》き、しっかりするんだよおっかさん、大丈夫だよ、と囁《ささや》いた。

「どうぞ」と戻って来た女が云った、「いま院長先生がおみえになるから」

辰弥は母を支えながら玄関へあがった。五足ばかりあるスリッパは、みな古く、ぞっとするほどきたならしく、やぶれたり擦り切れたりしていた。──二メートル四方ほどの待合室には、ニスの剝げた木の腰掛と、タバコの吸い殼だらけで火のない火鉢があり、壁に貼《は》った診療時間割の紙も、一隅がやぶれて垂れさがっていた。ぎしぎしきしむドアをあけて、おどろくほど背の低い、中年男がせかせかと出て来た。初めは子供かと思ったくらいで、軀も顔も子供っぽく肥えてい、顎《あご》の下に厚く肉がくびれていた。

「岡田伸弥の家族の方ですね」とその男は息苦しそうに、喘《あえ》ぎながら云った、「いま昏睡《こんすい》状態で、係り官が来るでしょう、お会いになってもわかりませんよ、ぼくは院長の大豊《おおとよ》です、とよはゆたかという字です、表に看板が出ていますが、まあお掛けなさい」

母はおろおろ声で容態をたずねた。大豊院長は診察衣のポケットから、くしゃくしゃになったタバコの紙袋を出し、へし曲った一本のタバコを抜き取ると、こんどはあらゆるポケットを捜したのち、聴診器といっしょにライターをつかみ出して、ようやくタバコに火をつけた。

「なにしろ頭蓋《ずがい》骨折で、手足にも骨折があるでしょうね、心臓も肥大しているな、酒の飲みすぎだと思うが、ここへ担《かつ》ぎ込まれたときにはもう意識不明でした、ああ、本人は苦痛も感じていなかったと思う、頭蓋骨折だからね」
「しかし」と辰弥が反問した、「住所姓名は云えたんじゃないんですか」
「それは違うね、まったく話が違うね、ああ」と院長は云った、「あの患者は意識不明のまま担ぎ込まれて来たんだ、さっきも云ったとおりね、係り官は聞いたかもしれない、たぶん係り官が事故現場へ駆けつけたときには、まだあるいは口がきけたかもわからん、しかしここへ担ぎ込まれて来たときは、意識不明で口をきくどころじゃなかった、はっきり云えばだな、丸太ン棒を放り出されたみたようなもんだったよ」
「会わせて下さい」と母は云った、「あれはわたしの子供なんです、どうかいますぐに会わせて下さい」
「会ってもわかりゃしませんよ、ひどい姿になっているし、包帯をしてはあるがそれも血だらけで、まあおっかさんは見ないほうがいいでしょうね」
「いいえ会います、どんなにひどい恰好だって驚きゃあしません、あれはわたしの子供なんですから」

「まあまあ」と云って院長は辰弥を見た、「きみは弟だといったね」

辰弥は頷いた。

女親に見せるのはむりだ、と院長は云った。しかし病院の立場としては、患者に対する応急処置や、使用した高価な注射薬について親族の了解を得る必要がある。なおまた希望によっては、——その費用を払う能力があればのはなしだが、——さらに高価な注射薬をもちいてもよい。そういう意味で、きみに病室へいってもらいたい、と院長は云った。

「はい、ぼくが会います」辰弥はそう云って母を見た、「ぼくが先に会いますよ、そのようすによっておっかさんも会うほうがいいでしょう」

「あの子は死ぬんですね」母は院長に云った、「あの子は助からないんですね」

辰弥が「おっかさん」と制止した。院長は医者であることの威厳を示しながら、医者には患者の生死について発言することは許されていない。患者が生きているうちは生きているのであって、呼吸と心臓が止り、その肉躰《にくたい》が生きることをやめたと確認したとき、はじめて「死」を宣告することができるのである、と云った。

「この仁善病院は儲け主義の病院じゃないんだ」と院長は急にふきげんになって云

った、「よそみたいに*ぶったくり主義なら、とっくに建物も改造しているし、薬局だってどしどし新薬を入れられるんだ」

「病室はどこですか」

と辰弥がきいた。母がわたしもとゆっくり立ちあがり、院長は面倒くさいとでもいうように片手を振って、いましがた出て来たドアのほうへあるきだした。この病院は儲け主義ではないとか、ほかの病院のようにやっていたらもっと薬局にも新薬を備えることができるなどと、院長が急に憤懣《ふんまん》を述べだしたとき、院長の左右の手首に無数の注射の痕《あと》があるのを、辰弥は認めた。

注射の痕はうす茶色で、そばかすかと思えるほど数が多く、白衣の袖《そで》の奥までびっしりと皮膚の表面を埋めていた。おそらく腕のほうから始めて、手首にまで及んだものであろう。なんの注射かはわからないが、そのように数多く打つとすれば中毒性の薬に相違ない。新聞社に勤めている辰弥の頭には、幾種類かの禁制薬品の名がうかび、この医者は信用できないぞと思った。

その病室にはベッドが二つ並んでいた。それ以上は一台のベッドも入れる余地もない狭さで、窓のくもり硝子《ガラス》の多くはひび破《わ》れており、そこに紙を貼って保《も》たせてあった。あにきは手前のベッドで、窓のほうへ頭を向けて寝ていた。カバーなしの垢《あか》じみた毛布が掛けてあるため、胸から下は見えないが、頭部は眼と鼻と口が覗《のぞ》いているほか、すっかり包帯で巻かれているし、毛布の上に出ている両手も包帯で巻いてあり、どちらも滲《にじ》み出た血で染まっていた。

「これが本人の所持品です」院長はサイド・テーブルの上にある物を指さした、「見るだけ見てもいいが、係り官が来るまでは手をつけないように、ああ、これは係り官の命令だから」

辰弥は頷いた。

母はあにきの枕許《まくらもと》へ走り寄り、頭の上へのしかかるようにして、おろおろと名を呼び、話しかけていた。院長は形式的に脈をみようとさえせず、ぶったくらない病院の経営がいかに困難であるか、とぐちを並べたり、こんどの治療費が意外に高くついたとか、なになにという新輸入の注射薬を使ってみたいのだが、あまり高価なので考えている、などということをくどくどと呟いていた。

辰弥はサイド・テーブルの上にある品を見ていて、その表情を静かに硬《こわ》ばらせた。外国製の万年筆とシャープペンシル、腕時計、革表紙の手帳、革製の横に長いがまぐち、上等な麻のハンカチーフ、洋銀にしゃれた模様を彫ったコンパクト、櫛《くし》などの脇に、自分の貯金通帳と認印があるのをみつけた。

まさかと、初めは信じられなかった。手をつけてはいけないと云われているので、顔を近づけてよく見ると、住所氏名が自分のものであること、認印も自分の物であることがわかった。

——そうか、これで住所がわかったんだな。

そう思ったとき、抑えがたい怒りと悲しさがこみあげてき、われ知らず振向いて母に問いかけた。

「ここにぼくの貯金通帳があるけれど」と辰弥は云った、「どうしてこれをあにきが持ってたんだろう」

母はあにきを覗きこんだまま、それまでなにか云い続けていた口をぴったりとつぐみ、軀ぜんたいをちぢめて、なにか異常な事がおこるのを待ちでもするように、じっと呼吸をころしていた。

いけなかった、と辰弥はすぐに後悔した。きくまでもなかった、悪いことをした、と彼は思った。

母がとつぜん身をおこして、辰弥のほうへ振向いた。それはまるで、辰弥の考えたことを、その耳で聞きつけたかのようであった。

「貯金帳はあたしが遣《や》ったよ」と母はふるえ声で云った、「兄さんがあんなに困っているわけを話したのに、おまえは黙って出ていってしまった、血を分けたじつの兄さんが、よっぽど困ればこそ相談に来たんじゃないか」

辰弥は蒼《あお》くなり「おっかさん」と云った。院長は気まずそうに、眼をそむけながら出ていった。

「それなのにおまえは、話をよく聞こうともしなかった」と母は云い続けた。彼女の顔も蒼白《そうはく》になり眼尻《めじり》がつりあがるようにみえた、「自分はこそこそ貯金なんかしていたくせに、親のあたしにさえ隠して、自分だけは貯金なんかしていたじゃないか、おまえには親きょうだいより、貯金のほうが大事なんだろう」

そうじゃないんだよ、あれは自分のためじゃない、おっかさんや弟たちといっしょに、もう少しましなところへ移りたかったんだ。それでも考え直して、あにきに遣ろうと思ってうちへ帰ったんだ。ぼくは自分だけのためなんて、考えたこともありゃあしないよ、辰弥は心の中でそう訴えた。しかしそれは心の中のことで、口には一と言も出さなかった。

「兄さんがこんな姿になっても、貯金さえ無事ならおまえは本望だろう、え、そうなんだろう」母の声は半ば叫びになり、その眼から涙がこぼれ落ちた、「兄さんはおまえのように薄情じゃなかった、仲弥は心のやさしい、親おもいな子だった」母はベッドの上の、もの云わぬあにきを覗きこみ、嗚咽《おえつ》しながら云った、「いつもあたしのことを気にかけて、おっかさんおっかさんって、そんなにこんを詰めると疲れるよ、肩を叩こうか、少しは休まなくっちゃ毒だよって、——こんなにあたしのことを心配してくれた子はなかった」そして母は辰弥のほうへ振向いた、「おまえなんか一度でもそんなことを云ってくれたためしがあるかい、一度でもあたしのことを心配してくれたことがあるかい、こそこそ隠れて貯金なんかするときに、一度でも親きょうだいのことを考えたことがあったかい」

辰弥は力なく、静かに、黙って頭を垂れた。

「仲弥、仲弥ったら」母は泣き声であにきに呼びかけた、「死なないどくれ、なにか云っとくれよ、おっかさんはおまえだけが頼りなんだからね、お願いだから死なないどくれよ」

辰弥はそっと廊下へ出てゆき、手の甲ですばやく眼をぬぐった。

「そうだな」彼はたんば老人とさしていた将棋のことを思いだそうとした、「あの桂《けい》はねのところで*落手をしたんだ、——あれは*銀を引けばよかったんだ、*4七へ銀を引いて、次に桂頭*を叩く手だった」
彼の顔がみにくく歪《ゆが》み、涙がその頰を濡《ぬ》らした。

牧歌調

増田益夫《ますお》は三十二歳、妻の勝子は二十九歳であった。

河口初太郎は三十歳、妻の良江は二十五歳であった。

増田夫妻は東の長屋に住み、河口夫妻は北の長屋に住んでいた。この二つの長屋が、ほぼT字形に接するところに共同水道があり、まわりが空地になっていて、水道端はかみさんたち、空地は子供たちで、どちらもそうぞうしく賑《にぎ》わっていた。

増田と河口は日雇い人夫に出ていた。特に仲が良いわけでもないが、でかけるときはいつもいっしょだし、酔っていっしょに帰ることも稀《まれ》ではなかった。――増田は河口のことを「初つぁん」と呼び、河口は増田を「あにき」と呼んだ。

かれらの妻たちも、共同水道で毎日のように顔が合い、他のかみさんたち同様に、ぐちをこぼしあったり、人のうわさや蔭口《かげぐち》や、そのほか数え切れないほどの話題について、おしゃべりの快楽に耽《ふけ》るのであった。――だからといって、二人が特に親密だというわけではない。

「まあ聞いとくれよおよっさん、あんただから話すんだけどさ」

勝子は良江にこう呼びかける。そして、閨房《けいぼう》の秘事までうちあけたうえ、誰にもないしょだよ、と念を押す。その口ぶりや表情には信頼と、深い親近感とがあふれていて、だから親きょうだいにも話せないことを話せるのだ、というふうに感じられるのであるが、実際には相手が良江でなくともいいのだ。そのとき話したい衝動がおこり、適当な相手がありさえすれば、どのおかみさんにも話せないようなことを話すのに、少しも差支えはないのであった。

これは良江に置き替えても同じことであるし、他のかみさんたちの多くにも当て嵌《は》まるだろう。たまたまそうでなく、二人だけ特に親しいとか、水道端のパーティーを好まないような者がいれば、「おへんじん」とか「おきちさん」などという悪評から遁《のが》れるすべはないのであった。

十月末の或《あ》る夜、九時ころのことであるが、河口初太郎の家へ増田益夫が酔ってあらわれた。

その日は二人とも、近来になくいい日当の仕事があり、帰りにはいっしょに一杯やった。そしていま、河口は妻の良江を相手に、またぐずぐずと飲んでいるところだったので、増田の顔を見るなり勇気づいて「ようあにい」と手をあげた。

「いいとこへ来てくれた、まああがってくれ」

「おらあそんなきげんじゃあねえ、おめえに聞いてもれえてえことがあって来たんだ」

　増田はあがって、夫婦の脇《わき》へどかっとあぐらをかいた。顔は赤いし眼も赤いし、息は腐った熟柿《じゅくし》のような匂《にお》いがした。

「まあ一杯いこう」と河口は持っていた湯呑《ゆのみ》を、ちゅっと啜《すす》ってから差出した、「そのうえで話を聞こうじゃねえか、どうしたんだ」

「どうもこうもねえや」良江の注《つ》いでくれた酒を、水でも呷《あお》るように飲んで、増田は云《い》った、「どうもこうもありゃしねえ、うちのすべたあまのちくしょう、おらあまるでのら犬が*シャッポをかぶされたような心持だ」

「ふーん」河口は首をかしげた。

「云っちゃあ悪いが、めしを食らってるときに頭から、*ぱいすけ一杯の砂をぶちまけられたような気持だぜ」

「ふーん」河口はあにいの心持を推察し、推察する限りにおいて、事情の複雑さ

――具体的にはまだなにもわからないにしても――に深く感動した、「いつもながら、あにいのところはむずかしいな」

「お勝さんも気が強いからね」良江は増田に酒を注いでやりながら云った、「気性はいい人なんだけども、かっとなるとかっとなっちゃうのね」

「砂をどうしたんだって」良江がしゃべりだすと諸事こんがらかってしまうのが常なので、河口はべつの湯呑に自分で酒を注ぎながら反問した、「ほんとに頭からぶちまけちゃったのか」

「砂をぶちまけやしねえさ、まさか、そんなような心持だってことを云ったまでだが、てんでもう話にならねえ」と増田は酒を飲んで云った、「おめえと別れてからよ、おらあ湯へいって帰って一杯やってたあ、いやにつんけんしゃあがるんで、なにがどうしたときいたら、おまえさんの知ったこっちゃあねえ、といってそっぽを向きゃあがる、おれの知ったこってねえならそんなにつんけんするな、って云ってやったら、どうしてさ、と口返答をしゃあがる、どうしてってべらぼうめえと云いかけると、べらぼうとはなんだい、と突っかかってきゃあがった」

　亭主に関係のないことで、亭主につんけんするのはべらぼうじゃねえか、と云うと、それじゃあおまえもべらぼうかいと云う。おれがなんでべらぼうだ。いつもあたしに関係のないことであたしに当りちらすじゃないか、番*たびじゃないか、そうだろうと切返した。

「亭主にゃあ亭主の見識てえものがあらあ、なあ初つぁん」

河口は「そうとも」と云って湯呑の酒を呷った。気のせいか、いかにも見識を確証するような飲みかたであった。

「男ってものは外で難儀の多いもんだ」と増田は続けた、「まだけつっぺたの青いような若造の人繰りにへいこらしたり、無理な荷揚げにへたばっているのを、畜生のようにどなられたり、それこそ血の涙も出ねえようなおもいをしなけりゃあならねえ、だからてめえのうちへ帰ったときぐれえ、ついかかあにでも当りたくなるのが人情じゃあねえか」

おれのいうことが間違っているかと云って、増田はぐっと酒を飲みほし、良江がすぐに酌をしてやった。

「あにいの云うとおりよ、いつだってあにいの云うことは間違えなんかありゃあしねえさ」

「ところがうちのあまときたら負けちゃあいねえ、昔から一度だってはいとぬかしたためしがねえんだから」と増田は新しく注がれた酒を飲んで云った、「男が外で難儀をすれば、うちにいる女にだって難儀なことがあるんだ、それこそむし歯を五寸釘《くぎ》でほじくられるようなおもいをすることが幾らもあるんだ、けれどもあたしゃ女房だ、疲れて帰って来る亭主に、いちいち*こうめったあめったって泣きごとを並べちゃあ悪いから、黙ってなんにも云わねえでがまんしている、おまえにゃあそんなことはわかっちゃいねえだろう、って*へこましゃあがるんだ」

それも理屈だと云おうとして、河口は慌《あわ》てて口をつぐんだ。

そこまで亭主に気を使ってくれるんなら、ついでにつんけんするのもやめたらどうだ、とやり返したところが、あたしだって人間だから、たまにはつんけんしたくもなるさ、それとも女はつんけんしてはいけねえっていう法律でもできたのかいってえ挨拶《あいさつ》だ、と増田は云った。

「おらあはらが煮えくりかえって、はっ倒してくれようかと思ったがあのあまのこった、長屋じゅうの騒ぎになるからとびだして来た、みてくれ、まだここんとこがどきんどきんと鳴ってるから」

彼は着物の衿《えり》をひろげ、黒い毛のみっしり生えた胸をひたひたと叩《たた》いた。良江の眼が、増田の胸毛を見て光った。眼球の内部からさっと閃光《せんこう》がはしったようにみえ、そのまま三白眼《さんぱくがん》になった。

「しょうがねえな、女ってものあしょうがねえもんだ」河口は唇を手の甲で拭《ふ》きながら云った、「笑っちまえば済むこっても、見識だの法律だのって、すぐむずかしく理詰めに持ってゆきたがる、つまり暇をもてあましてるんだ、笑っちまえばそれっきりだから、なんとかこじらしてたのしもうってえわけだ、よし、おれがいってよく話してこよう」

「そんな厄介をかけちゃあ申し訳がねえ、うっちゃっといてくれ」

「そうはいかねえ、あにいとおれの仲でおめえ」河口は立ちあがった、「これが黙って見ていられるかって、ねえ、相手は誰だっけ」

「およしよ、ばかだねえこの人は、すっかり酔っちゃってるじゃないかさ」と良江が云った、「お勝さんのところへなだめにゆくんだろう、相手は誰だっけなんて、いったって話なんかできやしないよ」

「大丈夫だよ、これっぱかりの酒で酔ってたまるかえ」

「酔ってるよ、だめだったらおよしってばさ」

良江の口ぶりは彼を止めるのではなく、唆《け》しかけるように聞えた。もちろん、彼女にそんな意志はない、亭主が酔いすぎているから、いってもむだだとわかっていたのである。

　けれども、人間はいつも意志によって行動するものではない。良江が亭主に「ゆくな」と云ったのは、亭主が酔いすぎているのを認めたからであると同時に、そういう止めかたをすれば、亭主がやっきになって自分の我《が》をとおす、という癖のあることを知っていた。認識論的に知っていたのではなく本能で感知していた、というべきであろう。したがって、彼女がその亭主を唆《そその》かすような調子でなにか云ったとしても、それは完全に意識外のことであって、彼女自身には些《いささ》かも責任を負う必要のない問題であった。

　河口は出てゆき、良江は増田に酒をすすめた。増田はもう定量以上に飲んでいたけれども、自分では感情を害しているため、飲んだだけ酔ってはいないように思いこんでいて、すすめられるままに飲み続けた。

「あたしも一杯いただくわ」やがて良江も盃《さかずき》を持った、「お酌して下さいよ」

「いただく、とはござったな」増田は酌をしようとしたが、手がふらつくので酒をこぼした、「ははあ、おれの手は酔っちまったようだな、それっ」

「だめだめ、みんなこぼしちまうじゃないの、自分で注ぐからこっちへかして」

「済まねえ、済まねえな、良《よ》っちゃん」増田はそら笑いをし、良江の顔を見て頭を振った、「おめえ、初つぁんとこの、良っちゃんじゃねえか、へえー、こいつは大きなおどろきだぜ」
「また胸が鳴りだしたかい」
「胸が、——ああ胸か」増田は衿をひろげて、胸毛のところをさぐってみ、ふしぎそうに首をひねった、「へんだぞ、ことんとも音がしねえ、心臓も酔っちまったかな」
「どら、あたしがみてあげる」良江はすり寄って、彼の胸へ手を伸ばし、濃い胸毛を好もしそうにまさぐった、「——搏《う》ってるじゃないの、こんなに、ほら、どきどきんって、——ずいぶん強い動悸《どうき》だわ、あたしの手をはね返しそうだわよ」
「だわよ、とござったな」増田は軀《からだ》をねじった、「おめえのはどうだ」
「自分でみてみなさいな」
「めんどくせえや、心臓なんぞくたばっちめえだ」
「まあお待ちよ、乱暴だねえあにさんは、待ってったら」
増田は「あ——っ」といって、そこへごろっと横になった、「あにさん、か」
「どうしたの、そんなとこへ寝ちまっちゃだめじゃないの、風邪ひくわよ」

「あにさん、ときたか」

増田は眼をつぶったまま、くすぐられでもしたように含み笑いをし、よせやいと云った。

河口は帰って来なかった。良江は酒を冷やのままで、暫《しばら》く独りで飲んでいたが、やがて立ちあがると、戸納《とだな》から夜具を出してそこへ敷きはじめた。

明くる朝はやく、増田の妻が河口の住居へ来て、自分の亭主の仕事着を差出し、河口初太郎の仕事着を受取って帰った。

「男って酔うとしようのないもんだねえ、ほんとに」と増田の妻の勝子が云った。

「ほんとにねえ、男は酔っぱらうと子供も同然なんだから」と河口の妻の良江が答えた。

二人の会話はそれだけだった。心になにか思っているが口にはだせないとか、話し合えば気まずいことになるとか、そういう心理的な回避があったわけではない。慥《たし》かに、なにも云うことはなかった。彼女たちにはそれ以上になにも云うことはなかったのだ。

いつもの時間になると、仕事着に着替え弁当の包をぶらぶらさげて、河口初太郎と増田益夫が水道端で顔を合わせた。

「よう」と増田が云った。

「よう」と河口が答えた。

「おてんとさまが眩《まぶ》しいや」と増田が云った、「ゆうべは飲みすぎちまった」

「飲みすぎちゃったな」と河口も云った、「なんだかまだふらふらすらあ」

そして二人は稼ぎにでかけた。かれらもまた、そのほかにはなにも云わず、云いたいことを隠しているとか、相手の気持をさぐっている、などというようすは微塵《みじん》もなかった。それだけならさして驚くほどのことではないかもしれない、人間の云うことや行動は、かなり桁外《けたはず》れにみえても、たいていどこかでつじつまが合っているものだ。増田と河口との二た組の夫妻が、或る夜酒に酔って、それぞれ良人《おっと》と妻をとりちがえて寝た、という出来事なら、このわれらの「街」では決して珍しい例ではないし、都市と町村の差別なく、巧みにかぶった仮面をぬげば、同じような冒険がどこにでもみつけだせる筈《はず》だ。

けれども、この二た組の場合は少しばかり異例であった。朝いっしょに日雇い稼ぎに出た二人は、その夕方帰って来ると増田は河口の住居へ、河口は増田の住居へと、なんのためらいもなく、極めて自然に、あっさりと別れていったのである。どちらも抵抗感やぎこちなさや、気まずい感じなどはなかった。それぞれがもともと自分の住居へ帰るような帰りかたであった。

その翌朝も、二人は水道端で待ち合せ、いっしょに仕事へでかけていった。どちらも平生と変ったところはなかった。きげんがいいというふうでもなく、ふきげんだというふうもなかった。

「天気が続いてめっけもんだ、これが半月も続いてくれればな」

「うん、半月もこの天気が続けばなあ」と河口が答える、「そうすりゃあめっけもんだがなあ」

こうして、肩を並べて二人はでかけていった。

勝子と良江もまえの日と少しも変らず、水道端でいっしょになると、水仕事をしながら会話をたのしんだ。

「こう物がたかくなる一方じゃ困ったもんだよねえ」と勝子が云う、「おどろくじゃないかお良っさん、塩引が一と切いくらしたと思う」

「そうなんだよまったく、呆《あき》れ返ったもんさね」と良江が答える、「これっぱかりの人参《にんじん》一本でさ、一本でよお勝さん、あたしゃまあ値段を聞いただけでつんのめりそうになっちゃったわ」

いつものとおり、この種のおしゃべりが続くだけで、亭主たちのことを口にしないほかは、話しぶりにも態度にも、まったく変化はみられなかった。

この状態がなんの支障もなく続いた。近所の人たち、特にかみさん連中が知らずにいたわけではない。相当とっぴないろ恋沙汰《こいざた》に慣れているかみさんたちも、この二た組のやりかたには胆《きも》を抜かれたし、そのうえなんの騒ぎもおこらず、亭主たちも細君たちも従来どおり仲良く、平和につきあっているという事実を慥かめると、さらに深い驚きを感じ、ここの住人として例のない、道徳論までもちだして非難しあった。

「どっちもどっちだけどさ、まああんな夫妻ってあるかねえ」

「*こんにちさまが黙っちゃいないよ、こんにちさまがね」

「あたしゃ子供にきかれて弱りぬいたよ、このごろの子供ときたらませているからね、うちでもおとっちゃんと作さんのおじさんが取っ替ればいいだってさ、あいた口が塞《ふさ》がりゃしない」

「子供は眼が早いからね」

この会話にはデリケイトな含みがあった。つまり、左官の手間取りをしている松さんの細君と、若い土方の作さんとは、かなり以前から親密にしており、松さんのいないときにその親密の度がぐっと高くなる、という事実が相当ひろく知られていたのだ。

「眼が早いのは子供だけじゃないけどね」と松さんのかみさんは平然とやり返した、「人目を憚《はばか》ってする浮気ぐらいなら、にんげん誰だって覚えのあるこった、あんまりきれいな口のきけるにんげんはいやあしまいと思うけどさ、あの夫妻たちのようにおーっぴらでやるなんてひどすぎるよ」

「おてんとさまが黙っちゃいないよ、おてんとさまがね」

勝子や良江が来ればみんな口をつぐむ。もちろん、彼女たちの会話が、勝子や良江の耳にはいらないわけではない。二人に聞きとれる程度までは話し続けているし、その効果を見る快楽を放棄する、などという贅沢《ぜいたく》なまねはしないのであった。にもかかわらず、かみさんたちの期待は裏切られた。勝子も良江もぜんぜん反応をあらわさず、平気な顔でおしゃべりパーティーに加わり、活潑《かっぱつ》に笑ったり話したりした。たまりかねたかみさんの一人が、或るとき勝子に向ってあいそよく増田益夫のことをたずねた。

「そう云われてみればそうね」と勝子はあっさり問いに答えて云った、「相変らず飲むことは飲むけれど、酔って暴れるようなことはなくなったわ、お良っさんとこはどう」

「云われてみればそうね」と良江も明るい表情で云った、「飲むことは相変らずだけれど、酔っぱらって暴れるなんてことはなくなったようだわ」

問いかけたかみさんは業《ごう》をにやし、せきこんでなにか云おうとしたが、二人のようすがあんまり恬淡《てんたん》としているため、ついに追い打ちをかけることができず、自分が辱《はずか》しめられでもしたような、重量たっぷりの怒りを抱えてそこを去った。

勝子と良江とが、亭主たちのことにまったく無関心だったかどうかは、判然としない。或るとき、水道端で洗濯をしながら、良江がふと手を休めて、どこを見るでもなくぼんやりと向うを見まもりながら、溜息《ためいき》でもつくような口ぶりでゆっくりと云った。

「男なんて、みんな似たりよったりなもんだね」

すると勝子も洗濯の手をとめ、ぼんやりなにかを考えるような眼つきで、ふと微笑しながら頷《うなず》いて答えた。

「ほんとにね、みんな似たりよったりなもんさ」

それがお互いの、現に同棲《どうせい》している男についての感慨だとは断言できない。一般論としての男性観であったかもしれないが、いずれにせよ、彼女たちの顔つきや口ぶりは、現実感のこもったものであった。

亭主たちのほうにも、似たようなことがあった。増田と河口とは以前よりも親しく、往《ゆ》きも帰りもいっしょだったし、仕事の現場もできる限りいっしょになるようにつとめた。片方が護岸工事で片方が荷揚げを割り当てられ、荷揚げのほうが日当が多いときでも、護岸工事なら人増しができるとなると、二人とも日当にこだわるようなことはなく、どちらも進んで護岸工事のほうを望んだ。

「どうしたんだ」毎朝、集まって来る日雇い人夫に仕事の割当をする、人繰りの若者が、或るときけげんそうに二人を見て云った、「おめえたちいつもくっついてばかりいるが、なにかたくらんでるんじゃあねえか」

二人は黙っていた。

「へたなまねをするなよ」と若者はすごんだ、「賃上げストなんてことでもたくらんでるとすると大きなまちげえだ、すぐに五躰《ごたい》がばらばらになるような事故が降ってくるぜ」

「大きなことをほざく若ぞうだ」

その日の帰り、屋台で一杯ひっかけながら、二人は可笑《おか》しさに笑いあった。「賃上げストだってやがる」と増田が云った、「ピンはねストならやってもいいが、こっちはそれどころじゃあねえや、なあ」

「それどころじゃねえ」と河口が云った、「まったく、そんな暢気《のんき》な場合じゃあねえさ」

二人がいつもいっしょにいたがるのは、明らかに、賃上げストやピンはねストとは無関係なようであった。——こっちはいまそれどころではないと云う、そんなことよりもっと緊急な、共通の関心事があるのだろうか。——そういうことがあるとはみえないし、同じ現場ではたらいていても、それほど親密な仲とは考えられなかった。

慥かに、二人はいつもいっしょにいるが、それは急に友情にめざめたからではなく、同病者が互いに寄りあっていたがるような、または、同じ犯罪者が相手の密告を恐れるため、お互いに監視しあっている、とでもいったような感じであった。

次のとき仕事の帰りに、二人はまた屋台店で一杯やっていた。かれらは飲むときでもあまり親しそうでなく、相当に酔わない限り会話も活潑ではなかった。——そのときも例のとおり、酎《ちゅう》のコップを啜り、つき出しの肴《さかな》を摘《つま》みながら、ときたま要もないことを、うわのそらで話し、あとは黙って、どちらもそれぞれの考えにとらわれているようであった。やがて、増田益夫が首を振り、コップの酎を音たかく啜って、独り言のように呟《つぶや》いた。

「女なんてもなあ、へ、変りばえのしねえもんだ」

「まったくさ」と河口初太郎が云った、「女なんてどっちへ転んでも、変りばえのしねえもんさね」

この二た組の夫婦のロマンティックな関係が、どのくらい続いたかははっきりしない、二十日たらずともいうし、三十日以上ともいわれた。道徳論をもちだして怒った人たちも、この「街」では、興味を唆《そそ》る出来事があとを断たないのと、なによりも各自の生活に追われるのが急なため、まもなくかれらのロマンスに慣れ、いつ忘れるともなく忘れてしまった。そして、ふと気がついたときには、この二た組の夫婦がもとどおりの組み合せに返っていたので、改めてみんな胆をつぶした。

そのいきさつはこうだ。

或るとき、増田は河口と違う仕事を割り当てられた。むろんそれが初めてではない、日によってどうしても同じ現場につけず、べつべつになることもそう稀ではなかった。それでも帰りには、ゆきつけの屋台店でおちあい、いっしょに一杯やることだけは欠かさなかったが、その日は屋台店でもおちあわなかった。

「お伴《つ》れさんはみえないな」と店のおやじが云った、「どうかしたのかい、親方」

「いまに来るだろう」と増田は答えた、「――久し振りに鬼ころしといくか」

「疲れたあとじゃあ毒だな、こんど仕入れたのはめっぽう強いんだから、それでもいいかい」

「念を押すなよ、昨日や今日飲みはじめたんじゃあねえ、疲れたあとで毒といやあ、鬼ころしよりよっぽど大毒なものがあらあ」

「そのあとは聞くまでもなし」

「いいから注《つ》いでくれ」


　鬼ころしと呼ぶ酒は、土地によっていろいろ違うらしい。ここでは焼酎の強いので、アルコール分が六十度もある、と屋台のおやじが自慢していた。

アルコール分六十度なら、ほかにもっと強い酒があるだろう。しかし、その鬼ころしはどういうわけか効きめが強く、酎のコップに二杯ぐらいまではなんということもない、舌ざわりも匂いもふつうの酎とさして変らないが、三杯めを飲み終るころになると、たいていな豪傑でもがっくりとやられる。優秀な狙撃《そげき》兵に射《う》たれでもしたように、突然がくっとなり、しばしば地面にぶっ倒れる者もある。

増田は倒れるような初心者ではなかったが、それでも効きめのあらたかさには勝てず、その店を出たときには足もとがふらふらしていた。

「疲れてるから毒だって、べらぼうめ、誰だと思ってるんだ」あるきながら増田は云った、「昨日や今日飲みはじめた酒じゃあねえんだ、ふざけるな」

「わかったよ、親方」と誰かが云った、「親方の云うことは尤《もっと》もだ、おらあ一言もねえがね、うちにゃあかかあとがきが待ってるんだ」

「待たせとけよ、かかあやがきは逃げやしねえや、おめえ、——おんやこの野郎、初つぁんだと思ったらそうじゃねえな」

「たのむよ親方、おらあもう帰らなくっちゃならねえんだ」

増田は相手を捉《つか》まえようとしてよろめき、どこかの家の戸袋へ倒れかかった。

「静かにしておくれ、誰だい」と女の声でどなるのが聞えた。それみろ、かかあは逃げやしねえや、ちゃんとうちに*けつからあ、と呟いた。そうして戸袋からはなれ、頭をひねって考えた。

「待てよ、まあ待ってくれ」と彼はあたりを見まわした、「あの屋台店で鬼ころしをひっかけてよ、それから横丁へ曲って、――どっかではしごをやったな、いや、いやそんなこたあねえ、ねえか、ねえとすると」

「誰だい」とまた女が云った、「そこにいるのは誰だい」

「べらぼうめ」と増田がどなり返した、「そこにいるのは誰だい、とはなんだ、てめえの亭主の声を忘れるようなかかあが、どこの世界にある、そんな不実なかかあがどこの世界にあるかってんだ」

障子があいて、電燈《でんとう》の光りが格子《こうし》の外まで伸び、土間へ勝子が出て来て覗《のぞ》いた。

「まあ、おまえさんじゃないか、どうしたのさ」

勝子は格子をあけた。

「じゃないか、とござったな」増田は土間へよろけ込んだ、「へっ、そんなことう云われて吃驚《びっくり》するようなこちとらじゃあねえぞ、ふざけたことうぬかすな」

「おお臭い」勝子は自分の鼻の前で手を振った、「また鬼ころしを飲んだね、臭くって鼻が曲りそうだよ」

なにが鬼ころしだ、鬼ころしを飲んだからどうだってんだ、そんなふうに増田がくだを巻き、勝子はなだめて部屋へあげようとし、増田は土間へ坐《すわ》りこんだ。

そこへ河口初太郎が帰って来たのである。から弁当の包を振りながらふらっと来て、格子口から中を覗きこみ、その眼を細くしたり大きくみひらいたりし、頭を強く左右に振ったのち、改めてじっと眸子《ひとみ》を据え、なにかふしぎな物躰でも発見したかのように、勝子と増田をつくづくと見まもった。

「あらお帰んなさい」と勝子が云った、「このしとまた鬼ころしをやったらしいの、見てちょうだいこのざま、――今日はいっしょじゃあなかったの」

「あにいだな」河口は顔をさし出して、土間に坐りこんでいる増田を覗いた、「こりゃあおめえあにいじゃねえか」

「うちのしとよ、いっしょじゃなかったの」

「おれの現場で酒が出てよ、それがおめえウィスキーだ」河口は手の平で額を押えた、「本場物のウィスキーで一本幾らとかってえ代物《しろもの》だってんだ、――あにいに飲ませたかったが、うん、今日はいっしょじゃなかった」

「済まないけれども手を貸してよ、重くってあたし独りじゃどうしようもないわ」

「よしきた」

河口はから弁当の包を放りだして、土間へはいり、増田の両脇へ手を入れて抱き起こした。

「誰だ、おれをどうしゃあがる」

「おれだよ、あにい、しっかりしてくんな、ほらよっと」

「放しゃあがれ」

「ほらよっと」

河口は増田を抱きあげ、靴足袋をはいたまま部屋へあがった。あらまあ土足じゃないか、と勝子が云い、河口はあにいを六帖《じょう》の部屋へ引きずり込んで、自分もそこへぶっ倒れた。増田ほどではないけれども、本場物のウィスキーで彼も相当に酔っているらしい。仰向きにぶっ倒れるなり、酒が飲みてえ、と大きな声でどなった。

「おい、てえげえにしろ*」と隣りから男の声が叫んだ、「こっちにもにんげんがいるんだ、野なかの一軒やじゃあねえぞ」

勝子は河口の肩をゆすって、初つぁん静かにしておくれよ、と耳もとで云った。

「えっ、なに」河口は頭をあげた、「初つぁんだって」

「隣りからどなられたのよ」と云って勝子は手を振った、「うちのしともこのとおり、正躰のないほど酔っぱらってるし、初つぁんまでがそんなじゃあ困っちまうじゃないか」

「そいつは悪かった」河口はそう云いかけて、訝《いぶか》しそうに勝子を見た、「あにいがどうしたって」

「このざまだよ」勝子はまた手を振った。河口はその手のほうへ眼をやり、そこに寝ころんでいる増田を見て、ぼんやりと呟いた、「あにいだな」

河口は起き直り、もういちどよく慥かめてから云った。

「こりゃああにいじゃねえか」

「正躰なしなんだよ」

「じか足袋のまんまだよ」

「初つぁんにあげてもらったんじゃないか、初つぁんもじか足袋のままだよ」

河口は自分の足を眺め、こいつはひでえ、とんだ右大臣だと云って、這《は》いながら上り框《がまち》のほうへゆき、土間へおりた。勝子もあとからついていったが、河口は暗い土間を見まわして、から弁当の包をみつけて拾いあげると、じゃあ、といって勝子に頷いた。

「あにきによろしく」と彼は云った、「おやすみ」

「おやすみ」と勝子が答えた、「お良《よ》っさんによろしく云っとくれよ」

河口はゆっくりあるきだし、些かの誤りもためらいもなく、まっすぐに自分の家へいって、けえったよ、と云いながら格子をあけた。出て来た良江も、驚いたりまごついたりするようすはなかった。

「お帰んなさい、おそかったじゃないの」と云って弁当の包を受取った、「また酔ってるのね、おお臭い、なにを飲んできたのさ」

「ウィスキーだよ、現場でごちになったんだ、一本幾らとかってえ本場物のウィスキーだったよ」河口は云った、「――匂いだけで*しろとのおめえなんかにわかってたまるかい」

「それにしちゃあいやな匂いだね、本当は、また、鬼ころしでもやったんじゃないの」

そいつはあにいのこった、などと呟きながら、彼は靴足袋をぬいであがり、「水をくんな」と云ってどっかり坐ると、さもくたびれたように、背中で壁によりかかった。

以上が事のなりゆきであった。このほかにはなにごともおこらなかったし、どちらの夫婦のあいだにも、また、増田夫婦と河口夫婦とのつきあいにも、変ったようすはまったくなかった。

毎朝はやく、二人は水道端でおちあって、仕事にでかけた。よう、と増田が呼びかければ、よう、と河口が答えた。

「今日はぱらつきそうだな」と増田が云う、「あの雲があやしいぜ」

「そうよな」と河口が云う、「少し天気が続きすぎたからな」

　そして、いっしょに歩み去るのであった。また、それから幾時間かのち、水道端で勝子と良江の顔が合うと、これまた平生と同じように話がはずんだ。

「お良っさんとこ、ゆうべはどうだった」勝子がきく、「うちのときたら*どろがめさ、呆れ返っちゃうよ、まったく」

「おんなじことよ」良江も洗濯の水をはねかしながら答える、「飲む半分でも持って帰ってくれれば、ちっとはこっちも助かるんだけれどねえ」

「男ってどうしてああ飲みたいんだろ」

「腹の中にうわばみでもいるんじゃないかしら、つくづくいやんなっちゃうよ、ねえ」

　近所の人たちは、かれらがいつ元どおりになったか、はっきりとは知らなかったし、元どおりになった以上、もう興味もないし、云うこともなかった。したがって、その二た組の夫婦のあいだには、主観的にも客観的にもなにごともなかった、というよりほかはないのであった。

プールのある家

小雨のけむる六月の午後、その親子が街をあるいてゆく。父親は四十歳ぐらい、子供は六歳か七歳であろう。六歳にしても並よりは小さいし痩《や》せているが、父親との話しぶりを聞くと、少なくとも七歳にはなっているように思えた。

親も子もぼろを着て、板のように擦り減った古下駄をはいている。着ているぼろは袷《あわせ》とも綿入とも区別がつかない。俗にいう虎刈《とらが》りのまま伸びた頭の毛や、痩せた不健康な顔つきは、極めて普遍的な乞食《こじき》姿であり、実際にもこの父と子は乞食同様の生活をしていた。

乞食同様といったのは、生活のかたちがそうなのであって、内容にはかなりへだたりがあるからなのだ。食物も衣類も他人から貰《もら》うし、犬小屋のような住居で寝起きをしているが、道傍《みちばた》に坐《すわ》って銭乞いをするようなことはない。中通りとか本通りなどで、女の人がときどき子供に幾らか呉《く》れることがあると、子供は「ありがとう」とおじぎをして受取るが、世間の子供と変ったところはないし、物欲しそうな感じはまったくなかった。——それはまた、父と子の会話にもあらわれている、いま小雨のけむる街を、傘もささずにあるいてゆきながら、二人はいつか建てる筈《はず》である自分たちの家について語っていた。

「場所は丘の上がいいな」と父親が云《い》う、「日本人は昔から山の蔭《かげ》とか谷間とか、丘のふところとかね、低いところばかり好んで家を建てる癖があった」

「そうだね、ほんとだ」と子供は考えぶかそうな顔つきで頷《うなず》く、「ハマ*へいったときもさ、けとうの家はみんな丘の上とか、中ぐらいの高みにあるけれど、日本人の家はきまって谷みたいな、低いところにあったね」

「それにも理由はあるんだな」と父親は続ける。日本は地震が多いし台風も多い、木造家屋はそれらに弱いため、なるべく風あたりの少ない、天災に際して危険度の低い土地を選ぶようになった。

「だが、それだけでもない」

日本人は「陰影」というものに敏感で、直射光よりも間接光、あけひろげた明るさより、遮蔽物《しゃへいぶつ》によってやわらげられた光りを好んだ。生活の中に静寂の美をとりいれ、ぎらぎらした物は避けるという習慣があった。

「だからけとうのように石で建てた家の中で、靴をはいたままどかどかくらす、っていう生活にはなじめないんだな、なかなか」

「ふーん」と子供は仔細《しさい》らしく首をかしげる、「そうだね、ぼくも石の家なんか好きじゃないな、寒いしさ、石の家なんかいやだな」

「それもさ、そうばかりも云えないんだよ、これが」父親は反省するように云う、「たしかに日本人には木造建築が合ってるけれども、こういう、木と泥と紙で出来てる家にばかり住んでるとさ、長いとしつきのあいだには、民族の性格までがそれに順応して、持続性のない軽薄な人間ができてしまうんだな」

父親はそこで欧米人の性格について語り、かれらの能力を支えてきたものは、石と鉄とコンクリートで造った家とか、靴をはいたまま、テーブルに向って食事をし、大きな宴会もする、という生活であると云った。

子供はその一語一語を注意ぶかく聞き、相槌《あいづち》を打つべきところへくると、さも感じいったように頷いたり溜息《ためいき》をついたり、唸《うな》ったりした。父親の口ぶりも自分の子に話すようではなく、子供のほうもまた父の話を聞いているようではない。いつもそうなのだが、二人は父と子というよりは、少しとしの違った兄弟か、ごく親密な友人同志といったふうであった。

「それにしてもさ、さていよいよ自分の家を建てるとなるとね、これはこれで問題がべつなんだな、自分たちがそこに住む家となるとさ、民族性は民族性だけれども、現実の問題はまたね」

「みんぞくせえはたいしたことないと思うな、ぼくは」

「そう云うけどね、これはきみたちの将来に関係するんだよ、ぼくたちおとなは先もそう長くはないんだしさ、これから性格を立体的に持ってゆこうとしてもむりだろうがね、きみたちやきみたちの子や孫のことも考えなければならないとするとさ、やはり一概に個人的な好みばかりも云ってはいられないんだな」

「そうだね、うん、ほんとだ」

街は雨のうちに黄昏《たそが》れかかってき、往来はタクシーや通行人たちや、トラックなどでそうぞうしくなっていた。けれども、その親子にとってはまったく無縁なことのようだったし、タクシーの運転手や通行人や、街筋の商店の人たち、それらの店頭で買い物をする人たちにとっても、この親子はそこに存在しないのと同じことのようであった。

日が昏《く》れるとその父子《おやこ》は住居へ帰る。それはわれわれの「街」の八田じいさんの家に添ってあり、つまりじいさんの家の羽目板にくっつけて、古板を合わせて作った物であった。高さ一メートル五〇、幅が一メートルちょっと、長さ二メートル弱の、犬小屋そっくりの手製の寝小屋で、中には板を重ねた床と、藁《わら》と蓆《むしろ》がつくねてあり、それが父子の寝具であった。

小屋の外にビール箱があり、中には丼《どんぶり》が二つと箸《はし》、ふちの欠けたゆきひらと、でこぼこにへこみのあるニュームの牛乳沸しが入れてあった。ビール箱の脇《わき》に、針金で巻いた七厘《しちりん》があるが、針金を解けばばらばらになること間違いなしというほど、使い古した毀《こわ》れ物であった。

父子は小屋の外で食事をする。ゆきひらと牛乳沸しの中に、めしと汁などがはいっていて、それはパンとシチューであったり、チャーハンとコーヒーであったり、肉と野菜と魚と、パン屑《くず》や米のめしの入り混った、なんと云いようもない食物であったりしたが、父も子も、それがどんな料理であるかについては、無関心であった。無関心だというより、実際にはその物自体から注意をそらし、嗅覚《きゅうかく》や味覚や視覚を、できる限り他の方向へ集中することにつとめているようであった。

だがこれは通例ではあっても、不変なものではなかった。ときにその汁、またはめしやパンのあいだに、二人の味覚をよびさますような物の出て来ることがあった。「ほう、これはこれは」と父が肉の小片を箸ではさみ出す、「珍しいな、ロースト・ビーフらしい、それも上手にレアーに仕上げてある、このまん中のとこを赤いままで焼き止めるのがこつなんだな、おまえ食うか」

「いいよ、とうちゃん喰《た》べなよ」と子供は眉《まゆ》をしかめる、「ぼくは生焼けの肉は嫌いなんだ」

「牛肉ってものはおまえ」父親はその食い残しのロースト・ビーフを口に入れながら、まじめな口ぶりで云う、「ドイツやフランスでは生のまま食うんだぜ、ドイツだけだったかな、バイエルン地方だけのやりかたかもしれないがさ、玉葱《たまねぎ》と月桂樹《げっけいじゅ》の葉をレモン漬けにしてさ、その中へ入れておいたのを出してさ、玉葱の微塵《みじん》切《ぎ》りとスパイスをのせてさ、生のまま黒パンといっしょに」

「粉チーズもね」と子供が口を添えると、「――それは違うか」

「好き好きだが、それは味がくどくなるだろうな」父親は噛《か》んでいた肉をのみこんで、ちょっと想像してみてからおもおもしく首を振る、「うん、この場合粉チーズはいらないだろう、粉チーズはむしろ」

こうして二、三の肉料理について、父親はゆっくりと説明する。

彼の話は、それぞれの専門家が聞くと、読みかじりか聞きかじりに、自分の空想で色付けをしたものだと、すぐにわかるかもしれない。反対に、彼にそれだけの経験と知識があり、しかも或《あ》る程度まで恵まれた才能をもっていたのが、運の悪いためにどの方面でもうまくゆかなかった、というのが事実かもしれない。

彼はずいぶん広範囲にわたる話題の持主であり、子供はそのもっともよき聞き手であった。夕めしが済むと、あたたかい季節には小屋の外でくつろぐ。子供が道で拾っておく巻タバコの吸い殻を、手製の竹のホールダー*に差込み、それを大事そうにふかしながら、また父親が話し、子供がそれを聞くのである。——子供が話し手にまわることも稀《まれ》ではないが、二人とも現実的なことにはふれない。九分九厘までが観念的なことであり、空想や作り話と思えるものばかりであった。

もっとも判然としているのは、子供が母の話をせず、父親が妻とか家族関係の話をしないことだ。どんな事情があるにせよ、七歳ぐらいの子供なら、生死にかかわらず母のことが頭にある筈である。男もむろんそうだろうが、子供にとっては特に、母のイメージは心に深く刻みこまれているものなのだから。

だが、子供は決して自分の母のことを口にしないし、よその子の母についても話したことはない。小屋の中で寝ていて、夜なかに眼ざめたとき、あるいは父といっしょに街をあるいているとき、子供の顔にふとかなしげな、人恋しげな表情のあらわれることがある。子供はそのとき母のことを回想し、思慕の衝動を感じているのかもしれない。そうして、それをしいて抑制したり、がまんしたりするようすもないが、口に出して云うということもなかった。

父子がどこから来たのか、まえにどんな生活をしていたのか、この「街」の住人たちは誰も知らない。二人の名さえも知らないのである。父と子が小屋をそこに作ることを許した八田じいさん、——正確には八田公兵というのだが、初め男に姓名をたずねたところ、男は渋いような笑いをうかべ、頭のうしろを掻《か》きながら、改まって名のるほどの者ではないから、と答えただけであった。

八田公兵も独身者であり、自分では事業家であると信じていて、休みなしに大きな事業をもくろんでは失敗する、ということを繰り返していた。事業家ともなれば太っ腹な人柄を備えなければならないから、八田はあえてなにごとも追及せず、小屋の地代もいらないと云った。

八田公兵は云いすぎをした。この「街」の住人の中に、土地や家の所有者はいない。地主もほかにちゃんといたし、それを知っているのはヤソの斎田先生と、ごく少数の人たちであろう。いちどならず、家主と住人たちのあいだで、「家賃」についてごたごたがあり、斎田先生があいだに立って交渉した結果、ようやくおさまりをつけたのだが、要するに八田じいさんが「地代」もいらない、と云ったのは、腹の大きいところをみせただけのことであった。

近所の人たちが名を知らないばかりでなく、父と子のあいだでも名を呼びあうことはなかった。父は子供の名を呼ばないし、子供もとうさんとか、おとっちゃんとか呼ぶことはない。どちらも漠然と「ねえ」とか「なあ」と呼びかけるだけであり、それがいっそう二人の関係を、親子というよりも親友か兄弟のように感じさせるようであった。

夜十時をすぎると、子供は小屋からぬけだして、一人で柳横丁へでかけてゆく。それは中通りの南のはずれにある裏通りの一画で、小さなレストランやおでん屋、小料理屋、中華そば、すし屋などが並んでい、べつに「のんべ横丁」とも呼ばれていた。

子供はまず「すし定」の裏口をたずねる。これは、すし屋がどこよりも早く店を閉めるからだし、そこに容《い》れ物《もの》が預けてあるためでもあった。

「あいよ、寒いね」とおかみさんなら云う、「今日はよく出ちゃったんでね、そこにはいってるだけしか残らなかったんだよ、勘弁しとくれ」

「よう、来たな小僧」とおやじなら云う、「そこにあるから持ってゆきな、生ま物は火をとおして食うんだぜ」

子供はおじぎをし、ありがとうと云う。それ以外には口をきかない、すし定のおやじはよく、うちへ小僧に来ないかと、まんざらからかいでもなさそうな調子できくが、子供はそれに対して一度も答えたことがなかった。預けてある容れ物というのは、ニュームの古鍋《ふるなべ》を三つに重ねたもので、下から上まで針金の枠が付けてあり、重ねたまま提げられるようになっていた。その鍋の一つは汁物、一つは野菜や肉や魚、残りの一つはめしとかうどん、そばなどを入れることにしていた。もちろんそれらがいっぱいになるようなことはたまにしかないし、野菜とか肉とか、めしうどんなどが、その原形を保っていることは殆《ほと》んどない、汁物と形のややわかる物とに大別できればいいほうであって、かなり経験を積まなければ、それら内容物を判別することもたやすくはなかった。

すし屋の次には小料理屋、次にレストラン、おでん屋、中華そば屋となるのだが、レストラン二軒、小料理屋四軒、おでん屋三軒、中華そば屋二軒とあるうち、店をしまいかけているところが優先する。これは時間をまちがえると、「まだ客がいるのに縁起でもないね」とか、「お客を追い出す気かい」などと云われる危険があるし、一度そんなあやまちをしでかすと次に貰えるまできげんの直るのを待たなければならないし、しばしば競争者に権利を奪われる危険さえあった。

断わるまでもないかもしれないが、残飯を貰いに来るのは、その子供だけではない。われらの「街」からも、稼ぎがなくて困ると、ひそかにこれらの店の裏口を叩《たた》く者があったし、よそから定期的にやって来る者も幾人かいた。――おかしな話だが、八田公兵もあらわれたことがあるのだ。尤《もっと》も八田じいさんの場合は困っているからではなく、それを彼の「事業」にしようというもくろみからであった。信じがたいほど多彩な彼の事業欲の中でも、それはもっとも有望であり、確実性も高い一例であったけれども、おでん屋の「花彦」という店のかみさんの反対声明で、残念ながら軌道に乗らなかった。

「乞食までしなければならないのはよくせきのことだよ」と花彦のかみさんは、「のんべ横丁」の同業者たちに云った、「それを一人で掻き集めて、銭儲《ぜにもう》けをしようなんてのは人間じゃないね、そんなやつにやるくらいなら、あたしはどぶへ捨てちまうよ」

その子供はこれらの危険をよく知っていた。残飯を呉《く》れる店の人たちも、特に彼だけをひいきにしているわけではない、店を閉めようとしてあと片づけをしているときに、呼吸よくあらわれる者があれば、相手は誰でもそう差別はつけない、一と足おくれただけで、馴染《なじ》みの店を他人に取られることも少なくないのだ。

さらにもう一つ。それらの店がいつもこころよく残飯を呉れるわけではない、ということを知っていなければならない。かれらもまた、多くは経営が楽ではなく、苦しいやりくりをして店を張っている者が、——外見にかかわらず相当にあった。これらを一般に「水しょうばい」というらしいが、水しょうばいとなるとにんきが大切だそうで、どんなにふところが危機に直面していても、そんな内情はけぶりにもみせないのがこつであり、また危機を脱するちから杖《づえ》ともなるという。——したがって一握りの残飯をやるにも、慈善の満足感ばかり味わっているわけではなく、「こっちもそれどころじゃないよ」と云いたいときが少なくないだろう。——ことに、それがすし定とか花彦とかいう、主人か主婦とじかな場合はいいけれども、使用人、なかんずく女給さんなどのいるところでは、スムーズにいかないことがしばしばあった。どういう心理作用か不明ではあるが、レストラン、またはバーを兼ねている洋食屋の女給さんの中には、客の喰べ残した料理の皿でタバコを揉《も》み消したり、ルージュの付いた塵紙《ちりがみ》を突込んだり、マッチの棒、爪楊枝《つまようじ》、洟《はな》をかんだ紙、その他もろもろの物品を投げ入れる癖がある。ひどいのになると、残飯をあけているところへ、わざわざやって来て、タバコの吸い殻を放り込む佳人さえあるのだ。

子供はいま「リザ」というレストランの裏に来ていた。そこの硝子戸《ガラスど》はあいているが、いつものコックの姿は見えず、二人の女給が高声に話しながら、流し台によりかかってタバコを吸っていた。

「あら、また来たよあのちび」と女給の一人が裏口にあらわれた子供をみつけて云う、「だめだよ来たって、なんにもありゃあしないんだから、帰んなさい」

子供は片隅へ眼をやる。そこにはドラム缶の半分くらいの、ホーロー引きの缶があり、中には喰べ残した洋食の屑が八分めほど溜《た》まっていた。いつもなら主人であるコックが、子供のため他のソース鍋に残り物をとっておくのだが、いまはそれらしい物は見あたらなかった。

「なにうろうろしてんのさ」とさきの女給が云う、「そんなとこで立ってたってなんにも出やあしないよ、帰んな」

子供は振向いてそこを去る。

彼はまったく無表情で、いまの女給の不当な侮辱をどう感じているか、うかがうことはできない。そういう侮辱に慣れているともみえるし、反対に、それを感じないことで、相手に侮辱を返上している、というふうにも思われた。

ほぼ七歳とみえる子供ながら、彼のようすはおちついているし、その表情や口のききかたには、どことなく達観したような、または多難な生活をしてきて疲れたおとなのような、枯れた柔和さが感じられる。

彼が「のんべ横丁」の歴訪を終るまでに、まずくすると他の強敵に出会うことがあった。

敵の一《ひとつ》は、まるという名の犬。他の一は三人組の少年たちだ。犬のほうはまるなどというやさしそうな名にもかかわらず、四十キロもありそうな巨軀《きょく》と、ゴリラも恥ずかしがるだろうようなものすごいつら構えをしていて、その子供をみつけると、歯を剝《む》き出して唸《うな》りながら、のそりのそりと近よって来るのである。

そのように軀《からだ》が大きく、ものすごいつら構えの犬は、むしろ温和《おとな》しくて無害だと、犬好きの人はよく主張する。慥《たし》かに、まるも平生は温和しいうえに臆病者《おくびょうもの》で、自分の半分もないような犬ににらまれても、しおれた顔で眼をそらすか、物蔭へ隠れにゆくというふうであった。他の犬と喧嘩《けんか》をしたこともないし、怪しげな人間に吠《ほ》えかかる、などということもない。——にもかかわらず、その子供を「のんべ横丁」でみかけるとたんに、唇を捲《まく》って歯を剝き出し、重量感のある巨躰《きょたい》を誇示するかのように、のそりのそりと寄って来るのであった。

人と毛物*のあいだにも、合性のよしあしとか、にが手とかいうものがあるらしく、まるには子供が気にいらないようだし、子供のほうでもまるにはかなわないのだろう、提げている古鍋に残飯がはいっているときには、それをすっかり地面にあけて逃げるし、まだなにも貰っていないときには、三つの古鍋を一つ一つ、中になにもないことをまるによく見せてから、その夜の貰いを諦《あきら》めて帰るよりほかはなかった。むろん、まるは残飯などには眼もくれないのであるが。

三人組の少年たちは、一般にちんぴらと呼ばれる連中で、なんの必要も理由もないのに、弱そうな者をみつけると威《おど》したり、殴ったり、持ち物を奪ったりすることに英雄的快感を覚え、それだけが生きるたのしみだと信じているらしい。としは大きいのが十五歳くらい、あとの二人は十二か十三だろう。ちゃんとした家庭の少年とみえて、シャツもズボンも流行の品だが、それをわざと崩して着こなし、威嚇《いかく》的な、というのはどこか関節が外れたような、ぎくしゃくしたあるきかたでのしまわるのだが、われらの子供を発見するとインディアンのような叫び声をあげ、インディアン踊りをやりながら子供の周囲を踊りまわり、彼の小さな軀を小突いたり、頭の毛や耳を引っぱったり、提げている古鍋を奪って、中の残飯をぶちまけたりする。

子供は決して反抗しなかった。力の差を比較したからではなく、反抗するのがまったく無意味なことだと、よく理解しているかのように。また、それが避けられない災厄であって、この世に生きている以上、すべての者が耐え忍ばなければならないことだと、承認しているかのように。

ギャングどもがその遊戯に飽きて、彼を最後に突きのめすか、もう一つ殴りつけるかして去ると、初めて、子供は涙をこぼすのであった。

投げとばされた鍋を拾い集めながら、彼はなにも云わずに涙をこぼす。涙は子供の頬をぐしゃぐしゃに濡《ぬ》らすが、口でなにか云ったり、泣き声をもらしたりすることはない、そんなことは一度もないし、家へ帰ってから父親に告げるようなこともなかった。

子供は家へ帰ると、鍋を持って小屋へもぐり込む。父親はたいてい気持よく熟睡していて、そのときは子供も注意ぶかく、父親の眼をさまさせないように、そっと眠りにつくのであるが、早く寝ついた父親はすでに眠り足りていて、子供が帰ると眼をさますことが珍しくはなく、そのときはいつものような話が展開して、明けがたに及ぶことも覚悟しなければならなかった。

「寝ながら考えたんだがな」と父親は話しだす、「家を建てるにはさ、まず門というものが大切だ、門は人間でいえば顔のようなものさね、顔を見ればあらまし、その人間の性格もわかるんだな、あらましだけれどさ」

「そうだね、うん、ほんとだ」

「尤も、人はみかけによらないということわざもある、が、まあそんなふうに云っちまえば、——きみはねむったいんじゃないか」

「ねむくなんかないさ」子供は眼をこすりながら、たのしそうに答える、「大丈夫だよ」

彼は欠伸《あくび》をする。のんべ横丁をまわって、神経をすりへらし、軀も疲れていた。足はだるいし、眼はいまにもくっつきそうである。けれども彼は力の限りそれらとたたかい、父親の話し相手になっている。父親は気づかないのだろうか、それとも気づいてはいるが、話し続けていなければならない理由があり、もしそれを中断すればなにか異常なことがおこる、とでもいうのだろうか。——どちらにもせよ、父親は各種の「門」と、その風格や美感について語り、子供は辛抱づよく相槌を打ち、感動して唸り、熱心に同意したりした。

食事のために炊事をすることは殆んどない。寒い季節には湯を沸かすが、食事は残飯をよりわけ、それぞれの丼に移して冷たいまま喰べる。

「冷食は健康のためなんだな」と父親はしばしば云う、「犬に例をとってみても、ブルジョワに飼われてるやつは大事にされて、却《かえ》って軀が弱くなってしまう。ところが拾い食いをして地面の上で寝るようなのら犬はさ、虫歯もなければ胃弱にもならないだろう」

「ほんとだ、うん、ほんとだ」

「生物はほんらい冷食していたんだな、——これはポーク・カツらしい、きみ喰べるか」

「いいよ、喰べなよ」と子供は首を振る、「ぼくのほうにもあるんだ」

父親はポーク・カツレツの切れっ端を喰べ、暖衣温食が、いかに人間の肉躰を弱め、非力多病にしたか、ということ、それに反して、冷食と戸外生活が、どんなに自然であり健康に役立つか、という理論をくりひろげるのであった。

つめたい食事と戸外生活、それが人間のもっとも自然で、健康なありかただと主張しながら、同時にかれらの空想上の家は、空想の中で幾たびとなく建てたり改築されたりしながら、しだいに豪壮な邸宅となっていった。門は総檜《そうひのき》の冠木門《かぶきもん》にきまり、塀は大谷石。洋館は階上階下とも冷暖房装置にし、日本間のほうは数寄屋《すきや》造り。庭はいちめんの芝生であるが、これはイギリスからエバー・グリーンを取りよせる。約二千平方メートルの庭の、西側三分の一はくぬぎ林にし、あいだに杉の若木を配するが、花の咲く木はいっさい入れないことにした。以上は父と子とで、念入りに、繰り返し検討し、試案が出され、欠点が補われた結果であり、ほぼ満足すべきものとなったのだ。かれらにはその邸宅の外観が、現実に存在するもののように、どの角度からも、いかなる細部をも、即座に指摘し、説明することができるようになった。

「いよいよ家具を入れる段になったな」子供といっしょに街をあるきながら、父親は慎重な口ぶりで云うのだ、「洋館のほうはさ、おれはスコットランドふうにしたいんだがね、こう、――」と彼は手でなにかの形を空に描いてみせる、「どっしりと厚いオーク材を使ってさ、すべてハイ・ランド地方の古い領主の館《やかた》か、いや、狩猟地の別邸だろうな、農民の素朴さを活《い》かした、しかも気品の高い、おちついた調度をそろえるんだな」

　子供は頭をかしげるが、相槌を打つ言葉がみつからないのだろうか、右肩をゆりあげたり、頬《ほっ》ぺたをこすったりするばかりで、なにも云わなかった。

「問題は台所なんだな」父親は眼を細めて、自分の想像に具体性を与えようとする、「つまり日本式にするか」彼はまた手でなにかの形を空に描く、「それともガス・レンジやフライ用の鉄板を備えた調理台のある、洋式のものにするかさ」

「うん、そうだね」子供は用心ぶかく眉をひそめて云う、「それはまだ、いそがなくってもいいんじゃないかな」

「それはそうさ、べつにいそいでるわけじゃないんだよ、そんなわけじゃないが、建物や庭はすっかり相談がまとまっちゃったしさ、そっちはもう出来ちゃったのも同様だからな」

「そうか、ほんとだ」子供はなにか重い物でも背負いあげるように答える、「――じゃあ、やっぱり台所だね」

　父親はぶしょう髭《ひげ》の伸びた頬をぼりぼり掻きながら、台所を日本式にするか、それとも洋式にするかについて語る。それはまた当分のあいだ、というよりもできる限りながく、父と子のたのしい話題となるにちがいない。——二人はぴったり寄り添って街をゆき、或るときは草原に腰をおろし、夜はまた狭くて暗い小屋の中で、空腹をまぎらかしながら語りあうのであった。

父親にとっては残念だったろうが、室内調度が洋館の応接間まで進んだとき、子供が死んだ。

九月のはじめのもっとも暑い夜、犬のハウスよりみすぼらしい小屋の中で、一週間ほど激しい下痢をしたのち、嘘《うそ》のようにあっけなく子供は死んでしまった。

死因がなんだったか、はっきりとは云えない。或る朝、食事のとき子供が七厘で火を焚《た》いた。拾い集めた雑多な木片や、木の枝などを燃やすので、寝ていた父親が煙にむせ、小屋から顔をだして、なぜ火を焚くんだ、湯はいらないじゃないかと云った。食事のときに湯を沸かすのは寒い季節だけで、そのほかはいつも水で済ましていたからである。

「湯じゃないんだ」子供は眼のまわりの黒くなった顔を振向けて云った、「生ま物があるから煮るんだよ」

「生ま物だって、へー、どれ見せてみな」

子供は牛乳沸しを持って、父のところへいって中を見せた。

「なんだ、しめ鯖《さば》じゃないか」父親は鼻をうごめかし、唇を手で横撫《よこな》でにして云った、「これはおまえ塩と酢でしめてあるんだ、これはきみ生ま物じゃないよ」

「すし定のおじさんが、火をとおして喰べなって云ったんだ」

父親は首を振った、「まちがえたんだな、きっと、しめ鯖を煮たりなんかしちゃあ食えやしないよ」

「だけどね」子供はなお云い返そうとしたけれど、父親がゆっくり首を振るのを見ると、べそをかくように笑って、牛乳沸しを下におろした。

その日の午後から、親子は腹痛と下痢で苦しみだしたのだ。しめ鯖の中毒かもしれないが、そうではなかったかもわからない。しめ鯖はうまかったし、匂《にお》いも変っているようではなかった。喰べた物はそれだけではなく、区別するのが困難なほど、雑多な食品が入り混っていた。

「これはしめ鯖じゃないな」父親は自己弁護というのではなく、症状を医学的に内省する、というふうな口ぶりで云った、「――もしもしめ鯖にあたったんならさ、まず蕁麻《じんま》疹《しん》が出るか、嘔吐《おうと》がおこるかするんだな、ところがおれもきみもそんな症状はなかった、これはだから、食中毒じゃないな、おれは冷えだと思うね」

子供は腹痛のため顔をしかめながら、そうだね、うん、と頷いていた。西願寺の崖下《がけした》に、殆んど毀れかかった共同便所がある。ずっと以前から使われなくなったので、朽ち乾いた板切れをつくねたようにしかみえない。いま使っているのは、その父親と子供だけで、下痢が続くあいだ、二人は小屋からそこへかようのであった。

三日めになると父親の症状はおさまった。彼の腹痛は一と晩すぎると治り、三日めには下痢も止った。子供のほうは腹痛も下痢も弱まらず、三日めをすぎるとすっかり衰弱して、崖下まであるいてゆくことができなくなった。

「だいじょぶだよ、心配しなくってもいいよ」子供は父を力づけるように云った、「ぼくはもうすぐ治るよ」

「そりゃあそうさ、そんなことは心配なんかしてやしないがね」父親は自分の腹を撫でた、「こういうときは絶食がただ一つの治療法なんだが、――それにも度があるんでね」

子供は済まなそうな眼で父を見た。父はもう治ったから、なにか喰べなければならないのだ。おそらく腹がへって耐えられなくなったのだろう。そしていま自分に、そのことを訴えているのだ、ということが子供にはよくわかった。

「ぼく、あるけるといいんだけれどね」と子供は云った、「もうすぐあるけると思うんだけどな」

「おう、おう、とんでもない」父親は手を振った、「きみにのんべ横丁へいってくれなんていうわけじゃないさ、どうしてもなにか喰べなくちゃならないとしたら、おれだって自分でいって来るよ、そうじゃないんだ、それほどまだ腹はへってやしないんだ、この下痢というやつには、絶食するしか療法はないんだし、絶食は長く続けるほどあとのためにいいんだ、空腹といったって、人間は十日や十五日飲まず食わずでいても、死ぬもんじゃないんだな」

子供は皺《しわ》だらけになった顔をするどく歪《ゆが》め、腹を押えながら軀をくの字なりに曲げた。腹が痛みだしたのか、下痢が始まろうとしているのだろう。呻《うめ》き声を出すまいとして歯をくいしばり、軀ぜんたいが円になるほど身をちぢめた。

父親にはそれが見えないのだろうか、彼は眩《まぶ》しそうに子供から眼をそらし、入口の垂れ布を捲って小屋を出た。――子供の容態はもう尋常ではない、軀はすっかり肉がおち、皮膚は老人のように皺たるんでいる。便には血が混りだしたし、間隔は短くなるばかりであった。それが父親である彼には見えないのだろうか、知っていて見ないふりをし、自分を自分でごまかそうというのだろうか。——小屋から出た彼はちびた下駄をはき、脇にあるビールの空箱に腰を掛けた。彼の顔はまったく無表情で、眠っているようにとろんとした眼で向うを眺めながら、音をさせないように長い太息《といき》をついた。

「洋館の応接間だがね」と父親は小屋の中の子供に話しかける、「スコットランドふうにするというアイディアは考え直すことにしたよ」

彼は自分の腹がくうと鳴ったので、いそいで声を高くしながら、応接間の新しい構想について熱心に語った。

さあきみ、すぐにその子を抱いて医者へゆきたまえ、治療代のことなんかあとでどうにでもなる。とにかく医者へゆくんだ、そんな地面になんぞ寝かしておいてはいけない、すぐに病院のベッドへ移さなければだめだ。わからないのかきみ、手おくれになるぞ。

父親はのそっと立ちあがり、大きな欠伸をした。

飼い犬が主人の顔を見ると、まず尻尾《しっぽ》を振るまえに大きな欠伸をする、あれはどういうことだろうか。——子供の父親である彼も、いまそんなときでもないのに、大きな口をあいて欠伸をした。これはどういうことだろう、退屈したのだろうか、途方にくれたのだろうか。——云うまでもなく、それは飼い犬のする欠伸と似ているところはない。彼の欠伸は、主人を見てよろこびの情をあらわすようなものとは、まったく反対な感じをもっていた。

発病してから五日めの午後、子供は殆んど意識不明になった。ときたま云ううわ言も、なにを云うのか聞きとれなかったし、話しかけても答えはなかった。父親は小屋から出たりはいったりするばかりで、子供には手を触れようともしなかった。

彼は一人の子の親ではなく、むしろ親に捨てられた幼児のようにみえる。見知らぬ街の中でとつぜん親に捨てられ、これからどうしていいか、誰に頼ったらいいか見当がつかなくなり、まさに泣きだそうとしている幼児のように。——

夜の十時ころ、小屋の外でうずくまっていた父親は、よくよく思案したうえのように、三つ重ねた古鍋へ手を伸ばした。

「そうなんだな、人間は食わずにはいられない」彼はぶつぶつと呟《つぶや》いた、「病人だって、いつまで食わせずにおけるわけはないんだ」

それでもなお迷っているようすだったが、やがて決心をしたといいたげに、重ねた古鍋を提げて立ちあがった。

「ちょっといって来るよ」

父親は小屋の中へ呼びかけた。

「のんべ横丁までな、すぐ帰って来るからね、なにかうまい物を貰って来てやるよ」

彼は子供がいつも話している、すし定とか、花彦などの名を、記憶の底のほうから拾いだしながら夜の街へでかけていった。――そして約一時間のちに、口の中でなにかを嚙みながら帰って来ると、古鍋を下に置いて、小屋の中を覗《のぞ》きこんだ。

「いま帰ったよ」と彼は云った、「きみが腹をこわしてると云ったらさ、花彦のマダムがそれはいけないって云って、うまい物を呉れたよ」

「ねえ」と子供が云った、「忘れてたけどさ、プールを作ろうよ」

はっきりそう云ったのだ。声にはちからがなく、少ししゃがれてはいたが、きみの悪いほどはっきりした云いかたであった。父親は泣くような表情で微笑した。

「そうだな、うんそうしよう」と彼は大きな声で云った、「なんでもきみの好きなようにするよ、やれやれ、これでようやくおさまったな」

子供の病気は峠を越したのだ。子供というものは生命力の強いものだからな、彼は明るい顔色になり、珍しいことに、鼻唄《はなうた》をうたいながら、七厘に火を焚きはじめた。

彼はニュームの牛乳沸しで、残飯の粥《かゆ》を作り、それを喰べさせようとして小屋へはいってみると、子供はもう冷たくなっていた。

その翌朝、ヤソの斎田先生が小屋の前を通りかかったとき、彼はビールの空き箱に腰を掛けたまま、ぼんやりと空を見あげ、手に牛乳沸しを持って、なにかぶつぶつ独り言を呟いていた。

「お早う」と斎田先生が呼びかけた、「坊やは元気かね」

彼は斎田先生を見あげたが、まったく知らない人を見るような眼つきで、けれども口では「ええ元気です」と答えた。

病気だとか聞いたようだが、もう治ったのか、と斎田先生がきくと、ええおかげさまでと答え、うるさいな、とでも云いたげに顔をそむけた。

彼は子供を抱いて、西願寺の崖下と小屋のあいだを、頻繁に往来したのだから、近所の人たちが見なかった筈はない。斎田先生は誰かからそれを聞いたのであろうが、彼のそっけない態度を見ると、それ以上なにを云う気にもなれず、今日も暑くなりそうだね、などと云いながら去っていった。

その後ずっと、誰も子供の姿を見なかった。初めに八田公兵がそのことに気づき、坊主《ぼうず》はどうしたのかとたずねた。母親のところへ返した、と彼は答えた。

「へえー、あの坊主に母親があったのかい」

八田じいさんは信じられないというふうに問い返した。

「あんたにはおふくろさんはなかったのかね」と彼は反問した。

「わしにだっておふくろはあったさ、母親もなしに生れてくる子なんかありゃしないだろう」

「だろうね」と云って彼は顔をそむけた。八田公兵はもっとなにか聞きたそうだったが、彼のようすがひどく冷淡であり、むしろ排他的であると思い、そのまま話を打切ってしまった。

そのうちに誰が云うともなく、或る日の早朝、まだあたりがまっ暗なじぶんに、彼が子供を背負って、西願寺のほうへ歩み去るのを見た、という噂《うわさ》が広まった。病気の子供をもてあまして、どこかへ捨てにいったのだろう、と云う者もあるし、本当に母親がどこかにいて、そこへ返しにいったのだろう、と云う者もあったが、そのどちらにせよ、かれらには関係のないことなので、まもなく噂さえもしなくなった。

九月の暑さが終り、十月もすぎた。彼は毎夜十一時ころに、「のんべ横丁」へゆき、残飯を貰い集めて帰ると、小屋へもぐり込んで独りで寝た。朝になると、小屋の外で独り食事を済ませ、例の三重の古鍋を洗って、「のんべ横丁」のおでん屋「花彦」のかみさんに預けたのち、一日どこかをあるきまわったり、小屋へ帰ってごろごろしていたりした。

そのうちに、子供の代りができたのだ。

十一月にはいっていつのころからか、足の小さな犬の仔《こ》が、彼についてあるくようになった。生れてほんの四、五十日経《た》ったばかりだろう、黒と白のぶちで、雑種だが四肢が太く、*こまっちゃくれた利巧そうな顔つきをしてい、彼のゆくところにはどこへでもついていったし、小屋へ帰るといっしょに寝るようになった。

「そうだ、そういうわけだ」彼は街をあるいてゆきながら、無意識に独り言を云う、「——待てよ、そうとばかりも云いきれないんだな、うん、そうでないこともある、簡単じゃないさ」

仔犬は彼の足に身をすり寄せるようにして、ついてゆく。ときどきそのこまっちゃくれた顔をあげて彼を見、そうですね、ほんとにそうですよ、とでも云いたげに尻尾を振る。そして、彼が振向いて見たりすると、ええ、ぼくはここにいますよ、心配しないで下さい、大丈夫ですよ、という意志を教えようとするような眼つきをし、もっと大きく尻尾を振る。——彼はごくたまにしか声をかけない。振返って仔犬を見るときには、なんともいいようのない表情が顔にあらわれる。それはなにか話しかけたいようでもあるし、話しかけても相手には聞えない、ということを知って、「かなしいな」と呟くようでもあった。

きみ、子供をどうしたんだ。死んだ子供をきみはどうしたんだ。あの子のことは思いださないのか、もう忘れてしまったのか。きみのために残飯貰いをし、それをあたためて食事の支度をし、きみのでまかせな話、なんの役にも立たない非現実的な話を、いやがりもせずに聞いたり、雨に濡れるのも構わず、いつもきみといっしょにあるきまわり、きみのために休みなく気を使っていたあの、幼い子のことを哀れだったと思いだしてやりさえもしないのか。きみ、いったいあの子をどうしたんだ。

「たいしたことはないな」彼はあるき続けながら、声を高めて云う、「どっちにしろたいした違いはないんだな、五十歩と百歩じゃあずいぶん大きなひらきだけどさ、でも世間じゃあ五十歩百歩と同じくらいに云ってさ、自分の問題となれば九十歩と百歩でも、相当むずかしく考えるだろうけれど、それにしても、まあたいしたことはないらしいな」

つめたい雨が降りだしてきた。もう十二月に近い午後の街は、いっとき人の往来もまばらになり、道はゆっくりと濡れだして、小石がつめたそうに光ってみえた。仔犬は尻尾を垂れ、首を垂れて、濡れてゆく毛が重たそうに、それでも彼の側《そば》からはなれず、ちょこちょことついてゆき、街の或る角へさしかかると、いかにも勝手知ったというふうに一方へ曲る。――彼はいつもそっちへ曲るとはきまっていない、しばしばまっすぐにゆくか、反対側へ曲るかするが、仔犬が立停って、不審気に見まもっているのに気づくと、黙ってあと戻りをし、仔犬の曲ったほうへあるきだすのであった。

その道を二丁*ばかりゆくと、勾配《こうばい》のゆるい坂になって、登り口の右側に交番があり、そこからほんの三十歩ばかり上の右側に、西願寺の山門があった。

仔犬を伴《つ》れた彼はその山門をはいり、本堂の前庭を横切って、まっすぐに墓地へはいってゆく。雨はつよくもならないが、やむけしきもなく降っていて、裸になった木々の枝に溜まった滴《しずく》が、彼と仔犬の上へ、しきりにこぼれ落ちた。

墓地にも地区別があり、高級住宅地と中産階級とは、下級住宅や長屋階級とかなりはっきり地区を別にしている。そして、前者には五十年とか百年とか、稀にはそれ以上も供養《くよう》の絶えない墓があるのに、後者の地区には三十年以上というのは珍しい。ちょっと古いのになると、掃除もされず荒れたままになっているし、その多くは無縁墓で、いつ片づけられるかわからないというものであった。

彼は墓地の西端まであるいてゆき、うしろが竹藪《たけやぶ》、左右を枯木林で塞《ふさ》がれた二メートル四方ほどの、空地の前で立停った。――そこは赭土《あかつち》に雑草がまばらに枯れているだけで、なにも変ったようすはなかったが、彼はその前にしゃがみこんで、じっと赭土の一点を見まもった。

「プールを作るのは賛成だね」彼は口の中で云った、「――庭の芝生のまん中がいいかな、エバー・グリーンのまん中に、白タイル仕上げのプールがあるのは悪くないよ、ちょっとしたブルジョワ気分じゃないか」

仔犬は雨に濡れて寒くなったためか、彼の脇にぴったりより添って坐《すわ》り、軀をこまかくふるわせながら、彼の顔を見あげたり、ときどき「帰りましょうよ」とでも呼びかけるように、低い鼻声でないたりした。

彼の蓬髪《ほうはつ》もぶしょう髭も、その着ているぼろ布子《ぬのこ》も、絞るほど濡れてしまったし、蓬髪からたれる雨のしずくが、額から頬、そして顎《あご》や頸《くび》へとしたたり落ちた。「注水と排水設備にちょっと難点があるんだな、そう」と彼は顔ぜんたいを手で拭《ふ》き、眼のまわりを拭きながら云う、「地所が高台だからさ、渇水期《かっすいき》のためにタンクを備えなくちゃならないしさ、排水のほうもなにしろプールいっぱいの水となるとね、ちょっとした下水くらいじゃまにあわないんだな」

仔犬が鼻声でないた。

彼は片手で、空間になにかを描くような手まねをしたが、すぐにその手をだらんと垂れ、同時に頭も低く垂れた。そうして、誰かそこに人がいて、その人間に語りかけるような調子で云った。

「大丈夫、きっと作るよ、きみがねだったのは、プールを作ることだけだったからな、——きみはもっと、欲しい物をなんでもねだればよかったのにさ」

雨のしずくがたれるので、彼はまた顔を手で撫で、眼のまわりをこすった。空はかなりくらくなり、仔犬はふるえながら、あまえるようになき声をあげた。

箱入り女房

徳さんが結婚した。

徳さんは高名な親分「築正」一家の身内だそうで、プロの博奕打《ばくちう》ちだということをつねづね誇りにしていた。どこまで信じていいか、誰にも見当はつかない、けれども、賭《か》けごとの好きなことだけは明白な事実であった。

徳さんは時と処《ところ》とに頓着《とんちゃく》せず、相手さえあれば賭けを挑んだ。

「よう、一丁いこう、よう」と徳さんはせがむ、「次に来る市電の番号、丁か半か、よう、あれで一丁いこうったら、よう」

「なあ、一丁いこうよ、なあ」と彼はせがむ、「おめえの歯でいこう、上の歯で一丁、下の歯で一丁、それとも上下合わせてでもいいや、丁か半か」

「おっと待った」と彼はいそいで相手を押えるような手まねをする、「その口を閉めちゃあだめだ、口を閉めるとべろで歯の勘定ができるからな、口をあいて、それからべろを出しててくんな、さあ、丁か半か」
羽目板のもくめの数。通行ちゅうの老人のとし。縄の切れっ端《ぱし》。柑橘《かんきつ》類の実の袋数。マッチの本数。花の花弁。電車のレール。橋桁《はしげた》。茶碗《ちゃわん》一杯のめし粒。——このように数えてもきりはない、つまり数の限定した事物以外なら、どんなものでも即座に賭けの材料にするのであった。

彼は三十二歳だと自慢しているが、本当は二十八か九であるらしい。筋肉質ではなく、ぼてっと中太りの軀《からだ》に、夏も冬も洗いざらした浴衣《ゆかた》一枚で、冬にはほころびだらけの半纏《はんてん》をひっかける。縞目《しまめ》もよくわからないほど古い、女物の半纏であるが、——女物じゃないかなどときくと、たいてい一時間ぐらいは、それを着ていてくれと泣いて頼んだ彼女について、よもやと思われるようなのろけを聞かされる。もしも「その話は聞いたよ」とでも云《い》えば、逆にもう一人べつの彼女をひきだしてきて、それこそ二、三日は気が沈むほど聞かされるのがおちであった。——顔はおもながのようでもあり、まるいようでもあり、また、そのどっちでもないようでもあった。眉《まゆ》もはっきりせず、眼は細く、唇は厚く、鼻は蜜柑《みかん》の皮のように穴だらけだし、顔いちめんにきびを潰《つぶ》した痕《あと》だらけである。一メートル六〇そこそこの身長を、「五*尺七寸たっぷり」だと自慢し、それを証明するためだろう、人の見るところではいつも背伸びをしていた。

或《あ》るとき、この「街」の真吾《しんご》さんについて、一人の警官が徳さんの家をおとずれた。まだ若い警官で、初めに隣りの島悠吉《ゆうきち》にきき、それから徳さんの家へ来た、ということがあとでわかった。

「なんですか」警官の姿を見るなり、徳さんはがたがたふるえだした、

「なんの用ですか、あっしは竹家のことには関係なしですよ」

「あんたのことじゃない、あんたには関係のないことなんだ」警官は手帳を繰りながら、彼のほうは見ずに云った、「きみは戸部真吾という者を知ってるかね」

自分のことではないと知ったとき、徳さんの硬《こわ》ばった表情がゆるみ、躯のふるえが止った。そして眼尻《めじり》をさげて微笑したとたん、つい平生《へいぜい》の癖が出た。

「あっしが戸部のことを知ってるか知らねえか」と徳さんは云った、「それで一丁やりませんか、旦那《だんな》」

警官は不審そうに彼を見た。そして「なにをやるんだね」と反問した。

「わからねえかな、賭けですよ、賭け」

警官の口がゆっくりとあいた。

「旦那が先に賭けるんです」と彼は巧みな口ぶりで云った、「あっしが戸部のことを知ってるか知らねえか、どっちへ賭けるのも旦那の勝手だ、賭けだからいかさまなし、あっしは正直なところを云いますよ、ねえ、一丁やってみませんかい」

旦那にとってこんなに割のいい賭けはない、と云ったそうだ。若い警官がそれにどう答えたかわからない、怒ったともいうし、笑ったとも云うし、なんにも聞えなかったように黙っていたともいう。——明くる日の夕方、彼は家の前で隣りの島さんにつかまった。

島さんには顔面神経痙攣《けいれん》というデリケイトな持病があり、片方の足がちょっと短い。けれども性質は明るくて人づきあいがよく、誰とでもすぐに親しくなり、いつもあいそのいい笑顔をみせた。徳さんとは隣り同志であるが、殆《ほと》んどつきあわないし、口をきいたこともごくたまにしかなかった。

「きみ、やったね」島さんは彼に向って、にっと笑いながら云った、「なにか大*、いりでもあったのかい」

「なんのことです」

「隠すなよ、ゆうべおまわりが来ただろう」

「知ってるんですか」

「ぼくのうちへ先に寄ったんだ、きみも相当な顔らしいな」

「云わないで下さいよ」彼は得意になり、それを隠そうとして頭を掻《か》いた、「ときどきようすをみに来るんです、うるさくってしょうがねえんだが、まあ警察としても役目でしょうからね」

「それほどの顔だとは知らなかった、み直したよ」

「云わないで下さいよ」彼はプロの博奕打ちらしくてれてみせた、「あっしなんざ、まだほんのかけだしなんだから」

徳さんはこの話を、知っている人たちみんなに語った。島さんにとんだところを見られちゃってね、とか、下《した》っ端《ぱ》ならこんなことはないんだが、とか。おれが幹部になるってことを警察ではもう勘づいてるらしい、などとさえ云うのであった。

その徳さんが結婚したのだ。彼は或る夜、結婚したというその若い女を伴《つ》れて、近所の家をずっとまわった。

「こんど女房を貰《もら》いましてね」と彼はその妻を紹介した、「としは十八、名めえはくに子ってえんです、どうかよろしく」

くに子は一メートル五〇くらいの背丈で、小太りの、かなりなきりょうよしであり、眼も口も鼻もちまちまとしていた。

「くに子って柄《がら》かね」と近所のかみさんたちは云いあった、「としだってはたちを二つ三つ越してるよ、十八だって、――ふん、きっとどこかのインチキバーの女給か、小料理屋からでも攫《さら》ってきたんだろうさ」

「それならまだしもさ、夜になるとどこかの街の角にでも立ってたんじゃないのかい」

「やさしそうなお面をしてえるけど、一と皮剝《む》けばあれで相当な*ばくれんだよ」

例の如《ごと》きもので、かくべつ悪意があるわけではない。よそからはいって来る者は、例外なしにこの種の評をあびせられるのだ。もちろん根拠のないものだから、四、五日も経《た》つか、口でもききあうようになれば、これらの評はすぐに逆転するばかりでなく、たちまち親類以上のちかしいつきあいに変るのであった。

だが、この場合はそういうふうにははこばなかった。細君であるところのくに子が、隣り近所とつきあわず、水道端へも出て来ず、買い物にでかける姿もみせないのである。――これまで同様、そういうことは徳さんがぜんぶやった。風呂敷《ふろしき》や手《て》籠《かご》を持って買い物にもゆくし、水道端で洗濯もする。しばしばくに子の肌着や下《しも》の物なども洗うので、かみさんたちはのぼせあがった。

とし古い夫婦で、細君が弱いような場合にはゆるされるが、徳さんのように新婚そうそうであり、かくべつ新妻が弱いわけでもないのに、大の男がそんなことをするというのはタブーであった。——特にこの「街」のかみさんたちは、それぞれ亭主や子供たちのために苦労させられているから、こんな不徳義なことを見せつけられては黙っているわけにはいかない。

「なんだいあのおしゃもじは、どこのなにさまだい」おしゃもじとは云うまでもなくくに子のことだろう、「嫁に来たばかりだってえのに、亭主に腰巻まで洗わせる罰当りがどこの世界にいるかさ」

「水しょうばいの女にきまってるよ、めしも炊《た》けず針も持てない代りには、きっとあのほうが巧者なんだろうよ」

「徳さんも徳さんだ、築正親分の身内だなんて云ってながら、あのざまはなにさ、こっちで恥ずかしくなっちまうわ」

　これまた例によって、徳さんの耳には筒抜けに聞えてしまう。

「うちのくに子は箱入りでね」と彼はにやにや笑いながら攻勢に出た、「あいつはまだ世間ずれがしてねえし、恥ずかしがりやなんで、当分は箱入り女房ってことにしとくつもりですよ」

「夫婦となればね」と彼はまた云う、「亭主が女房の物を洗うのは情愛ってもんで、悪口を云う人もあるようだが、それはいらねえお節介、羨《うらや》みのあげくのそねみてえものさ」

かみさんたちの怒りは頂点に達した。自分たちの評を「羨望《せんぼう》のあまりのそねみ」だと、面と向って云われようとは思わなかったし、そんな暴言を聞いた例もないし、さらにがまんがならないのは、それが「事実」だったからである。かみさんたちは徳さんのことを男の屑《くず》だと罵《ののし》り、かの袋の中身はきんどころか銀でも鉄でもなく、どぶ泥でも詰っているのだろうとわらった。

徳さんはなんと云われても平気だった。こんなにいい女房をもてば、悪口を云われるくらい当然のことだ、と自認していた。彼はこの「街」ではたんば老人ともっとも親しくしていた。たんば老人だけは、彼の話をまじめに聞いてくれるし、ときたま困って少額のむしんをすれば、こころよく貸してもくれるのであった。しぜん、新妻くに子の自慢がしたくなると老人のところへいってたっぷりと話して聞かせる。

「じつに信心ぶかいやつでね」と彼は老人に云う、*「寝る段になると毎晩その、蒲《ふ》団《とん》を敷く向きでひともんちゃくさ、初めはあっしもめんくらがっちゃったね、なにしろ蒲団を敷く段になったとき、いきなりあっしの顔を見て、帝釈《たいしゃく》さまはどっちの方角に当りますかって云いだした」

彼はぎょっとした。この場に及んでたいしゃくさまをどうしようとするのか、証人にでも呼び出そうというのかと思い惑った。すると彼女はうやうやしい口ぶりで、今日は帝釈さまの日だから、そっちへ足を向けて寝ると罰が当るのだ、と説きあかしてくれた。

「それで安心はしたものの、あっしはまた困った、たいしゃくさまがどっちの方角に当るかなんて、こっちはてんで知りゃあしねえ、たんばさん知ってますかい」

「そうさな、まあ、——まあ、知らないようだな」

くに子は眉をしかめて考えこんだが、やがて、それでは自分のもと知っている方角でまにあわせようと云い、西南のほうを枕《まくら》にして寝たのであった。

「次の晩はおめえ不動さまだ」と徳さんは云った、「こいつはあっしも縁日で知ってるから迷うこたあなかった、こんぴらも見当はついたし山王稲荷《いなり》もすぐにわかった、かんのんさまのときにゃあまごついたっけ、なんしろおめえかんのんとくりゃあ四方八方にあらあ、これにゃあくに子のやつも匙《さじ》を投げたね、さんざん考えたあげく、本山《ほんざん》さまで勘弁してもらおう、ということでやっとおちついた、って始末よ」

「それは毎晩のことかい」

「毎晩のことさ」と徳さんは云った、「そのうちにおめえ、とんでもねえ日にぶっつかった、くに子のやつあ妙な暦みてえな本を持っていて、それを繰っちゃあ今日はなにさまの日に当るか、ってえことを調べるんだが、その、とんでもねえ日ってのがおめえ、どっちを頭にしても、足の向く方角にはみんなそれぞれの神だか仏だかがいるってんだ」

たんば老人の顔にゆるやかな微笑がうかび、ゆるやかに消えた。それはたいへんだったろうな、と老人は同情するように云った。

「くに子のやつは寝ることができねえって泣きだした」と徳さんは続けた、「東西南北、どっちのほうにもなにかが頑張ってるし、どいつもこいつも記念日みてえな日に当っていて、どれ一つ失礼していいようなやつがねえってんだ、つまり寝るのに足の向け場がねえわけさ、あっしゃ云ってやったね、ようくその暦みてえな本を繰ってみなってさ、東西南北、どっかに隙《すき》のねえ筈《はず》はねえ、警察の非常線にだって隙はあるんだから、ってね、そうでしょうたんばさん」

それがだめなのだ、とくに子は云った。どっちの方角もぜんぶ塞《ふさ》がっていて、一センチの隙もないという。徳さんは痺《しび》れを切らして寝てしまったが、夜なかに眼をさましてみると、くに子は古簞笥《ふるだんす》に凭《もた》れて、坐《すわ》ったまま眠っていたそうであった。

「なんでも年に一度か二度はそんな日があるんだそうです」と徳さんは云った、「——女の身で、そうてえした学があるわけでもねえのに、くに子っくれえ神さまや仏さまの数をふんだんに知ってる者もねえもんだ、あんなに信心ぶけえ者もめったにゃねえだろうな」

たんば老人はゆっくりと、「若いのに珍しいな」と云った。

「いやもう、おっどろいたよ、たんばさん」と次のとき徳さんは云った、「——くに子のやつが、また信心の話なんだが、十五のとしだってえが用達《ようた》しにいった、なんの用だったか忘れちゃったそうだがね、こう、ずっとあるいてゆくてえと、おっそろしく立派な、柱や欄干なんぞまっ赤に塗った、べらぼうにでっけえ建物の前へさしかかった、それがあんまりきらびやかでこうごうしいから、くに子のやつあ肝をつぶして、われ知らず両手を合わせておがんじまった、それから通りかかった人に、これはなに神さまのお社かってきいたところ、その人のほうでもびっくりして、これはあんた歌舞伎座《かぶきざ》ですよって云われたんで、くに子のやつあもういちど肝をつぶして逃げだしたんだそうです、ええ」

そんな、十五くらいのとしから、くに子はそれほど信心ぶかかったのだと、証明するような口ぶりで云って、徳さんは誇らしげに顎《あご》を撫《な》でた。たんば老人はつつしみぶかく、感心したともしないともつかない、あいまいな、しかし決して笑いたいような顔はみせずに、ゆっくりと幾たびも頷《うなず》いた。

三十日経ち、五十日経った。新妻を迎えてからおよそ七十余日経ったころ、徳さんは別個の問題について、たんば老人の意見をききに来た。

「その、あれなんだがよ、ちょっと云いにくいことなんだがよ」彼はしきりにうしろ頸《くび》を掻いたり撫でたりした、「こいつはたんばさんだから云えるんだが、くに子のやつはまあ箱入り女房さね、世間ずれのしていねえ、うぶなこたあ、これまでなんども話したとおりなんだが、それにしてもげせねえことがあるんだ」

老人は黙って、膝《ひざ》の前にある詰め将棋の盤を見まもりながら、徳さんのあとの言葉を待った。

「それってえのがおめえ、なんだあ、つまりあのときのことよ」と徳さんは口ごもりながら云った、「あのときってえばわかるだろうが、あっしがよ、その、なんだあ、つまり汗だくんなってつとめてるさいちゅうによ――くに子のやつはいきなりへんなことを云いだすんだ、ねえあんた、秋になると木の葉はどうして枝から落ちるんでしょうって、――あっしゃあびっくりしちゃったよ、ほんとにさ、おめえそんなことを考えてたのかってきくと、いま急に気になりだしたんだって、こんなときにまたどうして気になりだしたんだってきいたら、どうしてだかは知らないがとにかく気になってしょうがないって、――よせやい、いまそれどころじゃねえじゃねえかって云って、あっしゃあまた馬力をかけたが、いけねえんだたんばさん、秋になると枝から木の葉が落ちらあな、なるほど、どうして秋になると落ちるのかって、こっちも気になりだしちまったら、馬力がまるっきり抜けちまったってわけよ」

「その次にはおめえ歯だ」と徳さんは続けた、「あっしが汗だくんなってるさいちゅうによ、ねえあんた、人間の歯はなんで出来てるんだろうねときた、歯はおめえ歯じゃあねえかと云ったら、だってさ、骨でもなし肉でもないんだから、なにかほかの物で出来てるに違いないじゃないのときた、――よせやい、いまそれどころじゃねえじゃねえかって云って、あっしはまた馬力をだしにかかった、ところがいけねえんだたんばさん、待てよ、そう云われてみれば人間の歯は肉でも骨でもねえ、とするといってえなんで出来てるんだろうってね、そいつが気になりだしてまた途中下車だ」

その次はおさつ（紙幣）のことで、百円さつがあって千円さつがあるのに、どうして百五十円さつとか千五百円さつがないのか、ときたそうである。政府のすることだからわからないと答えたら、新聞の身の上相談へ投書してみようかと云った。百五十円さつと身の上相談とどんなひっかかりがあるのかと考えたら、徳さんは頭がこんぐらかってしまって、同じく途中下車になったそうであった。

「ものを考えるのはいいってんだよ、ねえたんばさん」と徳さんは云った、「秋になるとなぜ木の葉が落ちるかなんて、ふつうの人間なら思いつきもしねえだろう、そいつはおめえくに子のやつがいい頭を持ってる証拠だから、あっしゃあなにも反対はしねえてんだ、けれどもよ、どんなにいい考えにしろ、なにも選《よ》りに選ってそんなときに云いだすこたあねえやね、そうでしょう、たんばさん、あっしゃあだから云ってやったよ、おめえ時と場合を考えて云えって、にんげん誰だってこういうときには身を入れてやるもんだ、こっちは気が散って続かねえじゃねえかってよ」

たんば老人は詰め将棋の駒《こま》の一つを、慎重に動かしてから、なんということもなく呻《うな》った。

「くに子のやつあ温和《おとな》しい性分だから、あっしに口返答はしねえ、はい、といってこっくりをするんだが、——忘れるのか生れつきの癖かどうか、あっしが汗だくんなって馬力をかけだすと、ねえあんたをまた始めるんだ、ねえあんた、七福神は誰と誰だっけとくる、また始めるのか、そんなこたああとの話だってえと、だって気になってしょうがないから教えてよとくる、神や仏はおめえの領分じゃねえかってえと、七福神はべつだって、どうもしょうがねえ、弁天さまに寿老人《じゅろうじん》にびしゃもん天にほていに大黒にえびっさまにって、そこでつかえちまったら、くに子のやつあ指を折ってやがって、まだ一人足りないよってやがる、それからあっしゃあ初めからやり直してみたが、どうしてもあとの一人がわからねえ、さあこっちも気になりだしちゃって、はてもう一人は誰だろうと考えると、また馬力はすっこ抜けよ、——笑いごっちゃねえよたんばさん」

「笑やあしないよ」

「あっしゃあしんけんなんだから、ほんとに」と徳さんはきまじめに表情をひき締めて云った、「ゆうべもゆうべで、ねえあんたを始めやがった、タクシーの運ちゃんはどうして車に酔わないのっときた、そりゃあおめえあたりきじゃねえか、車に酔うようじゃタクシーの運ちゃんができゃしねえや、ってあっしゃあ云ってやった、するってえとくに子が云うにはよ、あたいがお店にいたときセーラーのお客がいたけれど、セーラーには船に酔う者が相当にいるってったよときた、セーラーが船に酔うんだから、タクシーの運ちゃんが車に酔わないとはきまっちゃいないでしょっ、ときた、あっしゃあ呻ったね、呻ってから云ってやった、よしよし、こんどタクシーの運ちゃんに会ってきいてみようってよ」

「それでまた中折れになったが、あっしゃあ気分をととのえて、やっとこ取直しにかかった」と徳さんは続けた、「ところがいけねえ、ホームストレッチにかかろうとするとたん、またくに子のやつがねえあんたときた、それがまたとんでもねえ、首をくるのと身投げをするのと、鉄道自殺をするのとどれがいちばん苦しむだろうときた、えっ、そのときあっしがどんな気がしたと思う、たんばさん」

老人は手の甲で口を押え、それから呟《つぶや》くような声で、その、ホームスとかってのはなんのことか、と反問した。徳さんはそんなことは耳にもはいらないらしい、たいそう深刻な眼つきで、あたかも老人に責任でもあるようなふうに老人の顔を凝視した。

「あっしゃあねえ、胃袋がここんとこまで」彼は自分の喉《のど》を指さした、「——このへんまでとびだしてきたように思ったよほんとに、ほんとだよたんばさん」
「あっしもがまんが切れた」と徳さんはすぐに続けた、「こんなことを放《ほ》っといちゃあ一家のおさまりがつかねえ、そうでしょう、だからあっしゃあ起き直って、この際なんだってそんなことを考えだすんだ、いまやってることと、首っくりや身投げや鉄道自殺となんの関係があるんだ、ふざけるなってよ、——くに子のやつあ考えてた、よっく自分の胸の中を考えてたっけが、あたいがお店にいたとき、お夏ちゃんがお客と二階へあがってさ、お客だけがおりて来て帰っちゃって、お夏ちゃんはかんばんまでおりて来ないでしょう、そいだもんだから彼氏がいってみたら、お夏ちゃんは首を絞められて死んでたじゃないの、だからあたいがさぞ苦しかったろうねって云ったら、まあ子が首をくるよりも身投げのほうが千倍も苦しいって云うし、リリイはそうじゃない鉄道自殺のほうがよっぽど苦しいらしいって、あらいやだ、いつか新聞に青線女給殺さるって出てたじゃないのっ、ときた」
「まあいい、その話はそっとしとけ、ってあっしは云った」徳さんはなにかを押えるような手まねをした、「おれが云ってるのはお夏ちゃんのことじゃあねえ、こういう場合に限ってなぜそんなことを考えだすんだってこった、ほかに幾らも考えだす暇はあるだろう、どうしてこうやってるときに限ってよけえなことを考えだすんだ、こっちだって感情害しちゃうじゃねえか、どういうわけだって云ってやった、そうでしょう、たんばさん、——おめえ」と彼は急に驚いたような眼で老人を見た、「おめえ競馬を知らねえのかい」
「競馬、——いや、知らないね」
「それじゃあホームストレッチなんてっても、そうだ、そのホームストレッチなんだ」彼は話を戻した、「あっしがそう云うと、くに子のやつあ首をかしげて考えたっけ、やがてまた首をこっちへかしげて、自分でもわからないが、お店にいたじぶんマダムに云われたことがある、そういうときには気をそらして、なにかほかのことを考えるんだって、さもなければ軀が続かないよってさ、念を押して云われたのが癖になったのかもしれないってんだ、そんなことがあるのかな、え、たんばさん」
「さーてね」老人はちょっと考えてから、労《いたわ》るように云った、「——あるかもしれないな、世間ずれのしていない、箱入り女房ともなればな」
「世間ずれがしなさすぎるよ、ほんとに、十八のとしから七年の余もバー勤めをしていてそれなんだから、まったくうぶってったって限界があろうじゃねえか、そうでしょうたんばさん」

「大事にしてやるんだな」と老人は云った、「いまにいいかみさんになるよ、きっと」

そのくに子は、家で仰向きに寝ころんで「ひとのかかをすれば極めて多忙である」という意味の唄《うた》をうたっていた。

枯れた木

平さんは独り者で、手作りの小屋に住んでいる。古い材木の柱を四本立て、まわりに古板を打ち付け、屋根も古板の上へ古トタンを張ったものだ。出入り口はひらき戸だが、軀《からだ》を踞《かが》めなければならないほど小さく、南側に一メートル四方ばかりの窓が一つ、それも手作りで、くもりガラスが嵌《は》めてあった。

人の住んでいる家は生きているようにみえるものだ。住んでいる人によっては、その家が性格を備えているようにみえる場合さえ少なくない。——平さんの「小屋」は平さんの手作りだから、もっとも単純に彼の性格をあらわしている筈《はず》である。その筈であるのに、小屋はまったく無性格で、些《いさ》かの特徴もなく、古材木と古板を寄せ集めた「小屋」という以外には、なんらの意味もふぜいも感じられなかった。

こういう「街」の住人たちは、その貧しい住居のどこかを、なにかのかたちで飾ろうとする。釣忍《つりしのぶ》を吊るとか、欠けた鉢で朝顔を育てるとか、軒先の僅《わず》かな地面に草花を植えるとか、または朽ちかかったような自分の住居の、柱や敷居を拭《ふ》きみがきしたり、羽目板や戸袋を飽きずに水洗いするとか、その人その人の美的感覚と好《こう》尚《しょう》によって、それらから謙遜《けんそん》な慰安とくつろぎを得ているようであった。

平さんはそんなことはしなかった。そこはどの長屋からもはなれていて、まわりは不毛の空地であり、地面は砕けた瓦《かわら》や瀬戸物や、コークス殻などで蔽《おお》われているため、草も満足には生えないし、平さんの足でできた踏みつけ道が、道ともいえないほどかすかに、その空地を横切っているだけであった。小屋の窓の外に一本、高さ一メートルばかりの細い枯木が立っているが、枯れてから幾年も経《た》つのだろう、いまではなんの木であるかもわからなかった。

平さんの小屋とその周囲には、生命というものが感じられなかった。そこに見られるのは、人にかえりみられなくなった荒廃ではなく、不毛と枯死そのもののようであった。

平さんは誰ともつきあわず、日常の挨拶《あいさつ》も殆《ほと》んどしなかった。本当の名もとしもわからない。見たところ五十歳から六十歳のあいだらしいが、ときによると七十ちかい老人のように、力なくやつれてみえることもあった。軀は小柄で痩《や》せているけれども、筋肉はひき締って、陽にやけた皮膚にもつやがあり、いかにも健康そうだし、眉《まゆ》の濃い細おもての顔も、よく見るとなかなか品があった。

「若いころはきっといい男ぶりだったろうね」とかみさんたちは云《い》いあった、「いまだって捨てたもんじゃないだろう、このあいだ誰かさんが、夜なかに這《は》い込んでったっていうじゃないか」

「なま唾《つば》の出るような話じゃあないの、誰かさんって誰よ」

「およしよお吉さん、云いだしっぺってこと知らないの」

云いだしっぺといわれたかみさんはふんと鼻を鳴らし、それからすました顔で続けた。

「誰かさんは誰かさんさ、こう云えばご本人にはわかるだろ、自分たちで思い当らないんなら、他人のことで気を揉《も》むんじゃないよ」

「それはいいけどさ、肝心なことはうまくいったのかい」

「ほんとか嘘《うそ》かわからないけどもね、平さんは小屋の中で、蠟燭《ろうそく》をとぼして坐《すわ》ってたって」

眼が落ちくぼみ、頰がこけて、乏しい蠟燭の火がゆれると、その顔が骸骨《がいこつ》のようにみえた。そうして、はいっていった女を見た彼は、低いしゃがれ声で、「お蝶《ちょう》か」

と云った。それは墓の下からでも聞えてくるような声で、女は骨の凍るほどそうけ立ち、そのまま夢中で外へとびだしたという。

「嘘かほんとか知らないけどね、その道にかけちゃあ腕っこきの誰かさんだし、狙《ねら》ってものにしなかったためしのない人だから、案外そのとおりかもしれないよ」

「お蝶って誰だろう」

「この長屋うちのどこかにいるかもしれないね」

「それとも別れたか死んだかした、もとのおかみさんかもしれないしね」

こういう噂話《うわさばなし》が、平さんの耳に届いたかどうかはわからない。彼は石のように無くちで、そっけなく、頑固に自分の孤独を守っていた。

平さんのしょうばいは、マットレスを作って売ることだった。廃品回収業者のたて場から、ぼろ布を買って来る。小屋の外に煉瓦《れんが》と石で組んだ即席竈《かまど》があり、煮炊《にた》きをするようになっているが、そこに石油缶を掛け、買って来たぼろ布を入れて煮る。脂《あぶら》や汚れをおとすのだろう、煮あげたぼろは陽に干したうえ、二センチ幅くらいに裂き、それを縒《よ》って、――自分で工作したらしい原始的な織り機にかけ、丹念にマットレスを編みあげる。風呂場《ふろば》の足拭きとか、火鉢の下敷くらいの用にしかならないのだろうが、丹念に、しっかりと編みあげるから、平さんの品は好評で、かなりとくいも多いようであった。

平さんは無くちで、近所づきあいもせず、日常の挨拶もしないことはすでに記した。尤《もっと》もそれまでに一人だけ、ときたまたずねる知人があった。ボス猫のとらの飼い主である半助がその相手だが、たずねていってもあまり話はしなかった。半助は臆病《おくびょう》で気の弱そうな、絶えず人に殴られるのを恐れているような男であり、これまた人嫌いで、飼い猫のとらにだけはものを云うけれども、人間とは口をききたがらない性分だったから、平さんと二人では話のはずみようがないのだ。――平さんがたずねていって、半日くらい坐っていても、話し声は殆んど聞えない。ときたまどちらかが、今日は天気がいいなと云えば、うん、よく晴れたなと片方が答える。かなり時間が経ち、もう忘れたころになって、世間の景気は相変らずだなと片方が云えば、相変らずだと一方が答え、それっきり声はとだえる、というふうであった。

そのうちに、その半助もいなくなった。

半助は人に連れ去られたのである。連れ去ったのは刑事だともいうし、半助がいかさま賽《さい》を作っていたため、プロの賭博《とばく》者たちが掠《さら》っていったのだともいわれた。どちらにもせよ、平さんはたった一人の友達――ともいえないだろうが、ともかくただ一人の知人を失い、また自分ひとりのくらしに戻った。

朝はやく、平さんは小屋から出ると、手拭《てぬぐい》を入れた洗面器と、古バケツを持って水道端へゆき、顔を洗い、バケツに水を汲《く》んで帰ると、次に蜜柑箱《みかんばこ》の一つから米、他の一つから麦を量り出して、ニュームの鍋《なべ》へ入れ、もう一つのバケツといっしょに持って水道端へゆく。米をとぎ、水を汲んで小屋へ戻り、めしを炊きにかかる。

——この「街」の住人はその日稼ぎが多いので、みな朝は早いから、水道端にはたいてい人が来ていて、中には平さんに呼びかける者もあるが、彼はなま返辞をするばかりで相手にならない。いつか気の荒い男が怒って、挨拶ぐらいしろとどなりつけた。平さんは静かに向き直って、その男の眼をみつめた。男は突っかかってゆく気だったらしく、拳《こぶし》をにぎって前へ一歩出たが、平さんの動かない眼と仮面のように無表情な顔を見てうしろへさがり、そっぽを向きざまなにか捨てぜりふを云い、いそいでその場を去っていった。

「*きびがわりいのなんのって」とあとでその男が云った、「あいつの眼は生きた人間の眼じゃあねえぜ、ありゃあおめえ*しんだんじんの眼だ、おらあ賭《か》けてもいいが、あいつの軀に流れてる血は氷みてえにつめてえぜ、きっと」

平さんは三度のめしに、漬け物と味噌《みそ》しか喰《た》べない。味噌は買うが漬け物は自分で漬ける。しかも醬油樽《しょうゆだる》五つに、それぞれ違った物を違った方法で漬け、年じゅう絶やすことがなかった。——ぼろ布を買いにでかけるときは大きな麻の袋を持ってゆく。そして小屋の窓は中から、開き戸は外からと鍵《かぎ》を掛ける。この「街」で戸閉りをする家は、ほかに二軒しかないし、その二軒は戸閉りをするために、なにかうしろぐらいことをしているのだろうとそしられ、幾たびか家の中を荒されたものだ。つづめていえば、ここの住人たちにとって、家に戸閉りをしなければならないような物を持っている、ということは徳義に反するからである。——平さんの小屋も幾たびか襲われたが、開き戸も窓もあかなかった。どういうくふうがしてあるのか、いろいろと攻撃したようだが、いちども成功しなかった。もとよりいたずら半分のしごとなので、小屋を打ち壊すほどの乱暴はしなかったし、やがて、平さんが大切にしているのは、五個の漬け物樽だということがわかってからは、もう誰も関心をもつ者はいなくなった。

平さんはこれらのことを知っていたであろうか、それともまったく勘づきもしなかったろうか。

いずれにせよ、彼のようすは少しも変らなかった。彼はいつも動いていた。はたらいている、というのではなく「動いている」という感じであった。——大きな麻袋を背負って帰ると、中のぼろ布を出して選《よ》り分け、即席竈に火を焚《た》いて、石油缶の湯を沸かし、粉シャボンを混ぜて、より分けたぼろ布を入れ、木の枝でかきまわしながら煮る。よそ見をすることもなし、鼻唄《はなうた》とか独り言を呟《つぶや》くこともない。必要に応じて軀や手足が動作するだけで、意志のはたらきとか、感情のあらわれというようなものは少しもみられなかった。——小屋の南側に、二本の杉丸太を立て、麻縄を三段に張った干し場がある。平さんは煮あげたぼろ布を、水道端で水洗いすると、その干し場へ掛けてぼろ布を干す。顔は無表情であり、眼も二つの穴のようにうつろだった。干したぼろ布を一枚ずつ手でひろげながら、その眼はぼろ布をも麻縄をも見てはいないようだ。空洞がなにも見ていないように、平さんの眼はいつもなにも見ていないように感じられた。

「平さんのマットレスは評判がいいんだって、常とくいがあって注文がまにあわないんだってさ」かみさんたちのお饒舌《しゃべ》りパーティーではたびたびそんな噂が出た、「よっぽど貯《た》めこんでるんだよきっと」

「なんのためだかさ、独り者で身寄りもなさそうなのに、貯めたってどうしようもないじゃないか」

「なにがたのしみで生きてるんだろう、映画を観《み》にゆくじゃなしラジオを買うじゃなし、それとも隠れてパン助にでも入れあげてるんかしら」

「この長屋うちにゃあ、いつでも御用をたしたがってる者がやまといるのにさ」

或《あ》る年の十一月、――五十がらみとみえる一人の女が、小さな風呂敷包を抱えて、平さんの小屋へあらわれた。女はほっそりと小柄で、顔もちまちまとしていた。肌は白く、髪の毛や眉はまっ黒で濃く、つまんだような小さい唇はしっとりと赤かった。としは五十がらみらしいが、ぜんたいの感じはずっと若わかしく、いくらかなまめいてさえみえた。

平さんが留守だったので、女は小屋の外で待っていた。彼女は小屋の周囲をまわってみたり、閉めた窓の外に立っている枯れた木を眺め、その枝に触ってみたりしたうえ、羽目板に背を凭《もた》れ、しゃがんでそっと眼をつむった。――ここはどの長屋からもはなれているから、口うるさい人の眼につく心配はなかった。のら犬が二度ばかり通りかかったが、彼女を見ただけで、なんの関心も示さずに去っていった。

二時間ほど待ったとき、平さんが帰って来た。ぼんやりしていたらしい女は、小屋の戸をあける物音を聞きつけるなり、急に息の止ったような顔で立ちあがった。

白いきれいな女の顔が、さっと硬《こわ》ばり、それが刷毛《はけ》で塗るように赤くなった。いちど止った呼吸が、しだいに荒くなって、小さな包を抱えた手に力がはいった。女が開き戸をあけると、平さんはこちらへ背を向けて、古外套《ふるがいとう》をぬいでいた。女は開き戸を閉めてから、あたしです、と呟くように云った。

平さんは外套の片袖《かたそで》をぬぎかけたまま振返った。女は包を胸に押しつけ、それで身を守ろうとでもするような恰好《かっこう》で、おじぎをした。女を見る平さんの眼が動かなくなり、女の表情が変った。色の白いちんまりとした顔から、静かに赤みが消えてゆき、若わかしくなまめいていたのが、つめたく乾いて、みるまにしぼみあがるように感じられた。

平さんはなにも云わず、向き直って外套をぬぎ、くたびれた茶色のピケ帽をぬいで、板の間へあがった。女はそっと土間の中を見まわした。洗面器や粉シャボンの缶や、なにかの壜《びん》の並んだ台の下に、バケツが二つあり、その台の反対側に低く棚が吊ってあって、そこには食器をいれた籠《かご》や、安全剃刀《かみそり》やシャボンの箱などが、きちんと置かれてい、下の段には蜜柑箱が三つと、ニュームの鍋などがあった。

女は包を板の間の端に置き、その中からしごきを出して襷《たすき》にかけると、二つのバケツをしらべ、からになっている一つを提げて、小屋の外へ出ていった。

そして、女はそのまま小屋にいついた。

平さんは女に口もきかず、眼を向けようともしなかった。それは女の存在を無視するというのではなく、彼女が来たことも、同じ小屋にいることも、ぜんぜん現実ではないかのようであった。――女は水を汲み、めし拵《ごしら》えをし、掃除も洗濯もし、買い物もした。平さんは彼女の炊いためしを喰べるし、洗濯してくれた物を着、のべてくれた夜具で寝た。――これらはいつもの「ただ動いている」という感じのもので、めしを喰べるときでさえ、めしを喰べる、という意識なしに、箸《はし》を使い物を噛《か》みそれをのみこんでいる、という動作があるだけのようであった。

平さんの生活は少しも変らなかった。ぼろ布を買いにゆき、それを石油缶で煮て干し、裂いてマットレスを編む。女がそばから手伝おうとすれば、黙って女のしたいようにさせる。その品が好評なのは平さんの丹念な仕事ぶりにあるので、それには彼が情熱をつぎこみ、ほかの者には手も触れさせないだろうと、いちおう誰でも考えるところであるが、平さんにはそんな気持はないようで、女が手を出せばそれを女に任せ、自分は次の仕事にかかるのであった。

幾枚か編みあがると、平さんはそれを包んで売りにでかける。あとに残った女は休もうともせず、小屋の中を片づけたり、小屋の周囲をきれいに掃いたり、地面にちらばっている瓦や瀬戸物のかけらを拾って、捨てにいったりした。

女が平さんの小屋にいついたことは、すぐ近所の人たちにみつけられた。初め水道端でみかけたときは、新しく移って来た人だと思い、こんなところに住むような人柄ではないとか、可愛《かわい》い顔をしているとか、小さくて軽そうなあの軀つきを見ると女のあたしでも抱いてあやしてやりたくなるなどと、かみさんたちは云いあった。しかしそれは二日ばかりのことですぐに事実がわかると、かみさんたちの評は逆転した。

「おどろいたね、押しかけ女房だってさ、いいとしをしてなんてこったろう」

「平さんも平さんだ、あんなおばあちゃんに入れあげてたとは思わなかったよ」

「あの顔つきを見な、あの軀つきを見な」とあるかみさんは云った、「あたしの昔よく知ってた人にああいうふうな人がいたけれどさ、あれは人並はずれていろぶかい性分だよきっと、五十になっても六十になっても、からだはいろざかりでちっとも衰えないっていうくちさ、よく見てみればわかるよ」

「それだもんであんた、抱いてあやしてやりたいなんて云ったんだね、いやらしい」

「へえ、いやらしいって」とそのかみさんは反問した、「おまえさん知ってるのかい」

意味は違うが、かれらは知らないのだ。平さんの小屋では、かみさんたちの想像するようなことはなにもおこらなかった。

晩めしが済むと、平さんは少し食休みをしたあと、およそ十時ころまでマットレスを編む。必要があるからではなく、時間つぶしのようで、仕事はあまりはかどらない。蠟燭の火で眼が疲れ、涙が出てくるようになると、織り機を片づけて寝る。――女はあと始末をし、平さんの脇《わき》で、薄い蒲団《ふとん》一枚にくるまって横になる。むろん蠟燭は消してしまうから、月夜でない限り小屋の中はまっ暗になる。平さんはときどき寝返りをうつが、いびきをかくようなこともめったにない。そしてやがて、女がすすり泣きをはじめるのだ。

草原を風が吹きわたるような、ひそかな声ですすり泣き、喉《のど》になにか詰ってでもいるような、かすれた囁《ささや》き声で、とぎれとぎれに話しだすのであった。

「店のほうはうまくいってます、婿《むこ》がよく働いてくれますから」と或る夜は云った、「よくできた婿で、あたしにもよくしてくれます、いまでもあなたの話がでると、うちへ来てもらおうって云うんです」

「あたしどうしたらいいの」と或る夜は云った、「家付き娘に生れて、わがままいっぱいに育ったから、罪なことも罪だとは知らなかったんです、とくべつに好きだからあの人とそうなったんでもなし、生んだのがあの人の子だということも、自分ではよくわからなかったんです、――それだけは信じてもらいたいんです」

平さんは身動きもしなかった。

「あなたがこんなになってしまって、もう二十五年以上にもなるのに、あたしはどうしたらいいんでしょう」

また或る夜、彼女は細くつきつめた声で訴えた、「あなたも苦しいおもいをしたでしょうけれども、あたしもずいぶん辛《つら》いおもいのしどおしでした、亡《な》くなった母はあなたに申し訳がないって、死ぬまであたしを許してくれなかったし、母が亡くなったあとは、自分で自分を責めたり憎んだりしてきたんです」

これらの言葉は、幾十たびとなく繰り返して覚えたせりふのように、順序よくすらすらと語られるのであった。苦しいとか、辛いとか、死ぬまで許されなかったとか、自分を憎んだ、などという強い意味のある言葉が、あまりによどみなく語られるため、その強い意味を失って、しらじらと平板な感じしか与えないようであった。

「人殺しのような重い罪を犯した者でも、事情によって、苦役《くえき》が終れば許してもらえるっていうじゃありませんか」或る夜はそう云った、「――もしもこうすればあなたの気が済むということがあったら、そう云って下さい、あたしどんなことでもしますから」

平さんはなにを云われても答えなかった。女の嘆きや訴えを無視するのではなく、その声がまったく聞えないかのように。それはちょうど、しきりに吹く風の中にあって、石がその風と些かのかかわりもないのと似ているようでもあった。

女は平さんの小屋に十二日いたが、十二日めの夕方に去った。その日、マットレスを売りに出た平さんが帰って来ると、女は小さな風呂敷包を膝《ひざ》の上にのせ、小屋の中で板の間の端に腰をかけていた。――冬の日の午後四時すぎ、戸外もたそがれているし、小屋の中はもっと暗く、肩をすぼめた女の小柄な姿は、その深い暗がりの中でいまにも消えてしまいそうにみえた。

平さんはいつものとおり、外套をぬぎピケ帽をぬいで、女の脇から板の間へあがった。

女はうなだれたまま、土間の土を見ていた。ちまちまとした顔は白っぽく乾いて、ちぢんだようにみえ、膝の上にある両手も灰色に皺立《しわだ》って、指先は力なく垂れていた。彼女はなにかを待っているのだろうか、うしろでは平さんの動きまわる物音がしている。いまになってもまだ、平さんがなにか云ってくれるだろうと、期待しているのであろうか。——そうではないらしい、女はやがて、右手をあげて髪に触り、細い力のない溜息《ためいき》をついた。

「どうしてもだめなんですか」と女は云った、声は囁くように低く、そして喉にからまってかすれた、「——勘弁してはもらえないんですか」

平さんは土間へおり、棚にあるニュームの鍋をあけてみた。それはからであった。女はめしを炊かなかったのだ。

からっぽの鍋を見た平さんは、すぐに米と麦を計りはじめた。女が今日に限ってめしを炊かなかった、ということにも気づかず、これまでずっと自分でしてきたことを、いまも変らずにやっているのだというふうな、極めて自然な、慣れきった手順で、——二つの蜜柑箱から、米と麦を定量ずつ計って鍋へ入れ、それを持って、彼は小屋から出ていった。

女は平さんを見なかった。平さんが水道端へ半分くらいいったと思われるじぶん、膝の上の小さな包を持って、疲れはてた人のように立ちあがり、小屋の中をぐるっと眺めまわした。すっかり神経をすりへらして、感情の動かなくなったような眼つきであった。

女は不決断に小屋を出、開き戸を閉めた。空には僅かに残照をうつした雲があり、それが地上の昏《くら》さを際《きわ》だてていた。——女は小屋をまわって、窓の外に立っている枯木のところへいった。そして片手でその木の枝に触り、口の中でそっと呟いた。

「そうよ、きっとこれは茱萸《ぐみ》の木だったのよ」

茱萸の木は枯れても茱萸の木だというのではなくて、枯れてしまえばもうなんの木でもない、というような、はかなげな口ぶりであった。そうして、女は身をちぢめるようにして去っていった。

水道端にはかみさんたちが三人いて、平さんが来たのを見ると、みんな急に口をつぐんだ。平さんは黙って、鍋の中の米を洗った。水を三度とり替えながら、米と麦を手で揉むように洗い、それから水かげんをすると、黙ったままそこを去った。

「どうしたんだろう」かみさんの一人が、平さんの遠ざかるのを待って云った、「珍しいじゃないか自分で米とぎに来るなんて、あの女のひと病気にでもなったのかね」

「そうかもしれないね」と他の一人が云った、「謙ちゃんと誰かさんの話じゃ、毎晩のようにあの女の泣き声が聞えてたっていうからね」

「また謙ちゃんか、あのしとの聞きにゆくも悪いやまいさ」

「あんたも聞かれた組かえ」

「むかし語りさ、もうこのとしになっちゃあそんな精はありゃあしないよ」

平さんの小屋の外で、即席竈に火が燃えだした。

夕宵の中に青白い煙がひろがって、まもなく赤い炎が鍋の底をなめながら、ゆっくりと周囲に明るみをひろげ、そこに踞《しゃが》んでいる平さんの半面を浮き彫りにした。平さんの顔は硬く、無表情で、瞳孔《どうこう》の散大したような眼は、なにを見るともなく、前方にひろがる暗い空間を見まもっていた。竈の火が揺れると、平さんの顔もゆらゆら動くようにみえるが、その表情は少しも変らなかった。

風が少しつよくなり、竈の焚木《たきぎ》がいぶりだした。平さんは焚木のぐあいを直し、煙にむせながら二、三本の木切れを取って、火の中へ加えた。

ビスマルクいわく

寒藤清郷《かんどうせいきょう》先生が云《い》った。

「きみはロータリー・クラブのかくれたる意図を知っとるかね」

八田忠晴はちょっと考えて、膏《あぶら》の浮いた額を撫《な》でながら答えた。

「よく知りませんが、国際的な社交団体じゃないんですか」

「それは*カモフラージだ、かれらが諸外国の民族独立精神に対するめつぶし的金看板にすぎない、ぼくのきいているのは、その金看板の裏に、かれらがどんな野望をたくらんでいるかということだ」

「かれらはなにかたくらんでいるんですか」

「べいこくの世界征覇だ」

八田青年は胃弱患者がせんぶりをのむときのような顔をした。それは毎日三度、きまってのまなければならないのでうんざりするが、のまなければ胃弱が治らないのでやむを得ずのむ、といったような顔つきであった。

べいこく人は初めヤソ教という隠れ蓑《みの》で日本征服をこころみた。いわゆる宗教による民族奴隷《どれい》化をたくらんだのであるが、徳川氏によってこの野望は壊滅し去った。そののち、——というふうに、先生の極めて独創的な議論が展開し、八田青年は涙ぐんだ。

これは八田忠晴が、憂国塾《ゆうこくじゅく》の塾生になって、一週間ほど経《た》ったときのことである。——初め、八田青年がたずねて来て、塾生にしてもらいたいと云ったときには、塾頭である寒藤清郷のほうでびっくりした。

寒藤先生は、まっ黒な濃い眉《まゆ》の下の、すばらしく大きな、威嚇《いかく》するような眼を糸のようにほそめ、疑わしげに八田青年の顔をみつめながら反問した。

きみはからかいに来たのか。

なにをですか、と青年は直立不動の姿勢で云った。

塾生になりたいということさ。

していただけないんですか。

いただかさないことはないが、と云って先生は考えた。慥《たし》かに、その貧しい長屋の門口には、「憂国塾」という看板が掲げてあるし、塾頭の名もはっきり記してある。そしてまた長い年月、——どれくらいの年数かは不明であるが、その肩書によって先生は生活を支えてきた。それは紛れもない事実だけれども、塾生を志望する者があらわれようなどとは夢にも思わなかったし、これまでにかつてそんな例もなかった。

ふん、と先生はすばやく考えをまとめた。塾生志望とはいまどき感ずべき青年だ、こういう青年は純真であり朴訥《ぼくとつ》であり、たぶん親からの仕送りもあるだろうし、かたがた愛国的情熱のもちぬしであって、資金集めの役にも立つことだろう。いよいよわが憂国塾も軌道に乗るときが到来したのかしれぬ、よかろう、と寒藤先生は肚《はら》をきめた。

よかろう、と先生は云った。きみを塾生として採用しよう。

なにか資格試験のようなものがあるんですか、と八田青年はそのとき質問した。じつを云うとぼく試験のようなものはお歯*に合わないんですが。

そんな愚劣なことはぼくもお歯に合わんさ、と先生はらいらくに答えた。一度や二度の試験なんぞで人間の価値がわかるもんじゃない、人間はここだ。先生は痩《や》せたひらべったい腹を叩《たた》いてみせ、するとそこはもの悲しげな、空虚な音をたてた。

人間の値打は肚できまる、という先生の判定で、八田青年はその日から塾生になった。この師弟の関係は単純ではなかった。

先生のご郷里はどこですか、と八田青年がきく。すると先生は、日本だと答える。きみ、日本のようなこんな蚤《のみ》のくそみたいなようなちっぽけな国で、出身地がどこだここだなんというつまらないことに拘泥《こうでい》するようじゃだめだぞ、生れはにっぽん、それでいいじゃないか、というのであった。

また、先生がふと、きみのくにはどこだときく。すると八田青年は非常に重大な秘密でもきかれたかのように、膝《ひざ》を固くして坐《すわ》り直し、頭をふかく垂れて、その問題にふれていただきたくない、と答える。ぼくの一身は国家に捧《ささ》げたものであり、皇国万代のためにはこの身をよろこんで犠牲にする覚悟であるが、親きょうだい、一族縁類に迷惑をかけるのは本意でない、と云うのであった。

寒藤先生がにっぽん蚤のくそ説を提唱したとき、八田青年は顔面の一と皮下でほくそ笑んだようであるし、八田青年が一身犠牲論で一族縁類を庇《かば》ったとき、先生はなにかに蹴《け》つまずいて、舌打ちをしたいような顔つきをした。

憂国塾には夜具が一と組しかない。先生は八田青年に、荷物はいつ着くのかときいたら、そんな物はなに一つない、と青年はあっさり答えた。着替えとか蒲団《ふとん》くらいはあるんだろうときくと、八田青年は先生のことを非難するように見て、憂国塾ではそんな些細《ささい》な物まで塾生が賄《まかな》わなければならないのか、と反問した。

この問答では寒藤先生は一本とられた。国家的観点に立脚した啓蒙《けいもう》道場であり、特に皇道学的な真理を究明し、これを実践的にプロパガンダする使命、というおごそかな先生の主張からすれば、八田青年の云うとおり、そんな些細なことは問題にならない筈《はず》であった。よかろう、先生は折れた。貸し蒲団を借りてきたまえ。

八田青年には、塾生として精神修養のために日課がきめられた。食事の支度、清掃、買い物、走り使い、皇居遥拝《ようはい》、先生の身辺の世話、その他の雑事、等、等であった。そんなことはさして苦にならなかった。どの一つにせよ、手を抜きたければ先生の眼をごまかすくらい、極めて簡単なことだったから、——しかしそれとはべつに、もう一つ避けがたい重労働があったのだ。

避けがたい重労働といえば、それだけで説明の要はないだろう、さよう、寒藤清郷先生の講話を聞くことがそれであった。

ロータリー・クラブが日本侵略の意図をもつものである、という理由から、日本支部が解散を命ぜられたことはさして古い話ではない。そのころ日本にも幾らか金持がいて、国家将来の経済的みとおしが信用できないため、資産を外国に移すという操作が行われたか、行われようとしたかしたらしい。金持ならどこの国でも同じことをするようで、日本に限った話ではないが、ロータリアンは国際的な貴族・金持の友好機関だから、資産の国外逃避などにも便宜があったかもしれない。実際の理由はわからないが、少なくとも寒藤先生の講話のように、キリスト教の布教活動とは関連性がないであろう。

八田青年が涙ぐんだのは、先生の講話がいつも独創的に飛躍しすぎるためではない、また、冗長すぎて退屈だからでもなく、精神の高潔さに感動するためでもなかった。はっきり云ってしまえば、――この二人の関係をみているとわかるとおり、――要するになにも仔細《しさい》はないらしい、先生の講話を聞いていると、その内容と理路とにかかわりなく、しぜんと涙ぐましくなり、現実にも涙ぐんでしまうというようすであった。

尤《もっと》も、先生の講話が一つの問題に傾注することは稀《まれ》であって、たいていの場合AからSへとび、BからKへとびCからD、そして急にAとかBに戻る、というあんばいであった。ロータリー・クラブのときも同様で、とつぜん「きみは神皇正統記《じんのうしょうとうき》を読んだか」と話を変え、それはなんですかと反問されると、「ちょっと使いにいって来てくれ」と云った。

「資金の調達でね」と先生ははにかんだような笑いかたをして云った、「これからはきみに頼むわけだが、なに簡単なもんだよ」

先生は壁へ掛けてあるモーニングのポケットから、使い古した大きな名刺を出し、*こばのめくれを指で直しながら、A、B、Cと三新聞社の名をあげ、Aは局付きのなに某《がし》、Bは社会部デスクのたれ某、Cはこれこれと教えた。

「みんなぼくの後輩なんだ」と先生は云った、「この名刺を見せればわかる、金のことは云わなくとも話はわかってるんだ、いいな」

八田青年はあいまいに「はい」と答えた。

「それから、この名刺は持って帰るんだよ、みんな気ごころの知れた男たちだから心配はないだろうがね、名刺というものはとかく悪用される危険があるんだ、忘れずに持って帰ってくれ、いいな」

八田青年は三新聞社の住所と、訪問する相手のことを確かめてから、不安そうな顔つきででかけていった。——高さ一〇メートルの跳び込み台に立って、初めてダイビングをしようとする人間のような顔つきであった。

八田青年の危惧《きぐ》にもかかわらず資金調達はうまくいった。

「そうだろう、みんなぼくの子分同様のやつばかりだからな」

寒藤先生はおうように云ったけれども、調達のうまくいったことに自分で驚いたようすを隠すことはできなかった。

「大ビスマルクいわく、将たるものは戦術よりおのれの兵を知れ、さらば勝利はついにその手に帰すべしさ」先生は集まった資金を数えながらそう云った、「ぼくはあの三人には特別にめをかけてやったんだ、ちかごろのジャーナリズム*は人情を軽視するというが、まだこういう人間がいるあいだは大丈夫だ、プレスキャンペーンはバックボンを失ってはいないぞ、——きみ、今日は祝杯だ」

その夕方、寒藤先生は八田塾生をともなって、中通りの「のんべ横丁」へ遠征し、屋台の鰻屋《うなぎや》で鰻の頭を焼いたのを肴《さかな》に、したたか焼酎《しょうちゅう》を飲んで酔った。先生がいうには、蒲焼《かばやき》なんぞは、しろうとの喰《た》べる物で、鰻っ食いは「頭と肝に限る」のだそうであった。

「大きな声では云えんがね」と先生は云った、「蒲焼にするほうはなきみ、養殖物を多く使うんだ、だからきみ、蒲焼はしばしばさなぎっ臭いことがあるだろう、ところが頭だけはそうはいかないんだ、頭はきみごまかしがきかないんだ、てんねん物はきみ鉤《はり》がはいってるからな、これはどうしたってごまかせないんだ」

そらこのとおりと云って、先生はつけ板の端に並べた三本の鉤、すなわち先生がそれまでに喰べた頭から出たところのそれを、八田青年に指さしてみせた。

「けれどもですね、先生」と塾生は囁《ささや》いた、「それは鰻屋がそっと入れておくんだという説もありますよ」

「俗説だね、問題にならん」

「じつはぼくも鰻釣りのことを知ってるんですが」塾生はもっと声をひそめた、「鰻を釣るには鉤が違うんです、こういう鉤で一本ずつ釣っていてはてまにならないし、釣れてもはずすのに暇がかかるからしょうばいにならないんですよ」

「しょうばいになるのならんのときみ、男子たる者がそんなけち臭い精神では大事は成らんぞ、——鉤といえばきみ、この寒藤がA紙の政治部にいたときだな」

どういうことがきっかけになったのか判然としないが、やがて寒藤先生と一人の労働者とが殴りあいの喧嘩《けんか》を始めた。いや、殴りあいとは云えない、殴ったのは労働者のほうで、先生は殴られる立場だったが、それでも軒昂《けんこう》たる意気に衰えはみせなかった。

「さあ、もっと殴れ、きみは自分がなにをしているか知らないのだろう」と先生は地面にぶっ倒れたまま叫んだ、「いいか、きみはいまにっぽんの運命を殴っているんだぞ」

これは実際に先生の口からほとばしり出た言葉なのだ。労働者はそこでさらに二つ殴った。

「ゆうべはなにがあったんだ」明くる日、先生は八田塾生にきいた、「どうしてあの男はあんなに怒ったのかね」

先生はそっと頭を撫で、瘤《こぶ》に触ってみて眉をしかめた。左の頬骨のところと額にも、紫色の痣《あざ》ができていた。

「ぼくはよく知りません」八田青年は頸《くび》のうしろを手で叩きながら云った、「ぼくは酔い潰《つぶ》れちゃって、屋台の脇《わき》にあった防火槽の中で寝ていたんです、すると先生が、――聞け万国の労働者だとか、祭壇のなきがらはだとか、大きな声でうたいだされたのが聞えました」

「それは違うな、それはきみの思い違いだよ。だってきみ、そいつはどっちも共産党の唄《うた》だろう」

「それで労働者が怒ったんです」

「違うなそれは、それはまったくあべこべだ、ぼくは仮にもきみ憂国塾の塾頭だぜ」

「ともかくあの労働者が怒ったのは事実です、ぼくはからの防火槽で寝ていたんで、詳しいことはわかりませんが、あの労働者は怒って、アカの国賊野郎とどなっていましたよ」

寒藤先生はゆっくり首を振り、片手で口から顎《あご》のまわりを擦《こす》り、仰向いて天床《てんじょう》を見た。

「大ビスマルクいわく」と先生はくたびれたような口ぶりで云った、「兵を心服せしむるには兵と寝食をわかつにしかずと、ぼくは兵を間違えたらしいな、きみ、——ぼくは考えるのにふつか酔いのようだが、ひとつ酎を少し買って来てくれたまえ」

先生の顔に苦しげな表情がうかんだ。それは単に「苦しげな」などというものではなく、実際に先生の胸中をうかがえば複雑でおもくるしい、自己否定と悔恨のあらわれだといわなければならないだろう。

ここの住民たちのうちで、古参者の幾人かはまだ覚えているだろうが、先生はこの「街」で二度、かなしい失恋の経験があった。その一人はまだ健在で、ともらいマダムとか、おきちさんなどと呼ばれ、一人の男の子と長屋の一軒でくらしている。

他の一人はよそへ引越してしまったが、お富さんという後家で、としは三十七、八、かなりなきりょうよしで独りぐらしだった。

お富さんはなにをして生活しているのか、内職をするでもなく、よそから仕送りがあるようすもないのに、いつも暢《のん》びり構えていたし、暇さえあれば隣り近所のかみさんたちを集めて、賑《にぎ》やかにティー・パーティーをひらいた。それが喫茶の会などという気取ったものではないことは断わるまでもないだろう。かみさんたちの亭主どもはこのパーティーを大いによろこんだ、というのは、自分たちのかみさんが、このパーティーで珍しい風流譚《ふうりゅうたん》をいろいろ仕入れてくるからである。それらは男たちには想像もつかない生理的な、また心理的であると同時に物理的な要素を備えたもので、研究心の強い亭主たちが思わず実験してみたくなるような例も少なくなかった。

これらの亭主たちから、お富さんの話を聞いた先生は、そういう女は良風をみだすと怒り、将来をいましめなければならない、と云って訓戒のためにでかけた。どこにでもある話だが、その初めての訪問から帰るとき、寒藤先生はだらしもなく笑っていたし、近所の人たちにも却《かえ》って誉《ほ》めたものだ。なに、あの婦人はごく純朴な女性であるにすぎない、女がもっとも女であることを証明する年齢であり、経験者であるというにすぎない。それからもう一つ、なにかであるにすぎないと云って、豪傑笑いをした。

先生がお富さんに初対面でいかれた、という評判がたち、それをみずから裏書きをするように、先生はしげしげとお富さん訪問に精をだした。いやどうも、と先生は近隣の人たちに云った。かの女性ほど男性のために生れてきたという女性も珍しい。男児たる者がしんそこ浩然《こうぜん》の気をやしなえるというのはかの女性のごときを措《お》いて他にはないだろうな。

先生もながい独りぐらしだ、と近隣の人たちが云った。ちょうど相手も後家のことだし、いっそいっしょになったらどうです。としごろも似合いですぜ。うん、もう少しつきあったうえで、ことによったらそうなっても悪くはないと考えておる、と先生は答えた。

事実、寒藤先生はそう考えていたし、プロポーズしようとひそかにその機会をうかがってもいたのだ。けれどもそれは成功しなかった。お富さんは先生に対しても、はなはだしく実験欲を唆《そそ》るような風流譚をする。ときには自分の肢態で或《あ》る種のポーズを演じてみせることさえあり、それはお富さんがきっかけをつくっているのだと推察されるため、先生の情熱はまさに沸騰点《ふっとうてん》にまで達し、衝動に駆られて求婚の態勢にはいる。すると先生の舌は先生の意志にそむくのだ。

大ビスマルクいわくだな、お富さん、と先生の舌は動きだす。たたかって勝たざるはすなわち敗北なりと、またいわく、敗北せざらんと欲《ほっ》すればたたかわざるにしかずと、またいわく、――またいわくというふうに、めんめんとビスマルク（だか誰だか、あるいは誰でもないか）の金言が続くのであった。どういきばってみても、その舌はこちら側へひき戻すことはできないし、お富さんがうんざりするのを防ぐ方法もなかった。

先生ってばおかしなひとだよ、とお富さんはティー・パーティーのときかみさんたちに云った。こっちがせっかく面白い話をし始めると、きまってビスちゃんがどう云ったとか、やれビスちゃんならこうするとかって、うぬも知らなきゃわれも知らないような寝言を並べだすんだもの、誰だってお座がさめちゃうじゃないの、とんだ朴念仁《ぼくねんじん》だよ先生は。

この言葉が先生の耳に伝わるまでに、さして時間はかからなかったし、同時に先生の恋も終りのゴングを鳴らした。

ともらいマダムのときも、殆《ほと》んど同じ経過をたどり、同じような結果になった。ともらいというのはもちろん葬式の意味であり、マダムというのは例の蔑称《べっしょう》で、本当の名はせい子であるが、また「おきちさん」というかげの呼び名もあった。——亭主は本田政吉といって、どこかの港で舟八百屋をしているそうだが、月に一度か、二た月に一度ぐらいしかあらわれない。小学三年生のじんという男の子があり、せい子はその子と二人の生計を自分でやりくっていた。

昔ほど普遍的ではないようだけれど、葬式には施餓鬼《せがき》ということが行われた。つまり弔問客にともらい菓子とか、菓子の代金だけの切手を配るのである。信心ぶかい金持の葬式だと火葬場で貧乏な人たちに投げ銭もしたものだそうで、沿道にはその施与《せよ》を求める貧児や老人たちが、列をなすこともあったということだ。

せい子は葬式の弔問客の中にまぎれこんで、菓子の箱とか、切手などを貰《もら》い、それらをすぐに菓子屋へ持っていって金に替える。杉板の箱にはいった菓子でも、その代価に相当する切手でも、およそ二割引きくらいで菓子屋は買い戻すから、一日に五回も葬式があれば、日雇いなどより割高な稼ぎになった。——もちろん元手なしにはできない、弔問客として黒の紋服も必要だし、髪かたちもきちんとしていなければならなかった。せい子は木綿ではあるが黒の紋服と帯があるし、髪も自分で毎日きれいに手入れをしていた。

この黒紋服と髪かたちを崩さないことで、せい子は「マダム」などと呼ばれるようになったのであるが、そればかりでなく、彼女は言葉つきも態度も山の手ふうであって、「ざあます」をつかい、「おほほ笑い」ができた。

子供のじんは奔放な無政府主義の信奉者であった。彼は母を嫌い学校を嫌い、腕力の強い相手は避けるが、弱い者や女の子を見ると暴力をふるい、犬猫はみかけしだい虐待《ぎゃくたい》した。殆んど自分の家へはよりつかず、よその物置とか縁の下などで寝、空腹になれば他人の家の勝手をあさった。——着ているものはぼろぼろ、顔も手足も垢《あか》と泥まみれで、側《そば》へ寄るとどんなに低級な乞食《こじき》よりもひどい匂《にお》いがした。ごくたまに、せい子が彼を捉《つか》まえることがある。するとせい子は家へつれ戻して、夏と冬との差別なく裸にして、水とシャボンで彼を洗い、頭の毛を刈り、爪《つめ》を切り、着物を着せ替えてやる。

このあいだじゅう、せい子はやさしい「ざあます」口調でじんをたしなめ、じんも温和《おとな》しくはいとあやまる。めざめて帰った放蕩《ほうとう》息子と、あたたかく迎える親との図を思わせるような、美しい感動的な一瞬である。だが、これらの改装作業が終るとたんに、鞭打《むちう》ち教的な行事が始まるのだ。

それは「どうしてあなたはそうお悪いんですの」という、やわらかな叱責《しっせき》で幕があく。

どうしてなの、外で寝るような子は人間ではないことよ。どうしてそうなんですの。ご近所の方たちがなんと仰《おっ》しゃってるか自分でもよくご存じでしょ。なぜ悪いことばかりなさいますの。ねえ、どうしてお直しなさらないの。

その声はやわらかにやさしく、蜜《みつ》をたっぷり掛けたプディングのように甘ったるいひびきをもっているが、言葉と言葉のあいまに、ぴしり、ぴしりと凄《すご》いような音の伴奏が聞える。近所のかみさんたちの話では、お尻《しり》を裸にして、物差で打つのだという。蜜をたっぷり掛けたプディングのような甘やかな声と、骨まで凍るような折檻《せっかん》の音とは、そのますますさまじい和音となって、聞く者の耳を突き刺すのであった。

ごめんだよう、とじんの悲鳴が聞える。もうしないよう、痛いよう。勘弁だよう。ぴしりっ、ぴしりっ。嘘《うそ》じゃない、学校へいくよう、あれ死んじゃうよう。ぴしりっ、ぴしりっ。そんな大きなお声をだすとご近所のご迷惑になることよ、ぴしりっ。もっと静かになさいな、ぴしりっ。泣きまねなんかなすってもだめ、ぴしりっ。そんなに痛いものですか、かあさまは騙《だま》されませんわよ、ぴしりっ。

やがて、いつもそうなのだが、じんは母の手をのがれて外へとびだし、そこでたちまち叛逆《はんぎゃく》の狼火《のろし》をあげる。鬼ばばあ、くたばっちまえ——、という第一矢《し》でそれは始まり、相当な無頼漢でも思い及ばないような、豊富な語彙《ごい》を駆使して呪《のろ》いと悪《あく》罵《ば》と嘲弄《ちょうろう》をあびせかける。むろん隣人のことなどへとも思わないし、もしも好奇心をおこして、その騒ぎを見に来るような者があれば、じんは少しのためらいもなく石や棒切れを投げつけるのだ。

外でそんなに騒いではいけないでしょ、と家の中からせい子が、大事な物を真綿でくるむように呼びかける。はいっていらっしゃいな、ご近所のみなさんに笑われることよ。なにってやんだい、くそばばあ、とじんは嘲笑する、へっへっへだ、死んじまえ——。

そして当分のあいだ家へは近よらず、どこかの納屋《なや》とか物置で寝たり、ぬすみ食いをしたりしているのであった。

寒藤先生はこの母と子のトラブルを、なんとか好転させようと決心し、幾たびか訪問したうえ、要するに父親の不在ということが問題だと力説した。いったい父親はなぜ別居しているのか、ごくたまにしか来ないのはなぜか、そう話を進めてゆくうちに、せい子はしだいにうちとけて、じつは亭主には女があること、競輪に凝って少しも稼がず、よくよく困ったときだけ金をせびりに来るのだが、なん年もまえから夫婦関係は切れているし、自分も適当な相手があったら、もういちど家庭をもってもいいと思っている。亭主がほかに女を持って勝手なことをしているのに、あたしだけ苦労するのもつまらないはなしだから、——そう云ってせい子は、横眼づかいに、じいっと寒藤先生の眼をみつめたそうである。

寒藤先生の心臓は十八歳の少年のようにふくれあがり、かつ激しく肋膜《ろくまく》の裏を乱打した。せい子がそれを確認したことにも疑いはない、なぜかなら、彼女はその貧しい稼ぎにもかかわらず、顔におしろいを刷《は》き、口紅を塗り、寒藤先生が来る日にはご馳走《ちそう》を作って、その膳《ぜん》の上に酒さえも出すようになった。

焼酎はおからだに毒だから、とせい子はじつのこもったことを云い、先生をながし眼にみつめた。また、酌をするときには左手で右の袂《たもと》を押えるという芸のこまかいところを演じてみせ、先生がすすめれば、羞《はにか》みながらも杯を受けた。

たとえ寒藤先生が朴念仁であるにせよ、こうまでされて安閑としてはいられない。先生は自分がなにか云いださなければならない立場に立ったことを悟り、まず「そんな亭主とは離婚すべきである」こと、そしてじん少年の将来のため、誰か教養のある、しっかりした人物と再婚すべきこと、などから説きはじめ、せい子がいちいち尤もであると頷《うなず》き、先生に突撃路をひらいてやるためだろう、手を伸ばして先生の膝をやんわりと押えた。すると、先生の舌がまた自己主張を始めた。

大ビスマルクいわく、勝って奢《おご》らざるは将の将たる者なりと。

せい子は次を待った。いよいよ先生が突撃を開始するものと思ったらしい。なるほど先生はそのつもりだった。けれども現実は常に散文的なものだ、先生の心臓が十八歳の少年のようにときめいているのにもかかわらず、舌は頑として譲歩しないのであった。

ビスマルクまたいわく、敗走する兵は落花の如《ごと》し、これを戦線に戻さんとするは、落花を枝に返さんとするに似たりと。

せい子はそれでもなお次を待った。まさか大ビスマルクだけがねばるとは思わない、次にはいろっぽい言葉が出てくるだろうと考えたから。けれどもビスマルクは強情であり頑迷であった。

先生の額に汗の粒がうかび、その眼は涙ぐんできたのに、舌はさも得意げに「ビスマルクいわく」をもてあそんで飽きなかった。

せい子にはつきあうかみさんたちがなかったので、先生のことをなんと評したかわからないが、先生を見る表情から察すると、朴念仁より点数がよくないことは確かなようであった。

あの「のんべ横丁」で労働者と喧嘩になったのも、おそらく先生の意志とは無関係に、舌そのものが勝手な自己主張をしたのだろう。さもなければ、先生たる者が共産党の歌をうたいだす、などという道理がないからである。

「けしからんですね、先生」買って来た焼酎で、先生とふつか酔いに活を入れながら八田塾生は云った、「いま酒屋でちらっと新聞を見たんですが、右翼団体の全国大会が公会堂で開かれてるそうじゃありませんか、先生のところへ招待が来ないのはどういうわけですか」

先生はちょっと考えてから、憐《あわ》れむように青年の顔をみつめた。

「きみはもっと自分の立場をよくみなければいけないな」と先生は云った、「いま公会堂へ集まっているやつらは小物だ、右翼団体などと僭称《*せんしょう》しておるが、人物らしい人間は一匹もおらん、みんな木っ端《こっぱ》のようなやつばかりなんだ」

「しかしですね、大義公平先生とか国粋純一先生とか」

先生は頭を振り手を振った。

「また神州男児先生などという人たちの名もありましたよ」

「それがどうした」寒藤先生は唇をへの字なりにした、「公平も男児も純一もぼくは知っている、かれらは葦原瑞穂《あしはらみずほ》の門にいたが、みんな破門同様になって放逐《ほうちく》されたやつらだぞ、真に国家万代のためを思うより、権門富貴《ふうき》に媚《こ》びて虚名を偽り、良民を威《おど》して金銭をむさぼり」

八田塾生はさも感じいったという顔つきで、先生の旺《さか》んな慷慨《こうがい》に聞き惚《ほ》れていた。

「ぼくはあえてきみにきくがね、八田くん」と先生は終りに云った、「ナチスの党大会ごときに大ビスマルクが出席すると思うかね」

八田青年は反射的に口をあき、なにか叫ぼうとしたが、あぶないところで思い止《とど》まった。眼に見えない手でぴたりと口を塞《ふさ》いだような感じであり、その反動で咳《せき》の発作におそわれた。

「ぼくは自分を誇りたいと思いますね、いまさらのようですが」咳きこんだため顔を赤くしながら塾生は云った、「これでぼくにも多少ひとをみる眼があるということがわかりましたよ」

「人生は深遠なりだ、まあ飲みたまえきみ」先生は考えぶかそうに云った、「人生は深遠であり変転はかるべからざるものだ、乾杯」

乾杯、と八田塾生も云った。

憂国塾とはいったいなにをする場所であろうか。字づらから推察すれば、国家の将来を憂《うれ》うる塾であって、これを思想の左か右かといえば、まず右派に属するとみるのが一般であろう。煎《せん》じ詰めたところ、極端な破壊思想に対して、国家の伝統を守ろうとする立脚点に立っているわけだから、左派に属する人士の活動と正対して、なんらかの活動を致さなければならない筈である。もちろん、先生のいう「小物たち」であるところの右翼派諸氏は、しかるべく活動を致しているようであり、その動静はしばしば諸種のジャーナリズムに報道されるようである。

けれども、わが憂国塾ではそういう動きはみられなかった。ときにそれらしい議論の出ることはあるが、それも先生の一方的な主張の展開であり、八田塾生は傾聴するだけであった。先生の主張はたいていの場合おそろしく飛躍的であり、信じがたいほど独創的であって、さすがの塾生も自分の耳を疑うようなことが稀ではなかったが、それでもなお、決して反論を述べるようなことはなかった。

これを俗にいえば、塾頭も塾生ものらくらと時間をつぶし、資金のあるあいだはもっぱら飲食と、怠けることをたのしんでいるだけのようであった。

　そんなことが現実にあり得るとしても、なが続きをすることが考えられるだろうか。念を押すまでもなくそんな可能性はない。八田塾生は三回めの資金調達で、その事実に突き当った。寒藤先生がかつてめをかけてやったという、新聞数社のデスクや、局付き某その他の人たちが、じつは寒藤清郷という人物を知らず、顔も見たか見ないか記憶がないこと、カンパをしたのは一種のつきあいと、そのときの気まぐれと、ふところぐあいによるものだったこと、しかも自分がカンパを投与したことさえすぐに忘れてしまっていること、などがはっきりした。

　八田青年はそれをとりつくろうだけのおもいやりもなく、事実そのままを報告した。先生もまたかくべつ恥じたり弁明したりするようなことはなかった。ふん、と鼻を鳴らし、不満そうに青年の顔をじろじろと見た。

「本人に会ったのか」

　と先生はきいた。

「会いません」と青年は答えた、「給仕くんが取次いでくれるんです」それからすぐに付け加えた、「これまでもそうでしたよ、みんないそがしいんだそうです」

「この名刺はちゃんと見せたんだろうな」

ほかにどうしようがありますか、とでもいいたそうに、八田塾生は両手をひろげてみせた。

「やむを得ん、こういうことはよくあるんだ」先生は八田青年を慰めるように云った、「かれらジャーナリズムは清貧だからな、そこにかれらの存在価値があるんだ、報道のためにはなん十万という金を惜しみなく使うが、自分のふところのことはいっさい構わない、だからこそ大ビスマルクはいわくだ」

「晩めしをどうしますか」と八田塾生はきいた、「米がもうないんです」

先生はビスマルクを引込めた。飲食に関しては先生は塾生以上に即物的であり現実論者である。米がないと聞いたとたんに、先生の腹の中でくうくうという音がし、三日も食わずにいたような、激烈な飢餓感におそわれた。

「そういうことは事前に云ってくれなくては困るじゃないか」

「今日も資金の調達ができると思ったもんですから」

「やむを得ん」先生はちょっと首をひねり、顎鬚《あごひげ》をいじってから云った、「――じゃあきみ済まんが、たんぼ老人のところへいって来てくれ、寒藤清郷が米を拝借したいと云えばわかる、明日はぼくが調達にでかけるが、きみ、こういうことも人格構成の重要な経験だ、おろそかに思ってはいかんぞ」

八田青年はビスマルクのやつが出て来ないうちに立ちあがった。

先生にはべつに資金源があるらしく、翌日は自分で外出し、日が昏《く》れてから泥酔《でいすい》して帰った。

「これは泥酔なんてもんじゃないぞ、きみ」と先生は云った、「泥酔なんていう俗なもんじゃない、これはそのあれだ、その、なんだ」

「裏から、裏から」と八田青年が声をころして云った。

「きみはなにをねぼけてるんだ」と先生はひょろひょろしながら塾生をにらんだ、「失敬じゃないか裏からとは、なんだ」

「いや、猫がですね」と八田青年は右手の甲で口をぬぐいながら云った、「猫のやつがいま勝手にいたもんですから、晩めしの支度をしますか」

「どうしてまた猫に晩めしを食わせるんだ」

「晩めしは先生ですよ」

そう云いながら八田青年は、手をうしろにやってひらひらと振った。すると勝手の戸がごとっと動き、八田青年は慌《あわ》てて大きく咳きこんだ。

「めしだなんて、主義者みたようなことを云うな、きみ、酒だ」先生はそこへあぐらをかき、縞《しま》ズボンの膝を摘《つま》んで皺《しわ》を直しながら云った、「ぼくはこれから本式に飲むんだ、酎を買って来たまえ、きみにも奢る」

「お金を下さい」と云って八田青年は手を出した。

「か、ね、かね、かね」先生はモーニングの上衣《うわぎ》の内ポケットからさつ入れを出し、中から紙幣を一枚抜いて八田塾生に渡した、「――国家将来について憂え金銭について憂う、寒藤清郷また多忙なりか、かつて大ビスマルクいわく」

八田青年は勝手へ徳利を取りにゆき、そちらからいそいで出ていった。そして、外の暗がりで待っていた誰かと、なにか囁きあう声がしたが、むろん寒藤先生には聞えない。先生は独りでビスマルク将軍と論争しながら、古畳の上に落ちていた細いヘアーピンを拾いあげ、それがなんであるかも気づかずに土間へ投げやると、仰向けにひっくりかえってしまった。

明くる朝、八田青年は先生とめしを喰べながら云った。

「ぼくはやっぱり青二才なんですね、ええ、自分でもそれがよくわかりましたよ」

「謙遜《けんそん》は美徳の一《ひとつ》だ」

「ぼくはずいぶんねばったんですが断わられた、先生が出馬なさると資金調達はつうかあじゃありませんか、脱帽します」

これは人格の問題であり、自分はもっともっと修業しなければだめだ、と主張した。裏返すまでもなく、資金調達を先生に押しつけるつもりなのだろう。先生はそんな言葉の裏などに気づくような小人《しょうじん》ではないから、塾生の告白を尤もであると認め、当分のあいだ自分が奔走しようと受けあった。

或る日、先生はまた古畳の上から、いつかと同じヘアーピンを拾いあげ、こんどは不審そうに、つくづくとそれを眺めた。

「ちょっと、きみ、八田くん」と先生は塾生を呼んでそれを見せた、「これはなんだね」

さあといって、八田青年は首をかしげた。眼の中に狼狽《ろうばい》の色があらわれたけれど、先生はそんなことには気がつかなかった。

「このあいだも、これと同じ物が落ちていたんだが」

先生は二た股《また》になった細いその物を、拇指《おやゆび》と食指*で持って、なにげなく匂いを嗅《か》いだ。

「あぶらっ臭いな」と先生は云った、「いったいなんだろう、誰がこんな物を落していったんだろう、なんに使うのかなこれは」

「猫かもしれませんよ」

「猫だって、——こんな物をか」

「このごろときどき、うちの中を通りぬけていく猫がいるんです」と八田青年は唾《つば》をのんで云った、「ずうずうしいやつでしてね、或るときは表から勝手へ、或るときは勝手からはいって来て表へというぐあいに、ゆうゆうとうちの中を通りぬけてゆくんです」

「近みちに当るわけか」と先生はヘアーピンを土間へ投げやりながら云った、「こんどそんなことをしたらだな、猫鍋《ねこなべ》にして食っちまうぞと威してやれ、人をばかにしたやつだ」

そしてまた或る朝。ふつか酔いのため食欲がなく、味噌汁《みそしる》ばかり啜《すす》っていた先生は、しきりに首をひねったり、上眼づかいに天床を見あげたりしたあと、きみはゆうべうなされてたか、と塾生に質問した。八田青年はこんどは狼狽の色もみせず、静かに先生に向って首を振った。

「すると夢かな」と先生は呟《つぶや》いた、「なんだかそのう、苦しそうに唸《うな》るんだな、ほそうい声で唸るんだ」

「猫ですよきっと」

「いやそうじゃない、きずげになりそだって云うのを聞いたよ、いや猫じゃないな、あれは」

「さかりのついた猫はおかしななき声を出しますからね、ぼくの田舎で本当にあったことですが、赤ん坊が死んだ赤ん坊が死んだという泣き声がするんですね、薪屋《まきや》の裏のところで毎晩なんです、薪屋にはちょうど赤ん坊がいたんで、誰か恨みのあるやつが呪ってるんじゃないかって、大騒ぎになったんですが、結局さかりのついた猫のなき声だとわかったんです、その次には俵屋の横でまた」

「いや猫じゃない」と先生は頭を振った、「きずげになりそだって、そこだけははっきり耳に残っているんだ、それから細うい唸り声とな」

「それなら夢ですね、先生はたいへんないびきをかいてたし、寝返りばかり打ってましたよ」と八田青年は云った、「一度なんかぼくは横腹を蹴られました、本当ですよ」

「そうかもしれん」先生は眉をしかめた、「うん、そうかもしれん、失敬した」

また或る日。先生が資金調達から帰って来ると、格子《こうし》戸《ど》が閉ってあかなくなっていた。

鍵《かぎ》があるわけでもなし、突交《つっか》い棒がしてあるわけでもない。そんなことをした例がないので、先生は格子戸をゆすりながら、八田くん八田くんと呼びたてた。八田青年の慌てたような返辞が聞え、なにやらがたぴしと物音がし、そして八田青年が出て来た。

「お帰りなさい、いまあけます」八田青年はズボンのバンドをしめながら云った、「今日はお帰りが早かったですね」

「格子をどうしたんだ」

「ちょっとくふうしたんです」八田青年は格子戸をあけ、先生のために軀《からだ》を脇へよせながら、一本の古い五寸釘《くぎ》をみせた、「これを差しておいたんですよ」

「なんでまたそんな妙なことをしたんだ」

「猫のやつが不用心だからです」

「猫って、——あの近みちをするというやつか」

「なにしろはだしでずかずか通りぬけてゆくんですから、うちの中がよごれちゃってしようがないんです」

先生はモーニングをぬいで、袷《あわせ》と羽折に着替えながら、鼻をひくひくさせた。

「なにかへんな匂いがするな」と先生は云った、「誰か来ていたのかな」

「人間がですか、いいえ」八田青年は首を振った、「先生のお留守に人をあげたりなんかしやあしません、それにぼくにはそんな者はいやあしません、お茶を淹《い》れますか」

先生はなお鼻をひくひくさせたり、首をかしげたりしていた。そうしてまた、それから幾らもたたない或る夜中、先生は誰かの唸り声と、おら、も、わがねわがね、というのを夢うつつに聞き、ああまた夢をみているんだなと思い、朝起きてから考えてみてやっぱり夢だったのだと合点《がてん》した。

世間の不景気はひどくなり、事業界のゆき詰りとか中小企業者の倒産とかいう噂《うわさ》が、しきりに人から人へと語り伝えられた。これは日本では流行性感冒のようなもので、或る不定の期間をおいて襲来し、当局は慌ててそのときしのぎの対策をたて、中小企業者、低賃銀所得者などの犠牲によって景気の恢復《かいふく》を計るが、根本的な治療法を考えないから、ひとおさまりしたと思うとまたやって来る、という仕組になっているようだ。たんば老人の遠慮がちな意見によれば、これは日本の*さいとり経済を救うための、必要な政治的操作なのだそうで、これを聞いた寒藤先生は肩をいからせ、たんばくんは赤じゃないのかと非難し、そんな危険思想の持ち主だとすると、将来からきめにあうだろうと云った。

ところが、どんな危険思想をも持たない先生自身が、たんば老人より先にからきめにあうことになった。というのが、或る日の昏れがた、先生が資金調達から帰って来ると、待っていたように治助がどなりこんで来た。

「やい先生、よくもおれのかかあを取りゃあがったな」

そして彼は腕まくりをした。

治助はこの「街」ではたらき者に数えられている。としは四十七か八、子供は六人いたが、五歳になる末っ子のほかはみな、どこかへとびだしてしまった。おはちといういまの女房は三度めで、としは治助より二十歳くらい下であろう、東北の生れだというが色白のきりょうよしで、けれども子供たちの母親ではなく、治助と夫婦になってから、まだ二年そこそこにしかならなかった。

治助は平生おちついた男で、たんば老人の話によると、「めしを食ったものかどうかと、よくよく思案してみたうえで、初めてめしを食うことにきめた」そうであるが、典型的ともいうべき律儀《りちぎ》者《もの》であり、人のうちへどなりこむとか喧嘩をする、などということは、博奕《ばくち》きちがいの徳さんでさえ、賭《か》けの対象にはしないだろうと信じられるくらい、治助には縁のないことであった。

それがいま、彼は怒りのために拳《こぶし》をふるわせ、ぶしょう髭《ひげ》だらけの黒い顔をつき出し、古い印半纏《しるしばんてん》の袖《そで》をまくって、いまにも先生に殴りかかりそうな気勢をみせた。

「なにをどなるんだ、なんだ」と先生はまごついて、治助の拳を防ごうとでもするように、片手を前へ出しながら云った、「——ぼくがなにか悪いことをしたのならあやまる、まあおちついて」

「おれのかかあを返せ」と治助はどなった、「おれの女房のおはつを返せとおれは云ってるんだ」

「おはちさんのことか」

「それはお国なまりだ、おはつというのが本当なんだが、そんなことはどっちでもいい、先生はいまおれのことをまるめようとして、こうしているうちにもその頭を使ってるだろうが、おれのほうには証人て者が幾人もいるんだ、その証人たちは頭は使わないが眼を使って現場を見ているんだ」

「まあおちついてくれ、とにかくぼくにはわけがわからない、まあ治助くんおちついて」

先生がそこへあぐらをかき、縞ズボンの膝をつまんで皺を伸ばすのを眺めながら、治助はまだ怒りのおさまらない顔つきで、他人の女房を横取りするようなことは、仮にも先生と呼ばれる人間のすることではあるまい、と責めたてた。ぼくはそんなことは知らない、それは誰かの悪意から出たざんそにちがいない、と先生は答えた。

「先生がまずそんなふうにしっぺ返しをくらわせて、おれの出鼻をひっ叩《たた》くだろうとは、証人たちもいっていたよ、だがな先生、みんなが現に見ているんだ」と治助はいった、「おはつのやつがこのうちの裏からもぐりこんだうえ、一時間ぐらいするとこそこそ出て来て、頭の毛かなんかいじりながら、こそこそ帰ってゆくところをよ、え、先生、これでも知らねえっていい張る気かえ」

「待ちたまえ、まあ待ちたまえ」先生は顎鬚を撫でた、「――そうか、うん、そういうことか、なるほどありそうだな」

「なにがなるほどだ」

「これはだな、治助くん」と先生はおちついていった、「証人が見たとか見ないとかという問題じゃなく、当人のおはちさん」

「おはつだといったろうが」

「その人にだ、いいかね」先生は切札を出すような口ぶりでいった、「その本人に来てもらえば黒白がはっきりする、ということじゃないかな、ぼくはそれがもっとも簡単明瞭《めいりょう》な収拾策だと思うがどうだろう」
「だからその本人を返してくれっていってるんだよ、先生」
「返してくれって、ぼくがおはちさんをどうかしてでもいるっていうのかね」
「いうのかねったって」治助はじれったそうに頭の毛を掻《か》きむしった、「おれはね、こんにち唯今《ただいま》ここへ来たわけじゃねえんだよ、おはちの、いや、おはつのやつのようすがおかしいと気がついたのは二た月もめえのことで、おれとしちゃあじっくり思案した、おれは眠れるかな、と幾十たびも考えてみたが、おれは眠れねえようなことはなかった、けれどもおかしいなと気がついたこともたしかで、おれが、眠れねえようなことがないにしろ」
「まあきみ、治助くん」と先生が制止した、「話を簡単にしようじゃないか、え、きみがいうのはおはちさんを返せということだろう、ぼくはまたぼくで、おはちさんを」
「おはつだってばな」
「その人を伴《つ》れて来れば簡単明瞭だといってるんだ、え、だからその本人をここへ伴れて来るのがいちばん先のことじゃないか」
「先生はおれの頭をどうにかしようっていうんだな」

「きみの頭をどうするんだ」先生はついに声を尖《とが》らせた、「きみのいう本人はきみの妻だろう、自分の妻のふしだらをぼくのところへねじこむのなら、その本人である妻をだ、亭主であるきみが伴れて来るのは当然じゃないか、そうじゃないか治助くん」

この問題が中心議題の周囲をからまわりしていることは、断わるまでもない。しかし、からまわりをしているうちに二人の思考は、求心力の作用でやがて問題の核へぶっつかることができた。そしてそれは先生のいうとおり、じつに簡単明瞭なことなのだった。

「うちの塾生だ、それは」と先生はいった、「八田忠晴といって、三月ばかりまえに入塾した青年だ」

「先生じゃねえってか」

「ばかなことをいうな、この寒藤清郷は痩せても枯れても国士だ。そんなことはさっきから繰り返しているとおり、おはち本人にきけばわかることだ」

「それがうちにはいねえんだよ、先生」治助は上り框《がまち》へ腰をおろし、厚い唇を指でつまんだ、「ゆうべ夜なかにとびだしたらしい、朝起きてみたらいなかったし、いまになっても帰って来ねえ始末なんだ、ほんとだよ先生」

「ぼくの塾生もゆうべからいなくなった、ぼくが気がついたのはやっぱり朝になってからだが、――するとこれは、駆落ちかもしれないな」

「かかあのやつは、自分の物をいっさいがっさい持ってった」と治助は独り言のように云った、「どうしてだろう、先生、おれとおはちは承知ずくで夫婦になった仲だ、そこにある石をおれが自分の独り思案で持ちあげて運んで来たようなもんじゃなかった、おはちのやつも自分で思案をして、このおれと夫婦になるほうがゆきさき心丈夫だと思ったからこそ承知していっしょになった、そういうわけなんだよ先生」

先生は治助の云うことは聞いていなかった。その朝早く、八田塾生の姿がみえないのを知ったとき先生はそれを一時的なものだと思った。入塾して以来まだ個人的理由で外出したことはないから、誰か友達でもたずねにいったのだろうと。だからいま治助の話を聞き、おそらくおはちとしめし合せての駆落ちだろう、と推察したとたん、自分の信頼が紙屑《かみくず》のように無視され、裏切られたことを悟って絶望した。

「そんなぐちを云ってもへのたしにもならん」と先生は云った、「きみはその本人のたちまわる先に心当りがあるんだろう」

「それがあればと思うんだが」

「心当りはないのか」

治助は首を振った。おはつとは埋立て工事の現場で知りあい、そのとき女は飯場《はんば》の炊事をしていたが、工事が終ると飯場は移転せず、そこで解散してしまった。したがってその関係をたぐることはできないし、おはつとは夫婦になったものの、まだ入籍していないから、本籍も寄留地もわからない——こういう「街」の住民たちの大部分は、子供が生れるまで入籍のことなどに関心をもたないのが通例のようであった、——だっておめえ、とかれらは云うのだ、おれたちのかかあときたら、いつ誰とくっついてとびだしちまうか見当もつかねえからな。

「そいつは困ったな」

「先生のほうはどうだね」と治助が反問した、「そのじくせえとかいう若ぞうの親もとはわかってるんだろう」

こんどは先生が首を振った。

「なら保証人は」

先生は同じ動作をした。八田忠晴が入塾したときの問答を思いだして渋い顔をし、治助はいきりたった。親もとも保証人もしらべずに人間いっぴき雇うのは、先生にも似あわない非常識なやりかたではないか、と責めた。

「そいつは法律違反だぜ」と治助は云った、「犬一匹飼うんだって鑑札を届けなきゃならねえっていうのによ、仮にも人間を雇うのに保証人もなしって*ちょぼ一があるかえ――先生なんてっても人はみかけによらねえもんだな」

「あれは雇い人じゃない」と先生は云い返した、「この憂国塾の塾生なんだ」

治助は溜息《ためいき》をついた。深くてばかげたほど長い、力のない溜息であった。塾生は雇い人ではないという先生の答えが理にかなったものかどうか、治助にはわからなかった。彼は溜息をつき、唇を指でつまみ、頭の毛を乱暴に掻き、また溜息をついた。

「で、その――」と治助は先生を見た、「先生はそのじくせえをどうする気だね」

「どうもしないな」と先生はおちついて云った、「大ビスマルクいわく、敗走する兵を戦線に返さんとするは、落花を枝に戻さんとするに似たりと、――ぼくは去る者は追わず主義だ」

「おらあむずかしいこたあ知らねえ、むずかしくねえことも知らねえかしらねえがね、はー、どうしたらいいもんだか」

「するとすれば、警察へ捜索願いを出すだけだな」

「そんなこたあだめだ」治助は激しく頭を振った、「そんなこととうすれば、かかあのめえの亭主や、めえのめえの亭主から捜索願いが出てるかもしれねえし、三つも四つも捜索願いがかち合ったら、たとえおはちのやつをみつけたって警察でも途方にくれるばかりじゃねえか、そんな突拍子もねえことは話にもならねえ」

先生は「へえー」といい、詮索《せんさく》するような眼で、治助のまっ黒な顔をつくづくと見まもった。

「とすれば」とやがて先生が云った、「そこにそうしていてもしょうがないだろう、帰ったらどうだ」

「ここにこうしていても」と治助は思いあぐねたように答えた、「しょうがねえことはわかってるが、さて、帰るかってえば帰る気持もおこらねえ、いつまでここにいるつもりもねえが、帰るって気にもならねえ、おはちのやつがいまごろ、どこで*のたばってるかと思うと、おらもうきずげになりそだ」

先生は眼を剝《む》いた。治助が暫《しばら》くのち帰っていってからも、そしてまた晩めしの支度をしながらも、その眼は大きく剝きだされたままであった。――ほぼ一週間ほど経った或る日、八田忠晴から先生にハガキが届いた。

――ぼくは憂国塾の空理空論をダンガイする*、男子すべからく実行的であれとは古人の金言、ぼくあえて先生に宣言しよう、ぼく八田忠晴は身をもって女性解放運動の旗手とならん、嗚呼《ああ》。忠晴生」

という文面であった。先生は読み終るとすぐに、ハガキをこまかく千切って放りだし、顔をくしゃくしゃにし、顎鬚を掻いた。

「えーと、さて、と」先生は周囲を眺めまわした、「さてとりあえず、――くそっ、こんなときこそ酎《ちゅう》をぐっとひっかけられればいいんだが、二杯でも一杯でもいいんだが、のんべ横丁のごーつくばり共どいつもこいつも実行的なやつばかりだからな」

先生は立ちあがり、ちょっと考えてから、「まずたんば老かな」と呟き、決意のある表情で、しかし確信なげに外へ出ていった。

とうちゃん

沢上良太郎には五人の子供がある。太郎、次郎、花子、四郎、梅子。殆《ほと》んどとしい児《ご》で、上が十歳、次が九歳、八歳、七歳、五歳。そして妻のみさおは妊娠していた。この「街」の人たちは、それら五人が沢上良太郎の子ではなく、一人ずつべつに、それぞれ本当の父親があり、その父親たち五人がこの「街」に住んでいることも、かれらが自分じぶんの子を判別していることもよく知っていた。

妻のみさおは自分の腹をいためたのだから、むろん誰よりも熟知していたであろう。それを知らないのは子供たちと沢上良太郎だけだと信じられていた。沢上良太郎は「良さん」と呼ばれていた。背丈はさして高くないが、よく肥えていて、まるまるとした顔は見るからに人がよさそうだった。太い眉毛《まゆげ》も、小さくまるい眼も尻《しり》さがりで、唇が厚く、頬骨のところに肉が盛りあがっているため、小さくてまるい眼は、その肉瘤《こぶ》のかげから覗《のぞ》いているように感じられた。

良さんの顔はお人好《ひとよ》しの条件をぜんぶ揃《そろ》えている、とけちんぼの波木井老人が云《い》った。眼も口も鼻も頬《ほっ》ぺたも耳もぜんぶ、お人好しの部分品ばかり集めてこねあげたものだ。

良太郎の顔をよく見ろ、とヤソの斎田先生は云った。あれはかみさんに催眠術をかけられて、その術からさめることができずにいる顔だぞ。

冗談じゃねえぞ、あのひとの眼をよっく見てみな、とおがみやのお常さんはまじめに云った。あれはしんから人をこばかにしている眼だ、人も神も仏も、てんからばかにしている眼だ。

かみさんのみさおは瘦《や》せた小づくりな軀《からだ》で、顔も細く、頬骨が尖《とが》り、落ちくぼんだ眼はいつも、きらきらと、好戦的に光っていた。肌の色は黒く、髪は茶色でちぢれ、額が抜けあがっていた。としは良太郎より三つ下の三十二歳であるが、見たところは逆に四つくらいもとし上のようであった。

みさおは殆んど家にいない。食事の支度とか、子供たちの着物のつくろいなどはするが、あとは長屋のどこかで、かみさんたちとお饒舌《しゃべ》りパーティーをしたり、つかみあいの喧嘩《けんか》をしたり、その仲裁をして酒を飲んだり、そうかと思うとしばしば、半日もどこかへ消えたりしていた。

「あーあ、まったく女なんてつまらねえもんだ」彼女は一日に幾たびか、きっとこう嘆かないことはない、「――男は勝手にしたいことをして、亭主関白だなんておだをあげていられるが、女は腰の骨の折れるほどはたらいても、たのしみに芝居ひとつ見にいけやしない、考えてみるとなんのために生きているのか、つくづくわが身が哀れになっちまうよ」

良さんはやんわりと微笑しながら、せっせと、しょうばいの刷毛《はけ》作りに精をだしていた。

良さんは腕のいい刷毛作りで、刷毛といってもヘアー・ブラッシなのだが、問屋でも彼の作った物は高級品として扱い、一流化粧品店とか洋品店、百貨店などへ納入していて、けれども仕事がのろく、数があがらないので、「ごうがにえる」と云われた。確かに、彼の仕事のおそさには妻のみさおもごうがにえるとみえ、仕事ばかりでなく、箸《はし》のあげおろしにまで、露骨な非難をあびせかけた。

「おまえのすることを見ているとあたしゃ足の裏がむずむずしてくるよ」とみさおは云う、「まったく、どうすればこんなぐずな男が生れるんだろう、おまえのふた親が生きてたら、あたしゃ押しかけていってきいてみたいくらいだよ」

良さんは小さくてまるい眼を細め、唇のあたりにかすかな微笑をうかべながら、黙って仕事を続けるだけである。——飴色《あめいろ》になった仕事台の上の、ちょっと右寄りに、厚さ三インチばかりの板が立ててあり、豚の毛を入れた筒とか、ブラッシの台木、ごくぼその針金、にかわの鍋《なべ》などの材料が、良さんの左右に並んでいた。彼は左手で、筒の中から豚の毛をひょいとつまみあげる。一つの穴に入れる数は、およそ三十本ときまっているが、彼は一度でそれだけつまみ取れたためしがなかった。つまみあげてから、そのたびによく数えて、二本足すとか、一本引くとかするのである。

「なんだね一本や二本」とみさおが咎《とが》める、「そんな細っこい毛の二本や三本、多くったって変りはないじゃないか」

「そうかもしれないけれどね」良さんは頬笑みながら、舌が重くて動かないような口ぶりで、ゆっくりと答える、「三十本にしないと、あたいの気が済まないんだよ」

数が揃うと、立ててある厚板の側面へ、毛の根元のほうをとんとんと当てて、根揃えをし、右手に持ったごくぼその針金できりきりと根元を巻き、針金の一端を、ブラッシの穴に通して引き、毛の根を穴に引き入れて固定し、針金の余りを鋏《はさみ》で切る。穴は中の三列が二十、左右の一列が十七、ぜんぶで九十四あり、その一つ一つへ三十本ずつの毛を植えてしまうと、固定した針金を叩《たた》いて平らにし、にかわを塗って裏木をかぶせて染める。

にかわはいつも溶けていなければならないから、夏冬とも火鉢に掛けてあり、——したがって家の中にその刺戟《しげき》性の強い匂《にお》いの絶えることはなかった。

「この匂いを嗅《か》いでいると、あたしゃ世の中がはかなくなってきちゃうよ」とみさおは大げさに顔をしかめながら云う、「世間にゃちっとはあたまのいい人もいるんだろうに、にかわからこの匂いを抜く知恵ぐらいはたらかせる者はいないのかね、えっ、臭くってとてもうちになんかいられたもんじゃありゃしないよ」

みさおは亭主の手伝いなど決してしない。仕事ぶりののろさをそしり、にかわの匂いにけちをつけると、自分はさっさと外へでかけてしまう。夜の食事にはたいてい帰るが、ひるめしには帰らないことのほうが多い。良太郎も子供たちも慣れているため、彼女が帰らなくともべつにふしぎはないようすで、父親が膳立《ぜんだ》てをすると、みんな温和《おとな》しくめしを喰《た》べる。子供たちはみな従順で、四郎までの四人は小学生であるが、成績はどの子も上位を占め、太郎はずっと級長を続けていた。

「あの子たちはこの街の七ふしぎの第一だね」とここの人たちは云った、「どっちから考えてもあんな子供たちの生れるわけがないんだから」

子供たちは五人とも、母親にあまりなじまない。生活の大部分が父親だけでまかなわれているためか、それとも幼い神経で、本能的に父を哀れと思うためか、母が家にいてもあまえるようなことはなく、なんでも父に相談し、父の手助けをしようとした。――ここの住人たちの着物は、殆んど洗い返し縫い返した品である、新調するときにも古着屋から買うのがせいぜいで、そのため半端物《はんぱもの》や古着を背負って、定期的にまわって来る商人が二人いるが、持って来た品を売るよりも、反対にぼろを買わされるほうが多い、とぼやくくらいであった。

良さんの家族も例外ではなく、子供たちの着ている物はみな誰かのお古で、シャツもズボンも、ブラウスもスカートも、なにもかも継ぎはぎだらけであり、絶えず洗濯したり解いて縫い直したり、継ぎを当てたりほころびをつくろったりしなければならない。――むろんみさおも黙って見ているだけではないが、八割がたまでは良さんがやらなければならなかった。職業の関係で、こまかな手仕事には慣れているためだろう、根気仕事ならお手のものとも云えるが、一日じゅう家にいて子供たちを見ているから、よごれた物を着ていたり、ほころびが切れているのを見たりすれば、つい手が出てしまうようであった。

ちかごろでは子供たち自身が、自分たちでできることはするようになった。花子はまだ二年生であるが、つくろい物をなんとかやってのけるし、太郎と次郎は洗濯を担当した。そのうえかれらは、少しでも暇があれば、ブラッシ作りの手助けまでしようとした。

「みっともねえ子だよ、おめえたちは」とみさおはよく云った、「男の子のくせに洗濯なんかしてさ、そんなこせこせした根性じゃろくな者にはなれやしねえよ」

子供たちは黙っている。学校の先生が、自分のことは自分でしろと云った、などと云い返せば、学校の先生までが嘲笑《ちょうしょう》の的にされるからだ。

「あたしゃただの軀じゃないんだからね」とみさおは主張する、「あたしのおかずはべつにするよ」

たとえこまぎれ肉にしろ鮪《まぐろ》のあらにしろ、みさおだけは一と皿べつにおかずをつける。つまり妊娠ちゅうだから、それだけ栄養をとらなければならないのだという。ほかの者は見もしないが、末っ子の梅子はまだ五歳だから、肉を煮たときなどは匂いがするし、どうしてもそっちへ眼がいってしまう。するとみさおが敵を見るような眼で睨《にら》みつける。

「なんだいその眼つきは」とみさおはどなる、「かあちゃんはただの軀じゃないんだって云ってるだろう、二人分は喰べなきゃ身がもたないって、――世間へいって聞いてみな、沢上さんとこのおかみさんはよくあれで辛抱してるもんだって、そ云ってるから」

「こんな臭いこまぎれ肉でさえおちおち喰べられやしない」と泣き喚《わめ》くこともある、「そんなに喰べたきゃおまえ喰べな、かあちゃんなんか妊娠脚気《かっけ》で死んじゃったっていいんだろう、さあ喰べなったら喰べなよ」

そしてきいきい声で泣き、皿の物をお梅の顔へぶちまけたりするのだ。

みさおが妊娠していることは確かだし、その相手も近所の人たちにはわかっていた。一年ほどまえに、米村五郎という若者がこの「街」へ移って来た。とたんにみさおが眼をつけ、同時に後家のお富さんも眼をつけ、二人とも五郎にのぼせあがった。後家のお富さんは独りずまいで暇もあり、五人の子持ちであるみさおより優位な立場だったから、先取得点はお富さんのものだったらしい。或《あ》るとき、五郎がお富さんの家へはいり、三十分ほど経《た》ってみさおがその家へとび込んだ。五郎のはいるのを見てい、ほぼ時間をはかってそうしたのだろう、*帯ひろ裸のお富さんとつかみあいの大喧嘩になり、近所のかみさんたちが集まって来て、ようやく二人をひきわけたが、五郎はいつどうやって逃げたか、もうそこにはいなかった。――そのときみさおが、わたしから絞るだけ絞ってこんな女とできあっていたのか、という意味のことを叫んだので、かみさんたちの疑問の二つが解けた。すなわち、みさおのような女に、どうして次々と男ができるかということ、また、良太郎がいい腕の刷毛職人なのに、なぜ貧乏からぬけられないのか、ということである。

良太郎の仕上げたブラッシを問屋へ届け、賃銀を受取って来るのはみさおの役であり、財布を握っているのも彼女であった。良さんは賃銀の高《たか》もきかず、みさおの持っている財布に、いま幾ら金があるかもきいたことはない。みさおは亭主の稼いだものを、好きなように使うことができるのである。そうはいっても、収入の高は知れているから、男に貢《みつ》いだところで些細《ささい》なものだろう。他の社会のように、背広を作ってやるの自動車を買ってやるのと、いうような話とは千マイル*もひらきのあることだが、この「街」では一杯の焼酎《しょうちゅう》が、他の社会の背広一着にも当る場合が珍しくないのだ。

みさおが五郎にどれほど貢いだか不明である。五郎は田浦さんという仕事師の家に同居してい、たまには日雇い人夫に出ることがあっても、すぐに飽きてしまい、月のうち十日もはたらけば、あとはぶらぶらしているだけ、というふうであった。お富さんは強敵だが、物質的にはみさおが優勢で、五郎もその点をよく心得て、巧みに両面策戦をやっていた。それが今年の春、お富さんがよそへ引越していったため、みさおが五郎を独占することになり、休戦ラッパが鳴ったというしだいであった。

良さんの五人の子供の、それぞれの実父は、まだこの「街」に住んでいて、かれらもまだみさおとの仲がまったく解消したわけではない、という噂《うわさ》であった。

「おい、たあ坊のおふくろ」と太郎の実父は云う、「おめえ若いのができたっていうが、このごろ女っぷりがあがったぜ」

「よう、花子のかあちゃん」と花子の実父は云う、「おめえこのごろすっかりごぶさただな、あんまり若いのばかり可愛《かわい》がらねえで、たまにはこっちへもお裾分《すそわ》けを頼むぜ」

「乙にすますなえ、*みの字」と四郎の実父は云う、「めっきりあぶらがのっちまって、若ぞう一人じゃあとても*おかったるいだろう、どうだ久しぶりに、やっとこでごってり——といかねえか」

次郎の実父はなにも云わない。なにも云わずに黙って、実力行使にでるそうである。これらの呼びかけや行動は、近所の人たちの眼があり耳のあるところで公明正大に演じられるのだが、みさおは決して羞《はにか》んだり怒ったりするようなことはない。むしろ近所の人たちの眼や耳に対して、自分をみせびらかし、羨望《せんぼう》感を唆《そそ》るような態度をとるということであった。

これほどあけすけな妻のふしだらを、良太郎はぜんぜん知らなかったのであろうか。住民たちは知らずにいると信じ、かげで笑うだけでなく、ときには面と向ってあてこすりを云いさえするが、良さんは小さくまるい眼尻をさげ、柔和に微笑するばかりで、いかなる反応も示さなかった。

「にっぽんかいびゃく以来、あんなお人好しのおたんこなすは見たこともねえ」と男たちは云った、「おれっちがかいびゃくこのかた生きて来たわけじゃねえにしろさ」

けれどもときたま、良さんはつくづくと子供たちを眺めることがあった。食事のとき、子供たちと膳を囲んで坐《すわ》りながら、とつぜん茶碗《ちゃわん》と箸の動きを止め、びっくりしたような眼で太郎を見、その眼を次郎に移し、花子、四郎、梅子と見まもるのである。

「なにさ、とうちゃん」父の眼に気づいて、どの子かがきく、「どうかしたの」

良さんはゆるやかに頭を振り、やさしげに微笑する。

「どうもしないさ」と良さんは答える、「みんな大きくなったな、と思ってね」

或る日の夕方、次郎が泣きながら帰って来た。みさおは例によって留守だったが、父やきょうだいはみないた。次郎はときたま外で喧嘩してくるから、初めは誰も気にしなかった。

良さんはブラッシを作ってい、太郎はその脇《わき》で、ブラッシの柄《え》のつやだしをしていた。次郎の泣きようがいつもとは違うのに、花子がまず気づいた。

「どうしたの、次郎ちゃん」花子が運針《うんしん》の手を止めて次郎を見た、「梅ちゃんが心配するじゃないの、泣くのやめなさいよ」

「とうちゃん」

次郎は父の顔を見た。彼自身の顔は涙でぐしゃぐしゃに濡《ぬ》れ、眼のまわりから頬まで、よごれた手でこすったためだろう、鼠色《ねずみいろ》の斑《まだら》ができていた。

「なんだ、次郎」

「とうちゃん」と次郎はまた云った、「ぼくたちみんな、とうちゃんの子じゃないって、ほんと」

太郎も花子も四郎も突然そこでかんしゃく玉が破裂でもしたかのように、びくっとし、そしてみんなが父親のほうを見た。そのようすには、かれらが同じことをながいあいだ疑ってい、それがついに表面へ出たので、いまこそ真偽を明らかに聞きたい、という期待があらわれていた。

良太郎は仕事の手を休め、一人ずつ順に、五人の子供たちの顔を眺めた。いつもの穏やかな微笑をうかべ、小さくてまるい眼を細めながら。そうしてまた、ゆっくりと仕事を続けた。

「そういうことは自分で考えてみるんだな」と良さんは云った、「――自分がとうちゃんの子か、そうではないかってさ」

子供たちは黙っていた。

「とうちゃんはみんなが自分の子だということを知っている」良さんはまをおいて続けた、「だからみんなが大事だし、みんなが可愛くてしょうがない、――けれどもおまえたちがとうちゃんを好きでもなく、自分のとうちゃんだと思えないなら、とうちゃんはおまえたちのとうちゃんじゃない、そうだろう次郎」

次郎の喉《のど》で泣きじゃくりの残りがひくっと音をたて、彼は手の甲で眼を拭《ふ》いた。

「だっても、みんなが云うんだ、ずっとまえっから、ぼくたちはみんなとうちゃんの子じゃない、ほんとのとうちゃんはべつにいるんだって」と次郎は云った、「——ぼくだけじゃないんだよ、あんちゃんも花子も四郎も云われるんだよ」

父親はなだめるように笑った。

「人はいろいろなことを云うよ、とうちゃんのことだって、のろまでいくじなしって云ってるのを聞いたろう」良さんは喉で笑った、「——とんでもない、とうちゃんは力もあるし喧嘩もうまいんだ、小さいときには次郎の倍も喧嘩をしたし、一度だって負けたことなんかありゃしないんだよ」

良さんは左手のシャツの袖《そで》をまくって、二の腕を子供たちにみせ、そこに長さ十五センチほどの、茶色になった傷あとを示した。

「これはね、友達にナイフで切られたあとだよ」と彼は云った、「とうちゃんが小学校六年のときだったが」

そして彼は、受持の先生まで威《おど》すというクラス一の乱暴者を、どうやって叩き伏せたか、ということをしかたばなしで語った。ナイフで腕を切り裂かれながら、相手の鼻柱を殴りつけるところでは、子供たちは唇をひき緊《し》め、身ぶるいをした。その中で太郎だけは、父親に気づかれないように眼を伏せた。彼は父親の腕にある傷が、どうしてできたものか知っていたらしい。そのうえそれは、良さんの語っているようないさましいものではなく、子供の彼が思い出すのも恥ずかしいような、屈辱的な出来事だったということが、そっと眼を伏せた彼の表情にあらわれていた。

良さんはまた、自分がのろまでないこと、仕事がおそいのは仕事を大切にするからで、それはおまえたち子供のため、子供たちをつつがなく育てるには、信用のある仕事をしなければならないからだと説明した。

「これが、とうちゃんの本当の気持なんだよ」と良さんは云った、「いざとなればいつでも、三人や五人は叩き伏せてみせる、弱い者はだめだ、強い相手でなければやらないがね、それから仕事だってそうだ、その気になればブヽヽラッシの二百や三百は一日で仕上げてみせるよ」

良さんはそこで自信ありげに微笑し、子供たちの顔を順に見まわした。

「けれど長屋の人たちはこんなことは知りゃしない、なんだのかんだのって、好き勝手なことを云ってるだろ、えー次郎」良さんは微笑をひろげた、「どうだいみんな、とうちゃんのことを信用するかい、それとも長屋の、なんにも知らない人たちの云うことを信用するかい」

「とうちゃんだ」と云って次郎が手をあげ、次に太郎、続いて四郎、花子が「とうちゃん」と云って手をあげた。梅子は話がよくのみこめなかったのだろう、みんなの顔を眺めまわしてから「あたいはねえちゃん」と云って花子を指さし、みんなが笑いだした。

「本当の親か、本当の子かなんてことはね、誰にもわかりゃしないんだよ」良太郎は仕事に戻りながら、いかにもやわらかに云った、「お互いにこれが自分のとうちゃんだ、これはおれの子だって、しんから底から思えればそれが本当の親子なのさ、もしもこんどまたそんなことを云う者がいたら、おまえたちのほうからきき返してごらん、――おまえはどうなんだって」

返辞のできる者がいたらおめにかかるよ、と云って良太郎はごくぼその針金をきゅっと緊めた。太郎は黙ってつやだしをしていた。

がんもどき

かつ子は十五歳になる。同じとしごろの少女に比べると、背丈も低いし肉付きも悪く、胸も平べったいし腰も細かった。肌はつやのない茶色で、きめが荒く、腕や脛《すね》にはかなり濃い生毛《うぶげ》が伸びていた。——きりょうもよくはない、どこがどうとはいえないが、ぜんたいとして少女らしい新鮮さがなく、生活の苦しさをつぶさに経験した中年の女、といったような印象がつよかった。

かつ子は伯父夫妻に育てられ、いまでも伯父夫妻と三人で生活している。伯父の綿中《わたなか》京太は五十六、伯母のおたねは五十七。かつ子は伯母の妹の子で、生れるとすぐ伯母に引取られた。詳しい事情はわからないが、その生みの母はかつ子を生んでまもなく、某商事会社の社長と結婚し、そちらにも三人の子があり、贅沢《ぜいたく》な生活をしているという。——かつ子を引取るとき約束したそうで、いまでも実母から伯父夫妻に、きまった額の仕送りがあるし、かなえという実母自身も、年に三度から五たびくらいは、この「街」へたずねて来るのである。

綿中京太はもと中学校の教師をしていたという。口だけは達者であるが、徹底した酒呑《さけの》みの怠け者で、かなえからの仕送りはもとより、妻とかつ子の稼ぎまで、殆《ほと》んど呑みしろにしてしまい、自分は仕事らしいことをなに一つしようとしなかった。

京太はなにごとにも分類学的な注を付ける癖があった。

「ぼくの酒は遺伝学の*プレザンプルだあね」

「この魚は切身にして煮てしまったから、もはや動物学でなくして衛生学に属すらあね」

などというのである。彼は自分の容貌《ようぼう》に大きな誇りをもっている。ことに横顔には絶対の自信があった。彼はこれを*「ジョン・バリモアズ・プロフィル」と自称し、酔っているときは、妻やかつ子にまでそれを見せようとしきりに横向きのポーズをとるのであった。

「ぼくの鼻をみたまえ」と京太は飲み相手に云《い》う、「これはもはや骨相学や人躰《じんたい》解剖学の問題ではなく、美学の対象そのものなんだよ」

顔面神経痙攣《けいれん》という持病のある島さんが、この「街」へ移って来てからまもなく、二人はかなり親しいつきあいをするようになったが、或《あ》るとき京太が自分の鼻について解説したところ、島さんはにやっと敏速に笑って反問した。

「びがくねえ」島さんは感心したように云い、自分の鼻を指さしてきいた、「つまり鼻学というわけだね、病理的鼻学か、わるくはないな」

　容貌に自信のある者に向って、容貌に関する皮肉を云ってはならない。島さんのは皮肉にもならないいじぐちにすぎなかったが、京太は感情をそこねたようで、それからは島さんとあまり飲まないようになった。

「本当にいやな天気だね」とおたねが或るとき云った、「頭の芯《しん》までかびが生えそうだよ」

　梅雨が長びいて、古畳に青かびの生えるようなうっとうしい日が続いていた。おたねはかつ子と二人で造花づくりの内職をしてい、京太は独りで、朝から冷酒を飲んでいたが、妻のさもくさくさしたような言葉を聞くと、急にまじめな顔つきで問い返した。

「おまえは天気がどうのこうのというが、それは気象学としての文句か、それとも天文学としての文句か」

　北の長屋に付属して、二戸建ての古屋があり、あまりに古く、手入れもしないため、ぜんたいが南へかしがっており、いまにも倒れそうにみえるため、そちら側に三本の長い杉丸太で突っかい棒がしてあった。——ところで、暴風雨がやって来ると、その家の住人たちは、いそいでその突っかい棒を取りはずすのである。これは誰でもいちおう「逆じゃないか」と疑いをもつ。嵐《あらし》になるのだから、そのときこそ突っかい棒をする、というのが一般的な考えだからだ。けれどもその家の住人は、「それは常識というものでこの家には通用しない」という。もしもその家に突っかい棒をすれば、強風のため家はばらばらになってしまう。突っかい棒を取りはずしてやれば、家は風の強弱に順応してゆらゆらと揺れる。要するに風に抵抗しないことが、この家の唯一《ゆいいつ》の保全法なのだ、ということであった。

「それはもはや建築学では論じられないな」京太は話を聞いていった。「むしろそれは、材料強弱学の問題だあね」

妻のおたねは従順であった。亭主より一つとし上というひけめなどではない。二人ともそんなとしではなくなっているし、京太は酒が専門であり、よそで飲むにも女っけのある店へは決してはいらない。

女っ臭いのはなにより酒をまずくする、というのが彼の口癖であった。——また、彼が中学教師だったという感じはあって、妻やかつ子に対しても、乱暴なことをしたりどなりつけたりするようなためしはなかった。——したがって、おたねの従順さは生れついた性分であろうが、貧しい家計のやりくりと休む暇のない内職稼ぎに追われながら、ぐちをこぼしたこともないし、亭主にはたらいてくれといったこともなかった。

「世間にはくらしに困って、親子心中をする者がいくらもあるんだよ、可哀《かわい》そうにね」おたねは仕事をしながら、かつ子によくそういった、「そういう人からみれば、生きてゆけるだけまだあたしたちは仕合せさ、ほんとに、親子心中する人の気持はどんなだろうね」

かつ子は黙ったまま、そっと聞えないくらいに低く太息《といき》をつくか、仕事の手を止めて、古畳の一点を見まもるかするだけである。

かつ子ほどこまめにはたらく者もないし、かつ子ほど口かずの少ない者も珍しかった。

生れてすぐ引取ったということだし、おたねには血を分けた姪《めい》だから、しんみの親子と変らない情愛がかよっている筈《はず》である。にもかかわらず、ここへ引越して来るとほどなく、近所のかみさんたちはかつ子が夫婦の実子でないことに気づいた。

それは四年まえで、かつ子はまだ十一歳だったが、学校へいっている時間をべつにすると、かつ子のはたらいている姿を見ないことがないし、その動作には少女らしい愛嬌《あいきょう》や明るさがなく、あまりにてきぱきとおとなめいていて、鞭《むち》ででも躾《しつ》けられたかと思われるくらいであった。

「なんだろう、あの子」その当時よく近所のかみさんたちは云ったものだ、「なにを云ってもあのきみの悪い眼でじろっと見るばかりで、返辞もろくさましやあしない、唖《おし》つんぼかね」

「いじめて育てられたせいだよ、用心ぶかくなって、誰にもなじめないし、誰も信用できなくなってるのさ」

幼いときのことは不明だが、ここへ住みついて以来、おたねとかつ子の関係は、じつの母子でないばかりでなく、親しみも愛情もない、ということが誰にでも感じられた。

おたねは亭主にだけ従順なわけではなく、身のまわりでおこるすべての事物を従順に受けいれ、聖職者が神意にさからうことを恐れるように、どんな事にも決してさからおうとはしなかった。——かつ子が自分になつかなければ、なつかないことを受けいれた。かつ子は唖者《あしゃ》のように口が重く、話しかけても殆んど返辞をしないが、おたねは返辞を促したためしがない。返辞をされなくとも、話したいと思えば話しかけるだけで、返辞をしないからはらをたてるとかもう話しかけてはやらない、などということは決してないのだ。

「おまえは人類学的な存在じゃないな」と京太は云う、「おまえは動物学的でもない、もはや植物学的な存在だと云うほかないね」

かつ子が小学校を卒業したとき一度だけ、おたねは亭主と少しやりあった。京太はこれ以上かつ子を学校へやることはないと主張し、おたねは仕送りがあるのだから中学だけはやらせたいと云った。仕送りだって、笑わせちゃあいけない、と京太は云った。あんなやみの子を押しつけられて、これっぱかりのはした金を仕送りなんぞと云えた義理か、酒もろくさま飲めやしないぞ。それはそうだけれど、いまは中学までが義務教育だから、とおたねはねばってみた。そしてさらに二、三の応酬があり、京太は急に妙案をだした。じゃあこうしよう、かつ子を中学へあげるについて出費が嵩《かさ》むから、仕送りをこれまでの倍にしてくれって、そう云ってやろうじゃないか、もし時岡でそれを承知したら、ぼくもまた考えることにするよ。

そうしてかなえがこの「街」へあらわれることになった。

おたねが亭主に向って自分の意見を述べたのはそのときだけである。そしてかつ子の生みの親に連絡がとられたのだろう、かなえ夫人が初めてたずねて来た。彼女はおたねより七つとし下だというから、そのときは四十六か七になっていた筈だが、着物も派手だし髪も化粧も、いま美容院から出て来た、というような感じで、どうふんでも三十二、三にしかみえなかった。彼女の出現はこの「街」の人たちに一種のショックを与え、空地にもろじにも、彼女を見るためにとびだして来たかみさんや子供たちで人垣ができ、それらすべての眼が、好奇心と讃美《さんび》と嫉妬《しっと》を混《まじ》えて彼女に集中し、彼女のあるいてゆくほうへと動くのであった。

――ほら嗅《か》いでごらん、と翌日になって或るかみさんは云った。あの人の通ったところはいまでも香水の匂《にお》いがするよ。

かなえを迎えた綿中では、京太がまず大騒ぎを始めた。彼は例の如《ごと》く独りで飲んでいたが、とびあがってかなえを招き入れ、すぐになにか馳走《ちそう》しろと、おたねやかつ子をせきたてた。

「まあ姉さん」とかなえはおたねに云った、「これがあの子？　へえ」

そしてかつ子を見あげ見おろしたうえ、その顔へ眼をとめると、そのまま暫《しばら》く凝視し、かつ子が赤くなって顔をそむけると、太息をつきながら首を振った。

「やれ、やれ」とかなえは云った、「なんてぶきりょうな子だろう、まるで踏んづぶしたがんもどきだね」

かつ子は無表情にかなえを見返し、黙ったままゆっくりと立っていった。おたねはかつ子を伴《つ》れて買い物にゆき、魚を焼いたり煮物をしたりした。酒だけは中通りの酒屋から届けて来る。なにをおいても、京太は酒の勘定だけはきちんとするし、飲む量も多いから、酒屋にとってはいいとくいのほうだったらしい。こうして、京太にうるさく催促されながらも膳《ぜん》の支度をし、京太とかなえが飲みだした。

「あら、おどろいた」おたねは妹をまじまじと見た、「あんたお酒が飲めるの」

「パパのお仕込みですもの」とかなえは答えた、「ウィスキーの一本ぐらいは平気よ、それにうちは交際がひろいし、社交界では必ず夫婦同伴でしょ、お酒ぐらい飲めなければホステスの役が勤まりゃしないわ」

「たいしたもんだな」と京太が云った、「それじゃあかつ子を女子大までやらせるぐらいお茶の子ですね」

「ばか云わないでよ京さん」とかなえは打つまねをした、「事業が大きければ大きいほど、遊ばせておく現金なんてないもんなのよ、あたしだってちょっとした買い物はみんな小切手ですもの、あんたたちの考えるようなものじゃないのよ」

「でもねえ」とおたねが云った、「この子も中学ぐらいやらなければ」

「ア・ラ・パレ、だめよ」かなえは姉に半分も云わせずに手を振った、「あんな踏んづぶしたがんもどきみたいな子、中学へやるなんて勿体《もったい》ないわ、小学校だけでおんの字、もうその話はよしてちょうだい」

そして京太に杯をさした。

社交界とかホステスとかいう言葉のもつ概念と、かなえの口ぶり飲み食いする態度とは、まるで関連性のないものにみえた。彼女はさされる酒を呷《あお》るように喉《のど》へ流し込み、肴《さかな》の皿へ片っぱしから箸《はし》をつけた。焼き魚は骨までしゃぶったし、歯にはさまった小骨は、口へ指を突っ込んでほじり出し、ちゃぶ台の上へこすりつけ、その指を平気でぺろっと舐《な》めた。そして酔いがまわりだすと風流譚《ふうりゅうたん》を始め、いきなり京太の肩を突きとばしたり、大きな口をいっぱいあけてけらけら笑ったりした。

このあいだずっと、おたねとかつ子は内職仕事をしていたが、京太もかなえも二人が眼にはいらないかのように、自分たちだけで飲み食いし、云いたい放題のことを云い、ばか笑いをしていた。二リットルの壜《びん》二本を一本半以上もあけ、肴もすっかり食いあらしてしまうと、かなえはげっぷをしながら帰ると云った。

「あー面白かった、あんたは教養があるから飽きないよ」かなえは京太にそう云った、「教養のない人間なんかと飲んだっても、それこそア・ラ・パレ、だね、ご馳走さま」

「まったくだな、うん」と京太は呟《つぶや》いた、「そんなやつはまったく、ア・ラ・パレだ」

おたねが荒地のどぶ川のところまで送っていった。

「ねえ、かなえちゃん」別れるときおたねが云った、「女の顔の悪口なんか云わないでおくれよ、可哀そうじゃないか」

「がんもどきかい、ふん」

「そんなこと云わないでおくれったら、あんたはきりょうよしだからいいだろうけどね」

「そんなこと云うまでもないわ」かなえは鼻を反らせた、「あたしはパパに一眼惚《ひとめぼ》れされたんですもの、じゃさよなら」

それからこの「街」の人たち、ことに子供たちはかつ子のことをがんもどきと呼ぶようになった。かつ子は小学校を出ると、そのまま家にいて、内職をしたり家事の手伝いをしたりした。ちょっとでも手があけば、家の内外の掃除をし、隣り近所の分まで紙屑《かみくず》を掃いたり草を抜いたりするし、誰も掃除もいやがって手をつけないどぶ掃除も、月に一度はすすんでやった。

「あのとしで珍しいね」とかみさんたちは云った、「ちっともじっとしてないんだから、あれでもうちょっと愛嬌があれば文句はないんだけどね」

その後も年に一度か二度、かなえは豪華な姿でたずねて来た。そしてかつ子を「踏んづぶしたがんもどき」と呼び、京太と酒を飲んで、芝居でする馬子《まご》か駕籠《かご》かきの女房のような口ぶりで、いかがわしいことを饒舌《しゃべ》りちらした。

かなえの婚家が相当な事業家だということは確からしい。だが、どんな種類の事業をやっているのかも、その家庭がどんなふうであるかもわからない。なにがし商事会社と云うとか、またそこで自分が生んだ三人の子たちが、ピアノの先生についているとか、家庭教師が二人ずつ付きっきりだ、などと話すときも、会社そのものや、子供たちについて語る、というのではなく、かなえ自身をひけらかすためのように感じられた。なにかというと外国語を口にするが、それもたいがいは使いかたがちぐはぐだし、おトイレ式の、なに語とも判別のつかないものが多かった。

おたねとかなえがどんな生いたちをし、どんな親きょうだいをもっているか、また、いまでも親きょうだいがいるのかどうか、——これらのことは、この「街」の他の住人たちと同様、すべてがあいまいでつかみどころがない。ここでは常に現在があるだけで、過去のことは関知されないのが通例であり、たまたま語られる過去の話は、九割まで粉飾され、誇大に歪《ゆが》められるのが常識のようになっていた。

興味ふかいのは、こういう誇張された話になると、語り手は自分で嘘《うそ》と知りながら昂奮《こうふん》し、それがもし哀話であれば、その哀れさに自分で涙をこぼした。聞いているほうも、ああこれは作り話だなと思いながら、それでもなお身につまされて、もらい泣きをするというのが珍しくないことだ。但《ただ》し、これが虚栄心に関連した問題になるとまったく事情が変る。明らかに嘘とわかっていても、必ず反感をかい、こっぴどい悪口を云われるし、実際にむかし金持であったり、現にそれをみせつけたりすれば、それこそ仇《あだ》がたきのようにそしられるのであった。

かなえは後者の例に属するだろう、豪華に着飾り、香料の匂いを百メートル平方にまでふりまきながら、鼻たかだかとやって来、鼻たかだかと帰ってゆく。人垣をつくって見迎え見送る住民たちには眼もくれず、もちろん挨拶《あいさつ》するなどということもない。にもかかわらず、かなえの評判はここでは悪くなかった。口の悪いことではひけをとらない一群のかみさんたちでさえ、かつ子のことをがんもどきと云いながら、かなえに対しては羨望《せんぼう》とあこがれの眼を向け、せいぜいのところ女らしい嫉妬を感ずる程度のようであった。

或るとき、社会意識にめざめた有名夫人たちが団体で、ここの住民に古衣類や菓子、粉乳や家庭薬などを、無料配給するためにやって来たことがあった。住民たちにとっては大きなよろこびだったろう、まるで餓《う》えた野獣が獲物《えもの》にとびかかるように、それらの物資に襲いかかり、すべての物をあっというまもなく奪い去ってしまった。そして、有名夫人たちがあっけにとられていると、——もうねえのか、これっぽっちしか持って来ねえのか、と男たちが喚《わめ》いた。

こんなけちな物を持って来てえらそうなつらをするな、と他の男がどなり、さっさとけえれ、まごまごするとただじゃ済まねえぞ、と威《おど》し、子供たちは石ころを投げつける、という結果になった。

そういうかれらが驕慢《きょうまん》そのもののようなかなえには、反感や悪意よりも、むしろ畏《い》敬《けい》に似た態度を示すのはなぜだろうか。

——慰問団がやられたのは、住民たちの貧窮に触れたからだな、とヤソの斎田先生は評した。あの有名夫人団は施与をすることによって、自分の贖罪意識と優越感を満足させようとした。貧乏人ほどこういうことに敏感なものはない、かれらは自分たちの貧窮が利用されたことを知って怒ったのだ、聖書にちゃんと書いてある、右の手でほどこしをするとき、自分の左手にもそれを知らせるなと。

——なに簡単な話さ、とたんば老人は評した。かなえ夫人に反感をもたないのは、ここの人たちにとって、夫人が、同種属の者だということを感じているからだろう。

ではかつ子はどうなのだ、例をみないほどのはたらき者で、隣り近所の前まで欠かさず掃除をし、ぶきりょうなうえにぶあいそではあるが、誰に意地わるするわけでもないし、誰の邪魔にもならない。呑んだくれの怠け者で、一円の銭も稼がない京太を抱え、伯母と二人の内職仕事で生活に追われながら、中学にゆけないことさえ不平を云わない。

——そのかつ子をここの人たちは「がんもどき」と呼んで嘲笑する、しかも、かつ子に聞えてはわるいという遠慮さえもせずに。

——わるぎはないんだ、と人は云うだろうがね、とたんば老人は評した。わるぎどころか、みんなは憎んでいるんだな、どんなにはたらいても酬《むく》われない自分たちの境遇を、あの子がかたちにしてみせているように感じるからね。

かつ子はこうして満十五歳になった。そのとしの冬、おたねが婦人科に属する腫《しゅ》瘍《よう》を手術するために、三週間ほど病院へはいった。その費用はかなえにまかなってもらったが、同時に「仕送り分は差引きだ」と宣告され、京太は窮地に追い込まれた。

「なあかつ子、ひとつよく考えるんだぞ」京太は酒臭いおくびをしながら云った、「生みの母も及ばない、深い恩のある伯母さんの病気だ、ことによると生死にかかわるかもしれない、そうだろう」

かつ子は黙って内職の仕事を続けていた。

「だから、伯母さんの恩を忘れない証拠にも、ここは精いっぱいはたらくときだ、伯母さんがなにを心配しているか、病院にいてなにをいちばん気に病んでいるか、おまえはよく知っている筈だ」

京太は自分の言葉の意味を、かつ子が理解したかどうか、慥《たし》かめるような眼で少女の顔をみつめた。かつ子はなんの表情をもあらわさず、ただ内職仕事の手を早めただけであった。

「おまえがもう少しましなきりょうで、軀《からだ》つきもおとなびていればいいんだがな」

と京太は独り言のようにつぶやいた、「そうすればもっと楽で、みいりのある仕事もあるんだが、おまえじゃしょうがない、まあ内職でもするほかに手はないだろう、その代り伯母さんの分までやるんだぞ、わかったな」

かつ子はわかったというようにそっと頷《うなず》いたが、やはり口はきかなかった。

ほぼ三週間のあいだ、かつ子は自分の能力の限度を知りたいとでもいうふうに、ひるも夜も休みなしにはたらいた。内職というものは常にあるとはきまっていない、二倍も三倍も重なることがあるかと思うと、十日の余も途切れることがある。かつ子はその「途切れる」ことをなによりも恐れた。それには仕事をよそより早く、しかも他の人たちより巧みに仕上げなければならない。つまり、「あの子の仕事なら確かであるし早い」という評価を取る必要があった。ひるも夜も、休みなしにはたらくかつ子の頭は、絶えずそのことを考え、その考えに支配されていた。

京太は酒呑みにも似あわず、三度の食事を欠かしたことがない。外で飲んでいるときでも、めしの時間には必ず帰って来て喰《た》べる。そのうえお菜には三食とも魚か肉を要求し、味噌汁《みそしる》もなくてはならなかった。

「だめだね、この鯖《さば》はいかれてるよ、この皮を見な」京太は皿の煮魚を箸で突つきながら云う、「いきのいい魚は皮がちゃんと付いてる、これを見てみな、こんなに皮がびらびら剝《は》がれてるじゃないか」

「またこまぎれか」京太は鼻に皺《しわ》をよせる、「屋台の牛めしじゃあるまいし、いつもいつもこまぎれじゃ鼻についちまうよ、これは食品調理学じゃなく食品衛生学の問題だな」

かつ子はなにも云わない。十五歳の腕と頭で、できる限りのことをしているのだ。魚のいきのよしあしを選んだり、こまぎれでない肉を買ったりする、金もなし知恵もなかった。そしてまた、伯父の苦情に耳をかすゆとりもなかったのである。――かつ子ははたらきどおしにはたらき、伯母と二人で稼ぐときと殆んど同じくらいの賃金を稼いだ。彼女は夜半の一時よりまえに寝たことはなく、午前四時すぎまで寝ていることもない、睡眠時間は多くて三時間、そのあいだは失神した者のように、寝返りもうたず、いびきもかかずに熟睡した。

或る夜半、――というよりも、午前二時ちょっと過ぎたころ、京太が眼をさまして手洗いにゆき、戻って来て寝床へはいろうとしながら、ふとかつ子を見た。

かつ子は仰向きに寝て、片方の足を夜具の外へ出していた。いつもはそんなことはなかった。仰向きに寝ればその姿勢のまま、横向きに寝れば横向きのまま、眼がさめるまで動かないのである。それがそのときは片足を夜具から踏み出してい、大《だい》腿《たい》上部まであらわになっていた。

京太は夜具を掛けてやろうとして跼《かが》んだ。発育のよくないかつ子の軀は、少女らしい魅力さえどこにも感じられなかった。胸も腰も少年のように骨ばっていて、ふくらみや柔軟さなどはまったく眼につかなかった。――ふだんは確かにそのとおりなのだが、ひびのいったガラス戸を透して来る、夜のほの明りのいたずらだろうか、京太の眼にうつったかつ子のあらわな足は、特に大腿部でやわらかい厚みと、重たげな張りをもって、おどろくほど誘惑的にみえた。

すぐに、かつ子は眼をあいた。眠りからさめたというより、眠っていなかった者が眼をあいたような感じで、そのまま眸子《ひとみ》も動かさずに伯父をみつめていた。

「なんでもないんだよ」と京太は云った、「あたりまえのことなんだ。じっとしていればいいんだよ」

かつ子は例によってなにも云わず、ただ伯父の顔をみつめるばかりであった。その眼には驚きの色もなし感情のかけらもなかった。ガラス玉のように冷たく、透明なままであった。

「眼をつぶるんだ、かつ子」と京太が云った、「じっとして眼をつぶってればいいんだ、なんでもないんだから」

けれどもかつ子の眼は伯父をみつめたまま動かなかった。そこで京太自身が眼をつむったのだが、つむった眼の裏にかつ子のみひらいた眼がみえるというようすで、すぐに眼をあき、眼をつぶれ、とするどい声できめつけた。

かつ子の唇がゆっくりひろがって、歯がみえた。微笑したようでもあるし、あざけっているようにも感じられた。京太は骨まで凍るほどぞっとし、慌《あわ》ててまた眼をつむった。かつ子はついに眼をあいたままでいたし、一と言も口はきかなかった。

「女ってものはなあ、おやじ」京太はのんべ横丁の、おでんの屋台店で飲みながら、店の老人にそういった、「――十五でも三十でもおんなじようなところがある、三十四、五にもなるのに、或るときひょいと見ると、十四、五の娘っこのようなあどけない顔つきをしていることがあるし、また、十四、五の娘のくせにひょっとすると、三十五、六の女みたような眼で、じろじろ男を見ることもある、――魔ものだねあれは」

「たいしょうが女の話をするなんて、珍しいじゃありませんか」

「女ってものはな、おやじ」京太はなお云った、「あれは人類学で論ずべきもんじゃないぜ、あれは博物学、――いや、妖怪《ようかい》学、でもねえか、むしろあれは、うん、やっぱり妖怪学の対象だぜ」

おたねが退院し、かつ子はさらにいそがしくなった。退院はしたが、あと二週間の安静を命じられていたからだ。かつ子はこれまでの仕事と雑用のほかに、おたねのための病人食、――それは医者が献立表に書いてよこし、起きるようになるまでは、この食事表を必ず守ることと云われた、――を作り、身のまわりの世話をし、薬を取りにゆく、という用事がふえた。

「あたしにも運のいいことがあったんだね」おたねは病床でゆっくり手足を伸ばしながら、自分の幸運に酔ったような顔つきで云った、「――病院でしりつされるときは恐ろしかったけれど、なに、死ぬなら死ぬでそれもいい、死ねばあくせく稼ぐことはなし、ゆっくり休んでいられるんだからってさ」

「それがしりつがうまくいって」とおたねは続けた、「二十日の余も暢《のん》びり寝たうえ、まだ半月ちかくも寝ていろっていうじゃない、あたしゃものごころがついてこのかた、こんな仕合せなめにあったのは初めてだよ」

そういう言葉ではあらわしきれないような、深い人間味のある幸福感が、おたねの眼にいきいきと溢《あふ》れていた。けれども、留守ちゅうのかつ子の労をねぎらったり、これから世話になることの感謝の気持は一と言も口にしないし、そんなことを心に思っているようすさえなかった。

かつ子が伯母からそういう労《いたわ》りや感謝を、期待していないことも明白であった。伯母が退院してからの労働過重で、眠る時間がさらに短縮されたため、ひるま仕事をしながらもときたま居眠りするようになり、そのたび伯母に呼び起こされる結果、やがて眼をつむらずこっくりもせず居眠りができるようになった。意識的なうそ眠りではなく、呼び起こされるのを避ける自衛本能のようなものだったろう、しかも仕事をまちがえるようなことはごく稀《まれ》にしかなかった。

「あんた、なにしてるの」或る夜半におたねが、声をひそめて呼びかけた、「そこでなにをしてるの」

「いま鼠《ねずみ》がね」と京太のとぼけたような答えが聞えた、「ここに鼠がいたもんだからね、あぶないから」

「ねぼけてるのね」

「いなくなったよ」京太はぐずぐずと云った、「いま鼠がちょろちょろとここを、――そうなんだ、こっちからこっちのほうへさ」

「あんたねぼけてるのよ」

「おれが、——ねぼけてるって」

「こないだの晩もねぼけてたわ、おかしな人、子供みたい」

やがておたねは床ばらいをし、生活は平常に戻った。この期間かつ子は一と言のぐちも云わず、不平らしい顔つきもみせなかったけれど、近所の人たちは彼女がおどろくほど瘦《や》せ、顔にもやつれのみえるのに気づいた。

そして五十日ほど経《た》った或る夜のこと、おたねは姪の軀の異常に気がついた。

ここの住民たちは殆んど銭湯へゆかない。例外はあるけれども、四季をとおしてたいがいは行水を使う。その日おたねは、仕事の賃金を受取ったし、ずいぶん久しいことゆっくり入浴したことがないので、かつ子と二人で中通りの草津温泉という湯屋へいった。——そしてかつ子の裸姿を見てどきっとした。肉の薄い骨張った軀の、乳房がふくらみ、乳首とそのまわりが黒くなっていた。そして腹部もいくらかふくらみ、臍《へそ》から下へかけての縦の筋も、はっきり黒みを増していた。

おたねはなにも云わずに、姪のようすを観察した。かつ子の日常には変ったところはなく、ただ食欲にむらが出て、ときどき一食ぬかしたり、一度に二食分も喰べたり、朝起きぬけに嘔吐《おうと》したりするのが眼につきだした。

おたねは亭主に注意し始めた。夜半すぎに「鼠がうろうろしていた」などと、ねぼけたことが幾たびかあったのを、思いだしたからである。おたねが注意していることに気づいたのか、あれからは京太もへんなねぼけかたはしないし、かつ子に対しても妙なそぶりをするようなことはなかった。

或る日、おたねは黙ってかつ子を伴れだし、本通りから電車に乗って、中橋の仁善病院へいった。そこは建物も古いし医者もへぼだが、診察料が安いので知られていたのだ。——病院では、いま婦人科の担任がいないのでと、院長がざっと診察をし、妊娠に紛れのないこと、二カ月めの終りごろだろうこと、母躰《ぼたい》に異常のないことなどを告げた。おたねはそれとなく、人工流産がしてもらえるかどうかと、さぐりを入れてみたら、院長もさりげなく、まだ成年未満であるし、親や良人《おっと》の承認と、しかるべき費用が出せるなら不可能ではない、というような返辞をした。しかるべき費用とはおよそどのくらいかと、おたねがさしさわりのないようにきくと、院長もさしさわりのないような調子で、およその金額をもらした。

おたねは病院を出て、かつ子と裏通りをあるいて帰りながら、相手は誰だときいた。かつ子は診察のあと待合室にいて、伯母と院長の会話は聞かなかったから、相手は誰だという質問が、すぐに理解できないようであった。

「隠してもしょうがないよ」おたねは事実を話してから云った、「おまえ自身のことだからね、あたしには関係のないことだし、どんなわけだったにしろあたしはなんとも思やしないからね、本当のことをお云いな、相手は誰だったの」

自分が妊娠していると聞かされたとたんに、かつ子の全身が固くちぢまり、躰液がしぼり出されて骨だけになるようにみえた。かつ子は口をあけ、歯のあいだから呼吸しながら、両手の指を力いっぱい握り緊《し》めた。

「隠しておけることじゃないんだよ、どうにか始末をしなくっちゃならないんだよ、かつ子、誰だか相手を云っとくれ、え」

かつ子は答えなかった。伯母の言葉などは耳にはいらないのかもしれない。うつろになった眼で、前方の一点を凝視したまま、ふらふらと、伯母についてあるくだけであった。

おたねには相手の見当はついていた。日を繰ってみると、そのことのおこったのは自分の入院ちゅうであるらしい、そして夜なかの鼠騒ぎ。かつ子は夜も昼も休まずにはたらいているから、外でそんなあやまちをする隙《ひま》はないが、家の中でなら機会はいくらでもある。ただ一つわからないのは、このところ五年以上も、京太が自分に触れず、女そのものを嫌い、避けとおしてきた点である。五十になるまではうるさすぎるくらい頻繁なうえに、安あそびをしたり、つまらない女にひっかかりして世話をやかせたものだが、その反動のようにぴったりと沙汰《さた》やみになり、呑み屋でも女っけのある店へは近よらないようになった。

酒呑みに女は不用だと、自分でもいばっていたし、それを裏切るような例はなかった。かつ子は生みの親でさえ、「がんもどき」と云うくらい、きりょうも悪いし、軀つきにも娘らしさなどまったくなかった。それをどうして、京太が手を出すような気になったたか、そこに少なからず疑問があった。尤《もっと》もおたねにはそれは重大でもなんでもなかった。たとえ相手が京太だとしても、口惜《くや》しいとかねたましいなどという気持はおこらないのである。古風な考えかたかどうか知らないけれど、毎月の面倒が終って以来、自分はもう女ではない、ということを漠然と感じ、なまぐさいような感情からはすっかり解放されていた。ましてこんどの腫物《はれもの》の切除で、実際にも女であることを喪失したため、そういう問題にはいっそう淡泊になったようであった。

だがそれで済むことではなかった。かつ子の躰内では一日ごとに育っているものがある、そのまま産ませるか、それとも中絶するかきめなければならないし、いずれにせよ、費用は妹のかなえに頼む以外に手はないので、まず亭主に当ってみた。日の昏《く》れかかる時刻で、かつ子を酒屋へ使いにやり、二人だけになるとすぐ話しだした。

京太は吃驚《びっくり》した。驚きのあまり彼は自分の軀からすりぬけてしまい、そこにあるのはもと京太であったが、いまはただなにかの脱け殻にすぎない、というふうな印象を与えた。――尤もそれはごく短い時間のことだ。彼はおたねが冷静そのものであり、問題は赤児《あかご》を産ませるか中絶するかという、二つの点にしぼられていて、ドラマティックな感情など匂いもしないのに気づくと、いますりぬけた自分の脱け殻の中へ、いそいでまたもぐり込んだようにみえた。

「おまえは、まさか」と京太は反問した、「かつ子をなにしたのが、まさかぼくだと思ってるわけじゃないだろうな」

「あたしはどっちにするかってことを、きいてるだけですよ」

「それもそうだな」京太はわざと渋い顔をした、「二カ月の終りともなれば、どっちにするかをきめるのが先決議題だ、相手の詮索《せんさく》などはあとのことでいい、しかし断わっておくが、おまえは疑っているかしれないがおれじゃないぞ、冗談じゃない、伯父姪というより親子同様、戸籍だってはいっているのに、まさかぼくがそんな」

「どっちにしますか」おたねは亭主に云った、「産ませますかおろしますか」

「それはおまえ産ませる手はないな、としも若すぎるし世間ていもあるし、ここは倫理学よりも犯罪医学、いやその、あれだ、つまり法医学的な処置をとるほうが、合理的だと思うね」

「わかるように云って下さい、おろすんですね」

「おまえは三面記事のようなことしか云えないんだな、そうだ、おろすんだよ」

おたねはそこで資金の問題をとりあげ、しょせん妹に頼むよりほかはないこと、だが自分の入院手術で借りのできたあとだから、頼みかたがむずかしいこと、断わられないためにはどんなふうに交渉すべきか、よくよく案を練る必要があること、などを熱心に話しかけた。

戸口に人のおとずれる声がしたので、夫婦は話を中断し、おたねが出ていってみた。戸口には制服の警官が立ってい、綿中かつ子の家はここかときいた。

おたねはそうだと答えた。

「中通りの伊勢正へすぐにいって下さい」と警官は云った、「かつ子くんが傷害事件をおこしたんです、ぼくが同行しますから」

「かつ子が、なにをしたというんですか」

「傷害事件です傷害」と警官は云った、「ことによると傷害致死か、殺人事件になるかもわからない、それは取調べの結果を待たなければならないが、とにかくすぐに同行して下さい」

　そのとき京太が出て来た。

「ご苦労さまです」と彼は警官におじぎをし、それからおたねに云った、「いま聞いていたが、そのままでいい、おまえすぐに伴れてっていただきなさいすぐに、支度なんぞいいから」

　早くしろとせきたてた。警官が京太を見て、あなたがかつ子の父親であるかと質問し、京太はなんのつもりか、メリケン粉をこねたあとで汗を拭《ふ》くように、指をだらんとさせた手の甲で額を撫《な》でながら、かつ子は妻のおたねの実の姪であると、口ばやに答え、すぐに調子を変えて、傷害事件と聞いたけれども、かつ子はどんな暴行を受けたのかとき返した。

「いや、かつ子は被害者ではなく加害者です」と警官は云った、「魚銀の店先から出《で》刃庖丁《ばぼうちょう》を盗みだして、隣りの伊勢正という酒屋の、岡部定吉という小僧、いや、小店員を刺したのです、小店員は重傷です」

おたねは顎《あご》が外れでもしたように、だらっと口をあけ、眼をいっぱいにみひらいた。京太は頭の中で事態の意味するものを解明しようとするがどうしてもいとぐちがみつからないので、自分がいかに対処すべきかわからないため、さしあたりどっちつかずの立場をとることにきめた、といいたげな表情で立っていた。

「早くして下さい」と警官は云った、「自分は犯行現場の担当ではないんで、同行したらすぐ派出所へ戻らなければならないんだから」

おたねは襟に掛けていた手拭《てぬぐい》を外し、それを京太に渡すと、両手をこすり合せながら、土間へおり下駄を突っかけた。いちどはショックを受けたらしいが、殆んど瞬間的なことで、おたねのようすにはとりみだすとか、感情の昂奮などというものは少しも認められなかった。

伊勢正の店には制服警官や私服や、白い上っ張りを着てはいるが、明らかに警察関係の者とみえる人たちが六、七人もいて、おたねにはわけのわからないことを、ひどくいそがしそうにやっていた。かつ子は警察へ護送され、被害者の岡部定吉は応急手当をしたうえ、近くの草田病院へ運び去ったあとであった。

おたねを同行して来た警官は、そこにいた私服の男に彼女を渡して去った。私服の男は堀内《ほりうち》という刑事だそうで、簡単におたねからメモを取ると、いっしょに署までゆこうと云った。

「わたしそのまえに、伊勢正さんの小僧さんのおみまいがしたいんです」おたねはそう云い張った、「かつ子は警察に捉《つか》まってるから、いそがなくっても間違いはないでしょう、小僧さんの傷がどんなだか心配です、お詫《わ》びもしたいと思いますから」

堀内刑事はちょっと考え、もう一人の髭《ひげ》をはやした私服の人に相談したのち、それなら自分がいっしょにゆこう、と云った。——酒屋の付近には、大勢の人たちが騒がしく往来したり、こそこそ話をしたりしていた。おたねのことを指さす者もいたが、彼女はなにも見ず、なにも聞かなかった。

草田病院にも警官がいて、おたねの希望を聞き、医者と相談をしたのち、面会はできないと断わられた。

「いま輸血しているところで、当人は失神状態だから」と病院付きの警官は云った、「あんたの来たことは伝言してあげるよ、こっちはそういうわけだから先に署のほうへゆきなさい」

「傷はどんなぐあいなんですか、いのちにかかわるようなことはないんでしょうか」

「いまはなにも云えないね」とその警官は答えた、「被害者は出血多量だということと、失神するまえしきりに加害者の名を呼んでいたということぐらいだな、それ以外のことは係り官の責任になると困るからね、とにかく署へゆきたまえ、加害者の親という立場を忘れるんじゃないよ」

おたねが家へ帰ったのは、夜の八時をすぎたころであった。京太は独りで飲んでいたのだろう、まっ蒼《さお》な顔になって、焼酎《しょうちゅう》の匂いが鼻をついた。

「どうだった、どんなぐあいだった、かつ子はどうした」坐《すわ》ったまま上躰をぐらぐらさせながら京太は問いかけた、「酒屋の小僧をやったってえのは本当か、本当に出刃庖丁でやったのか」

おたねは勝手へいって手を洗いながら、いま話しますよ、と云って食事の支度にかかった。

「おれはずっと考えていたんだがなあ、かつ子が本当にあの小僧をやったとすれば、理由はただ一つだ、なあ、おまえもそう思うだろう、理由はただ一つ、あの小僧がかつ子をあんな躯にした相手だからだあな、なあそうだろ」

「あの小僧さんはまだ十七になったばかりですよ」

「かつ子は十五だぞ」

「女と男とは違います」

「人躰生理学では違わなくなったんだよ、アメリカなんかじゃおまえ、子供の成長が早くなっちゃって、結婚年齢をぐっとさげなくちゃならない状態だってことだ、日本だっておまえ＊テーンエージャの問題が、倫理学や解剖社会学で頭痛のたねになってるんだ」

京太は意味もない饒舌《じょうぜつ》を続け、おたねは独りでめしを喰べた。京太の饒舌は無意味にみえながら、じつは或る主体を隠すため、煙幕を張っているかのような印象を与えた。

「ゆうゆうたるもんだな」京太はおたねを見て云った、「自分の血を分けた姪が傷害罪で捕縛されたというのに、まず食欲を満たそうというのはあっぱれなもんだ、女というものは心理学的であるより常に生理学的存在なんだな」

おたねは黙って食事を済ませ、あと片づけをした。諄《くど》いようではあるが、彼女のようすにはここでもまた、激しいショックのため口がきけないとか、姪のために悲しみのあまり、感情の整理がつかない、などというけはいはまったく認められなかった。時間がおそくなって空腹だからまずめしを喰べる、それが終ったら話すことは話す。なにも変ったことはない、とでも云いたげな態度であった。

「かつ子はなにも云いません」坐って内職仕事にかかりながらおたねは話しだした、「出刃庖丁は隣りの魚屋の店先から取ったもので、定吉さんを刺したのも自分だということだけは云ったそうですけれど、どうしてそんなことをしたか、なにか恨みでもあるかどうか、いくらきいても返辞をしないんです、ええ、刑事さんに云われたもんで、あたしもかつ子にきいてみました、わけがあってしたことなら、まだとしも十五のことだしあまり重い罪にはならないだろうからって」

「いや、はらました相手にきまってるさ」京太は主張した、「ほかのことなら云えるだろうが、恥ずかしい話だから云えないんだ、それにきまってるよ」

云いつのる亭主の言葉を、おたねは黙って聞くだけであった。警察から呼び出しがあっても、おれは関係がない、かつ子はおまえの姪だ、と云って京太はそっぽを向く。おたねはさからおうともせずでかけてゆき、父親はどうしたときかれれば、京太に教えられたとおり、病気で来られないと答えるのであった。

かつ子の調べは少しも進まなかった。どう手をつくしても、犯行の理由を云わないのである。

「きみのわるい子だよ」と刑事の一人は云った、「なにをきいても黙りこんだままでね、ときどき歯を剥《む》きだすんだ、笑うのかと思うとそうでもないんだな、唇がこうゆっくりとひろがって、そうすると歯が見えてくるんだがね、よく観察すると笑うんじゃないんだな、猿を怒らせるときーっといって歯を剥きだすが、あれでもないんだ、笑うんでもなし怒るんでもないんだ、見ているとぞーっとするね、ああ、きみのわるい子だよ、まったく」

おたねは草田病院へもみまいにいった。岡部定吉は幸運にも死なずに済み、全治三週間と診断された。刺し傷は胸であったが、僅《わず》かに心臓をそれたのが幸運で、輸血もうまくゆき、刺傷部の状態もおおむね良好ということであった。

「どうしてこんなことをされたかわからない、ぼくはかっちゃんが好きだったんです」岡部少年は刑事の訊問《じんもん》にそう答えたという、「ぼくはかっちゃんが可哀そうでしょうがなかった、はたらきどおしにはたらいて、食う物もろくに食わされなかったんじゃないでしょうか、いつも痩せて眼をくぼませてましたよ、だからぼくはかっちゃんが来ると、大饅頭《まんじゅう》を買ってやった、ときにはいっしょに妙見《みょうけん》様へいって、話しながら喰べたこともあるんです」

少年はかつ子の気持がわからないと繰り返した。かっちゃんはみんなから「がんもどき」とからかわれていたが、少年は決してそんなことは云わないし、誰かがそんなことを云っているのを見ると、中にはいってとめるくらいであった。かっちゃんも少年が好きだったようだ。大饅頭を貰《もら》うとうれしそうな顔をしたし、妙見様へさそうといっしょに来て、少しは話もしたのである。それなのにどうしてこんなことをしたのか、どう考えてみてもわからない。かっちゃんはなにか間違えたのではないだろうか、きっとそうにちがいない、と少年は云い続けた。

「ええ、ぼくはなんとも思いません、かっちゃんのしたことでかっちゃんを憎らしいとも思いませんし、恨めしいともくやしいとも思いません」少年はそう云った、「ぼくがなにかしてかっちゃんが罪にならないなら、ぼくはどんなことでもします、あんな物で突かれたのはぼくですし、本人のぼくがなんとも思ってないんですから、かっちゃんを罪にすることはないんじゃないでしょうか」

おたねからその話を聞いたとき、京太はそれみろと云った。自分に悪いことをした覚えがあるからこそ、こんなことを云うんだ。わけもなく出刃庖丁で殺されそくなって、憎くもうらめしくもないなんて、おまけに罪にしないでくれなんてばかなことを云う者が、どこの世界にいるものか、それだけでもう自分の悪事を白状したも同然だぞ、十六や十七でふとい小僧だ、などと罵《ののし》った。

おたねは内職仕事に追われながらも、伊勢正へいったり警察へいったり、草田病院へみまいに寄ったりした。伊勢正とは岡部少年の治療費と、かつ子を貰いさげにする相談であった。金のほうは妹のかなえに、およその事情を書いて頼みの手紙をやったが、貰いさげのほうはかつ子が頑強に沈黙したままなので、警察のほうで心証を悪くし、すぐには事がはこびそうもないようなぐあいだった。

こうして、十幾たびめかに警察へ呼びだされたおたねは、帰って来ると京太に向って、十八歳未満の娘と関係した者は、事情によって暴行罪になるそうだ、という意味のことを云った。

「そりゃあそうだろう」と京太は横にねそべって、酒臭いおくびをしながら云った、「あの小僧は十七でも男だからな、戸籍上の親であるおれたちが告訴すれば、暴行罪になるのは当然だ」

「警察ではあんたに出頭するようにって、云ってましたよ」とおたねは仕事にかかりながら云った、「病気じゃないってことは刑事さんが知ってるようです、出頭しなければばなにかの罪になるんだそうですよ」

「おれが、警察へ、――だって」京太は不審そうにおたねの顔を見まもった、「なんのために」

「かつ子が話すことがあるんですって、刑事さんの前で」

「おれになんの関係がある」

「知りません」おたねは仕事の手を動かしながら云った、「十八歳未満のことになにかひっかかりがあるんでしょ、伊勢正の小僧さんが死なずに済んだとわかったら、かつ子がそれじゃあ話すことがあるから、伯父を呼んでくれって云いだしたんですって、――刑事さんはもうなにか聞いたような口ぶりでしたよ」

「でたらめだ」京太ははね起きた、「あの不良少女がなにを云ったか知らないが、そいつはみんなでたらめだ、そんな中傷を信じるばかがあるか、おれには初めからわかってた、あの恩知らずの不良娘は、いつか飼い犬が脛《すね》を嚙《か》むようなまねをするにちがいないってな」

おたねは亭主のけんまくに少し驚いたようすで、仕事の手は休めずに、ゆっくり京太のほうを見やった。それは事実だが、彼女の顔はいつものとおり砥石《といし》のように平静で、感情を動かされたようなけはいはまったくなかった。

「だがでたらめはでたらめだ、ふん、でたらめでなにが証明できるか、え、なにが証明できるんだ」

京太はどなり続けた。

おたねが初めて反問した。

「かつ子が、なにかでたらめを云ったんですか」

「きまってるじゃないか、そうでなくって警察に呼び出されるわけがないだろう、あの不良娘め」と京太はどなり返した、「生みの親に捨てられたも同様なやつを、乳《ち》呑《の》み児《ご》から苦労して育ててやったのに、その恩をいまになって仇《あだ》しやがる、ちくしょうにも劣ったやつだ」

だが証明はできない、あいつになにが証明できる、と独りでどなり続けるのであった。

明くる朝、残りの酒をあるだけ飲んで、京太は家から出ていったが、警察へはあらわれなかった。彼は妻が内職仕事をもらう、三軒の問屋をたずね、三軒から前借した金を持って、行方を昏《くら》ましたのであった。

かつ子が家へ帰ったのは三カ月のちのことであった。保護施設のようなところへ入れられ、そこで中絶も済ませた。かつ子が未成年であったのと、自供の内容によって、法律的に中絶の処置がとられたのであろう。この事件は一部の新聞に発表されたが、ごく短い記事であったし、かつ子が妊娠していたことや、中絶手段がとられたことなどは、発表もされず誰も知らずに済んだ。

岡部少年の治療費はかなえが払ってくれた。彼女は例によって豪奢《ごうしゃ》な姿であらわれ、——そのときかつ子はまだ留置されていたが、——独りで活潑《かっぱつ》に饒舌りたてた。その舌鋒《ぜっぽう》の的になったのは京太で、彼はかなえのところへも金をねだりに寄ったらしい。

「あたしゃ一と眼で臭いなと思ったわ、一と眼でよ」とかなえは鼻を反らせた、「肝の浅い人間はなんでもすぐ顔に出ちゃうからね、あの人ったら右と左の靴をとっちがえにはいたまま、これから百マイルも走らなきゃならない、っていうような顔をしていたよ、あたしゃ十円一個やらなかった、アディオス、あんなことじゃ生れたばかりの赤んぼだって騙《だま》されやしないよ」

かつ子のことには触れたくなかったのか、彼女は饒舌りたいだけ饒舌ると、金を置いて去った。

帰って来たかつ子は、なにごともなかったように、その日からもとどおりこまめにはたらきだした。伯母に対しても平常と変らず、礼も詫びも云わなかったし、伯父がどうしていないのかとききもしなかった。——近所の子供たちは、たぶん親になにか云われたのであろう、かつ子が通ると脇《わき》へよけるだけで、もうがんもどきとからかうようなことはしなくなった。

誰が彼女に乱暴したのか、彼女がなぜ岡部少年を刺したのか、彼女自身がなにも云わないので、おたねにさえわからなかった。係りの刑事にはかつ子がなにか話したようすであったが、職務規則でもあるのか、警察方面から話のもれることもなく、傷害事件の内容は闇《やみ》の中で始末された物のように、誰にも知られずに終るようであった。

京太がいなくなったから、しぜん酒屋にも用なしで、味噌や醬油《しょうゆ》は十日に一度、ほかで安売りをする店があるため、伊勢正とは縁が切れたようになった。

岡部少年は予後もよく、退院したという噂《うわさ》も聞えたが、おたねはもちろんなにも云わないし、かつ子も自分には関係のないことのように、伊勢正へ近よろうともしなかった。

そして或る日、使いに出て帰る途中、かつ子は岡部少年に呼びとめられた。少年はデニムのズボンにジャンパーを着、酒の名を染めた前掛をしめ、ゴムの半長靴《はんちょうか》をはいていた。

「どうしたの、かっちゃん」と少年は停めた自転車を、片足だけ地面におろして支えながら、明るい調子で呼びかけた、「ちっとも店へ来ないね、あ、そうか、おじさんがいないんだね」

かつ子はおちついた眼で少年を見あげ、その眼をゆっくりと伏せながら、ごめんなさいね、とよく聞きとれない声で云った。岡部少年はかろうじてその言葉を理解したらしく、眸子《ひとみ》をきらっとさせながらかつ子の顔を凝視した。

「ぼく、わかんないんだけど」と少年はしんけんな口ぶりで囁《ささや》くようにきいた、「どうしてかっちゃんあんなことしたの、ねえ、どうしてなの」

かつ子はまた少年を見あげ、その眼をまた伏せながら、死んでしまうつもりだったと答えた。

「死ぬ気だったって、かっちゃんがかい」

かつ子は頷いた。岡部少年は首をかしげた。

「わかんないじゃないか、自分で死ぬ気で、それでぼくにあんなことをするなんて、どうしてさ」

かつ子はじっと考えてから、うまく云えない、と云った。いま考えてみると自分でもよくわからない、と云った。ただ死んでしまいたいと思ったとき、あんたに忘れられてしまうのがこわかった、自分が死んだあと、すぐに忘れられてしまうだろうと思うと、こわくてこわくてたまらなくなった、本当にこわくってたまらなくなったのだ、と云った。

「ふーん」岡部少年はまた首をかしげ、地面におろしたほうの足をペダルに戻し、反対側の足を地面におろした、「ショックだなあ」

かつ子は眼をあげた。岡部少年は口笛を吹き、上眼使いに向うを見たが、急に振向いて云った。

「また饅頭たべようか」

かつ子は頭を振り、あたし喰べたくないと答えた。

「じゃあまた、いつかね」少年はにこっと笑った、「ぼくこんどスケート始めたんだよ、ローラーじゃなくアイス・スケートなんだ、うまくなったら見においでよな、かっちゃん」

かつ子は黙っていた。岡部少年は自転車を起こし、手を振って、ペダルを踏みながら、しだいに速力を早めながら去っていった。かつ子はそのうしろ姿を見送りながら、「ごめんね岡部さん」と口の中で呟いた。

ちょろ

本名は土川春彦《はるひこ》という。五年ばかりまえにこの「街」へ移って来たが、それ以来ずっと、三十七歳だと自分では云《い》い張っている。近所の人たちで四十五、六歳よりも若いとみる者はないが、当人はいつきかれても三十八だと答えた。

妻は幾人あったかわからない。この土地へ来てからでさえ三人変り、三人めが出ていったあと、すでに一年以上も独身ぐらしをしていた。

彼は一メートル六〇ぐらいの背丈で、筋肉質の痩《や》せた軀《からだ》つきに、顔も痩せて小さく、眼だまと口だけが際立《きわだ》って大きかった。――彼はおちつきのない男であった。春彦という自分の名を恥ずかしがる程度に神経質で、愛他精神と利己主義を兼ね備えた即物的センティメンタリストで、そうして事業家であった。

土川春彦の頭脳の中には、いつも大きな事業計画がすし詰めになっていた。この点では、同じ住人である八田公兵と共通しているようだが、そういう見かたは一知半解で、実際にはここの住人の過半数が、——たとえ空想だけに終るとしても、みなひとかどの事業家であり企業家なのであった。

真偽のほどはさだかでないが、土川春彦は株屋街に関係があり、しばしばぼろい儲《もう》けをするといわれていた。ここの住人で株屋街へ出入りするような者はいない、とすればその噂《うわさ》は当人の口から出たと考えるほかはないし、彼の日常のくらしぶりを見ると、ときどきどこかで、幾らかずつ儲けて来ること、それも日雇い労務や、臨時仕事ではなく、手をきれいにしたままで儲ける、ということは確かなようであった。

彼がどれくらいおちつかない人間であるかを説明することはむずかしい。詳しく知っているのは、彼の妻であった幾人かの女性と、さらに幾人かの同居人たちだけであろう。いや、そのほかにこの街の子供たちがいる。彼には「ちょろ」という渾《あだ》名《な》があり、それは海岸にいるふな虫のことだそうであるが、あのいつもちょろちょろと右往左往しているふな虫を、土川春彦に当て嵌《は》めたところは、子供の観察の正確さとするどさにおどろくばかりである。

彼の家にはつねに同居人がおった。まだ妻がいたじぶんにも、必ず一人は同居人がおったのである。不定期の同居人でどれも長くはいない、三十日でいなくなる者もあるし百日以上いる者もあった。彼がここへ来てからいっしょになった二人めの妻は、そういう同居人のひとりと逃亡したのであるが、その男は同居人になって七日しか経《た》っていなかったのだ。

これらの同居人は、すべて土川春彦自身がつれて来るもので、どこからつれて来るのか、どういう縁故があるのか誰にもわからなかったが、ふしぎなことに、それらは軀つきとか性分とか、または口のききかたなどにどこかしら似たところがあり、子供たちはかれらに「かぼちゃ」という共通の渾名を付けた。

かぼちゃという渾名は、代々の同居人たちの風貌《ふうぼう》と人柄をかなりよくあらわしていた。かれらの躰格《たいかく》には大小があり、顔だちや年齢もまちまちだったが、のっそりと鈍重なところや、口べたで怠け者だという条件では、多少の差こそあれみな同類に属していた。

そしていま、七代目のかぼちゃが同居しているのだ。土川春彦は彼のことをばんくんと呼ぶが、どういう字を書くのかわからない。としは三十から四十のあいだであろう、中肉中背で、固太りのいい軀つきをしているが、動作はのろくさいし口がおもく、一日じゅうごろごろして、団扇《うちわ》を動かすのと、めしを食うとき以外には、殆《ほと》んどなにもしないのであった。

「きみは英気をやしなっていたまえ、いまにぼくが事業を始めたらはたらいてもらうからな」土川春彦であるところのちょろはそう繰り返した、「きみの役はいまのところ聞き役さ、ぼくは話し相手なしじゃあ十分もがまんのできない性分でね、きみはただぼくの話の聞き役になってくれればいいんだよ」

ばんくんの眼尻《めじり》がさがって眼が細くなり、厚い唇がごくかすかに動く。おそらく微笑したのであろうが、しんじつ微笑したのかどうかを判別するのは、困難なことだろうと思う。――この七代目かぼちゃの無口さと、動作のたとえようのない緩慢さには、さすがの土川春彦も内心おどろいたようであった。これまでのかぼちゃは同じのろまな怠け者でも、なにか一つ二つは家事の手助けをした。食事のあと片づけとか、掃除とか、火をおこすとか、水を汲《く》むとか――完全にやらないとしても、とにかく手助けをするというかたちだけはみせたものだ。尤《もっと》も一長一短で、かれらは七代目のように、春彦の饒舌《じょうぜつ》をおとなしく聞く能力はなかった。話が自分の関心事に及ぶと、黙っているだけの忍耐力を失い、口べたは口べたなりについ自分の意見を述べる、ということになった。しかしそれには春彦も、不本意ながら一歩をゆずった。がまんがならないのは、異論を述べることさえもせず、卑怯《ひきょう》にも眠ったふりをするような者がいたことで、むろんそんな男は同居人としても長続きはしなかったのだ。

ばんくんは徹底した無為徒食主義者ではあるけれども、聞き役としては満点に近い資格の保持者であり、したがって春彦は、従来のどの同居人よりもこの七代目が気にいっていた。

「人間には合性というものがあるんだな、きみ」とちょろが云う、「ぼくは女房を八人、――いや、正確には十人持ったがね、みんな合性がなかったんだろう、長いので二年、これは一人っきりで耳の遠い女だった。塩鯖《しおさば》の焼いたのが大好物で、或《あ》るときなんか味噌汁《みそしる》にまで入れて喰《た》べたんで仰天したっけ、その女のことを思うといまでも塩鯖を焼く匂《にお》いが鼻につくくらいだ、耳が遠いと鼻や舌なんぞも幾分かなまるんじゃないかな」

土川春彦が十人の妻について語るのを、七代目は辛抱づよく聞いていた。辛抱づよく、というのは客観的に云ったまでで、実際に彼の内部へはいってみればそうではなく、軀がそこに坐《すわ》って、ちょろの話を聞いているようにみえるだけであり、本当の彼自身は、その肉躰の中で睡眠をとっているか、または、その肉躰からぬけだして、どこかしら静かなところで欠伸《あくび》でもしているかもわからないのであった。

「その女房、――というのは塩鯖の好きな女のことだが」と春彦は云った、「そいつとは半年くらいで別れたかな、その後ほぼ二年ちかく経ってから、前触れもなしにひょいと戻って来た、ぼくは事業のもくろみで東奔西走、南船北馬*というありさまだったから、まだあとを貰《もら》う暇さえなかったんだな、これはこあみ町にいたじぶんのことさ、――どうしたってきくと、その女が云うには、塩鯖を焼いてたらどうにもたまらなくなったんだという」

彼は効果を慥《たし》かめるようにばんくんの顔を見た。ばんくんは修行ちゅうの禅坊主《ぜんぼうず》かなんぞのように、眼を半眼にしたままゆったりとあぐらをかいていたが、春彦に見られたとたん、左の頬肉をかすかにぴくりとさせた。

「きみはユーモアがわかるからうれしいね」ちょろは満足そうに呟《つぶや》いた、「まったくさ、もとの亭主がなつかしくなって、とでも云うのならいいが、塩鯖を焼く匂いで思いだすとはひでえ話さ」

そこで話題は事業のほうへとぶのだ。いったいに土川春彦のすることや云うことは持続性がなく、いま木材について愚見を述べているかと思うと、急にシナ料理ではなにがうまいかと問いかけ、自分がもっとも好きなものはめしで、めしを胡麻《ごま》塩《しお》で握ったものくらいうまくて精力のつく喰べ物は世界じゅう捜してもないだろう、と断言しながら、現在なにが有望かといえばセメント以上の事業はない、などと云いだすのであった。

こういう話題や、話題からジャンプする次の話題、さらに次の話題へとリレーするものが、聞き手にとってはべらぼうに退屈で、ばかばかしくて、生きているのがいやになるほどであった。塩鯖女史が復帰したのも、耳が遠いという器官の利があったからだろうし、居眠りをした何代めかのかぼちゃ氏を卑怯だというのも当っていないかもしれない。

土川春彦がちょろといわれる理由はもう一つある。彼はただ話しどおしに話すだけでなく、そのあいだ少しもじっとしていないということだ。七代目になってからはそれが特にひどくなった。つまりなにからなにまで自分がしなければならなくなったからだ。

たとえば朝、勝手で火をおこし、土《ど》釜《がま》でめしを炊《た》き、味噌汁を作り香の物を切る。ちゃぶ台を出し食器を並べ、残り物があればそれも出した。——この、火をおこす作業と同時に話が始まり、作業の進行と相交わりながら、そして自由奔放に飛躍し、横すべりをし、とんぼ返りをうちながら、断絶することなく、話がめんめんと続くのであった。

「この味噌というやつは」と彼は七厘《しちりん》の前からばんくんに話しかける、「栄養価の点でも応用のひろさから云っても、食品ちゅうの王様なんだな、ばんくん」

そして日本人なら一日も欠かせない味噌汁から始まって、あえ物、煮物、練り物、漬け物、焼き物などについて、またそれらの料理法の、誰にも思い及ばないようなバリエイションについて語ったのち、長大息をして嘆くのだ。

「ああ、もしもぼくが先にこいつを発明していたらなあ、そうすればいまごろは日本産業界を左右するほどの大事業家にのしあがっていたんだろうに」

これを聞いて笑ったり、大きな興味をいだいたり、新しい人生観にめざめたりする者があるだろうか。いかなる話題でも、話す当人が自分で昂奮《こうふん》し、自分で面白がっている場合には、聞き手は興がさめ、退屈してしまう。ましてその物が味噌などという、極めて陳腐な日常食品であり、料理法の応用価値などについて、しかも熱心に詳細に語られては、聞き手はたまったものではないだろう。

「米のめしというのもたいしたもんなんだぜ、ばんくん」と話は続く、「原子爆弾さえ出来なかったら戦争は日本が勝ってたんだ、わかるかね、きみ」

七代目は眼をゆっくりと細め、次にゆっくりとひらいた。それは写真機のレンズ・シャッターの開閉を、高速度撮影で映しているようなぐあいであった。

なぜ戦争に勝つか、とちょろは続けた。戦力の基礎は兵であり、兵に戦力を与える基礎は糧食である。日本人は幸運にも炊飯といって、米と水さえあればどこでもめしが炊けるが、外国人はパン食であるがゆえに、どこへゆくにもパン焼き竈《かまど》や専門職人を同伴しなければならない。おかずも同様、日本人は梅干でもたくあんでも、また、必要なら塩か味噌でもめしが食える。ところがけとう兵はそういかない、シチューだとかコロッケだとかメンチボールだとか、オムレツだとかテキ*だとか、これまた専門コックがいなければならないし、それを料理するためにはシチュー鍋《なべ》だとか、大小さまざまなフライパンだとか、ナイフやスプーンやホーク*や、なんだのかだのと荷物になってしまう。だから日本軍がちゃちゃっとはんごうすいさんをやって、胡麻塩かなんかでちゃちゃっと片づけて戦線へ出るじぶんに、やつらはようやくパン竈から焼けたパンを出し、片一方ではシチュー鍋をかきまわしているという始末さ、と春彦は云った。

「これじゃあきみ戦争にならない、そうだろうばんくん」とちょろはちゃぶ台を出しながら続ける、「かれらがべんべんとパンの焼けるのやシチューの煮えるのを待ってるあいだに、こっちははんごうすいさんでちゃちゃっ、梅干でちゃちゃっと済まして、さっさと戦線へつん出てってさあ来いだ、――ずっと昔のことだったが、米英の観戦武官*が大演習を見に来た。富士の裾野《すその》の営舎で日本の兵隊のくらしっぷりを見て、なにより驚いたのはこの食事のことだったそうだ、――このハムの匂いはちょっとおかしかないかな、ばんくん、ちょっときみ嗅《か》いでみてくれないか」

七代目かぼちゃがその物の匂いを嗅いでいるうちにも、彼の舌はいきいきと活動していた。――米英の観戦武官たちは、はんごうすいさんの実態を見、土木工事の飯場よりひどく、藁《わら》の上に毛布で寝る寝台を見、牛肉の缶詰が日清《にっしん》戦役のときからの貯蔵品であることを認めて、これは造兵機構の驚異であり、特に即席兵食においてはいかなる文明国軍隊も敵*すべからざるものだと舌を巻いたそうだ、と熱をこめて云った。

「だから原子爆弾なんていう野蛮な発明さえなければ、日本軍の勝利は確実だったんだが、米英諸国は侵略主義に凝り固まっているから自分たちの弱点をわる賢く、――そのハムはだめかね」

ばんくんの大きな鼻翼がひろがり、ゆっくりと元に戻り、ばんくんはその皿を畳の上に置いた。

「ハムを拵《こしら》えたのは偶然じゃないんだってこと、知ってるだろうなばんくん」ちょろはハムの皿をちゃぶ台の下へ押し入れ、勝手から土釜を持って来ながら云う、「これはきみガラスの製造と切っても切れない関係があるんだ、なんでも古いことだが、西暦で紀元前かな、そうじゃないな、ガラスはもうエジプト時代にあったんだが、エジプト時代にハムはまだなかっただろう、あ、——きみの椀《わん》がないな」

春彦はちゃぶ台の上を眺めながら、すばやく横眼をはしらせてばんくんを見た。自分の椀だから取りにゆくだろうと思ったらしい、だがこの七代目かぼちゃは動くけはいもみせない。ちょろは相手が立つのを待ってやろうと思うのだが、それより早く軀のほうが自由行動を始め、反射的にとびあがって勝手へゆき、ばんくんの椀を取って来てしまう。

「そうそう、そのときの観戦武官の中にドイツ将校がいたんだ」彼の話はとんぼ返りを打ってみせた、「かれは他の観戦武官たちよりもするどい観察眼と批判性をもっていたんだね、帰国したときに詳しい報告をしたんだろう、それがヒトラーに黄《こう》禍《か》論を書かせる原因になったんだ、米英軍部にとってはこの兵の食糧問題はつねに頭痛のたねだったわけさ」

ちょろはばんくんがめしを三杯に味噌汁を二杯半、香の物を独りで八割がたかっ込むのを認め、こころぼそいような気分になる。

わが七代目はめしを食うことが早かった。一日じゅうのっそりとして、徹底的になにもしないのは、めしを食うためのエネルギーを溜《た》めておくかのようで、一旦《いったん》ちゃぶ台に向ったとなると、両手と口とにすべての機能が集中し、まるで全開にされた発動機のように、みごとな速度でかっ込み、嚙《か》み、のみおろし、かっ込み、嚙み、のみおろす、というあんばいであり、どのくらいが一人の分量かなどということもまったく気にするようすがなかった。

めしは三杯ずつ、味噌汁は二椀ずつ、おかずや香の物は二人分を皿へ盛るのが、春彦の習慣であった。したがって、速度がおそければおそいだけ、彼は自分の割当てまでばんくんに食い込まれるわけで、そうはさせまいとりきむのだが、悲しいかな彼には会話を休止するということができない。ここはちょっと黙って、めしのほうを片づけようなどと思うと、逆に取っておきのすばらしい話が押せ押せと出てきて、食事の速度を大幅にさげる結果になった。

「きみ、めしはよく嚙まないと毒だよ。お互いのとしになってこんなことを云うのはおかしいがね」と春彦は或るとき暗示するように云った、「たしか*グレシャムも云っているが、食事は一と口を百回以上噛まないと、充分に栄養が吸収されないそうだよ」

　ばんくんは片方の眉《まゆ》だけ、かすかにぴくりと動かし、ちょろの云った言葉が口からはいって、喉《のど》から胃の中へおちついたと思われるころ、ゆっくりおくびをし、一と言ずつ区切って慎重に云った。

「めしはね、あんまり噛むとうまくないんだ、二、三度ぐらい噛んでね、ぐっとのみ込むときに、半搗《はんつ》きぐらいのめし粒が喉をこすっておりるときの、匂いと味がね、たまらないんだ」そして、実際どのくらいたまらないかを表現しようとするかのように、下顎《したあご》を前方へせり出させ、それからまた云った。「そうでないにしても、そんなに噛むのはいやだな、——くたびれるからね」

　土川春彦は事業家だと自負していたし、これまでに無数の事業をもくろんだ。彼自身の言葉を信ずることが誤りでなければ、その内の幾つかの事業は実現し、相当なところまで軌道に乗ったということだ。しかし結局のところ、小資本の企業は大資本にくわれてしまう。その事業がおもわく違いなら云うまでもなく潰《つぶ》れるし、将来有望で発展性のあるものなら、たちまち大資本の手がのびてきて掠《さら》われてしまうのだ。
「なになにコンツェルンなどといってね、日本の財界なんてけつの穴の小さい、ガリガリ亡者《もうじゃ》の寄り集まりだよ、きみ」と彼は慨嘆する、「新しい事業が有望だとわかると、それを育てようとはしないで掠奪《りゃくだつ》しにかかるんだ。まるで泥棒か強盗みたいにさ、日本の財界なんてきみ、まだ戦国時代そのままだぜ、未開国そのものだからね、まったく」

ばんくんはそんな話でも従順に聞いている。ちょっと信じられないことだが、彼ほどの怠け者であらゆるものごとに関心を持たない男が、春彦の話を聞く段になると、りっぱに責任をはたすのでおどろかされる。むろん話の内容が面白いとか、興味があるというのではなかった。彼は自分が聞き役であること、その役目さえ忘れなければ、寝食にこと欠かずに済むこと。こういう条件を肝に銘じてい、銘じたことを守るだけの良心、あるいは必要があるようであった。

ちょろはしばしば日本の財界と財界人、経済組織などに非難をあびせ、嘲弄《ちょうろう》し軽侮した。たとえば海外に進出する商社にしても、同一地区に五社の商社が開店する場合、五社ともよろず屋の如《ごと》くあらゆる商品を売ろうとする。これが外人商社だと反対に、その社の専門とする品しか取扱わない。陶器店へ陶器を買いに来た客が、「釣針はないか」ときくとする。と、その店のクラークは一揖《いちゆう》して、それならここから一ブロック先のそれがし商会で扱っているし、その店ではおよそ世界にありとあらゆる釣針がそろえてあり、必ずあなたを満足させるであろう、といったぐあいにP・Rまで付け加える。それがし商会でも同様であって、要するに相互扶助、利*益ブロックの共同支持という、国家的商行為の責任観念がゆきわたっている。したがって五社の商社は、それぞれの専門を守ることによって、お互いに繁栄するわけである。ところが日本ではみんながよろず屋的経営をし、あらゆる客を独占しようとするため、お互いが共食い競争となり、ついには共倒れとなるのが歴史的通例である。

「これはだね、日本がまだ資本主義国ではなく、かろうじて自由経済にまでたどりつき、そこでうろうろしているにすぎない、ということを証拠だてているんだ」

日本には欧米流の財界人などはいない、みんなけちくさい商人、十円百円の利を奪いあう夜店あきんどに毛の生えたような連中だ、と春彦はきめつけた。

「いま国鉄で継ぎ目なしのレールを使い始めたね、きみ、なにを隠そうあの継ぎ目なしレールのアイディアは僕のものなんだよ」ちょろはこくっと大きく頷《うなず》いてみせた、「それも戦争前、第二次大戦の始まる五、六年まえだったかね、ぼくはそのアイディアを国鉄、いや当時は鉄道省*だな、鉄道省の次官に示して大いに演説をぶった、それに対して次官はなんといったか、きみ想像ができるかね、え、ばんくん」

七代目はごく緩慢に眼を左へ向け、それを正面に戻し、じっくり右へ向け、また正面に戻した。

「想像はつくまいな、うん」ちょろは満足そうにいった。「次官はこう答えたね、土川くん、日本はね、きみ、いま大変な時代に当面しているんだよ、詳しいことは機密だからいえないが、日本はまもなく鉄飢《き》饉《きん》にみまわれる、きみのアイディアはだめだね」

「だめとはなんですか、とぼくはきいたね」春彦は続けた、「次官が答えて云うには、国策上の最緊急物資は鉄だ、鉄道省ではきみ、いまレールの継ぎ目を二ミリ拡《ひろ》げることを考えているんだ、レール一本につき両端一ミリずつの鉄を削って、それを国策の緊急資材にまわそうというわけさ、きみの継ぎ目なしレール案は国策に逆行するものだと云うほかなしだね」

「確かに次官はでたらめを云っているのではなかった」すぐにまた春彦は続けた、

「まもなく統制経済*になり第二次世界大戦になった、市電のレールまで外していくほど鉄不足になったんで、さすが次官ともなれば先見の明のあるもんだと感心したね、それはいいんだが、敗戦になってさ、こんどは国鉄だろう、それがきみ能率増進か合理化のためか知らないが、継ぎ目なしレールを採用することになった、ぼくのアイディアの盗用さ、戦前の事は戦後政府は責任をとらないたてまえだって云うがね、世界的に知られた日本の大国鉄ともあろうものが、ぼくのような貧しい、弱い、孤立無援の者のアイディアを盗用して、それで良心に恥じないもんかね」

七代目は六法全書をすっかり調べあげてから云うように、極めて慎重、かつ正確な口ぶりで、「特許局*へ訴えたらどうか」と云った。ちょろは首を振った。

「特許がとってあればだがね」とちょろは答えて云った、「あの次官が採用してくれそうだったら申請か、いや出願かしようと思ったんだが、次官に云われてみるとそれもむだなような気がしたし、なにより先立つものがなかったからね」

ばんくんの眼が静かに細まり、そのうしろへ彼自身が引込むようにみえた。

土川春彦は口も八丁であり手も八丁であり、頭脳までが八丁であった。彼は絶えまなしに動きまわり、舌を回転させながら、夢の中でさえ事業をもくろんでいた。

「おどろいたね、きみ、われながらゆうべはおどろいたよ」朝めしを炊きながら春彦は、しんそこ驚嘆にたえないような表情で云う、「夢で新事業を思いつくのは珍しいことじゃないが、ゆうべはきみ、もくろんではいけない事業の夢をみたんだぜ」

七代目かぼちゃの眼がそろそろと上を見あげ、そろそろと正面に戻り、ゆるやかに下を見おろし、それからまた正面へ戻った。

「これまでは資本家どもにすぐ眼をつけられるか、小資本ではまかなえないような事業ばかりもくろんでいたんだな、こいつはきみばかげてたよ、うん、どうしてもっと早くそこに気がつかなかったのか、自分で自分が疑わしくなっちまうよ」

もくろんではいけない事業とはなんであるか、例をあげては語らなかったが、土川春彦がたいへん昂奮し、勢いづいていたところをみると、彼はついになにごとかをつかんだようであった。

「つまりこうだ」と春彦は云った、「初めはごく小さくて平凡にみえる、誰でも気がつくが、それが事業になるとは思えない、へ、あんなものがなんだっていうくらいの仕事なんだな、そのうちにこっちはじりじりと手を拡げていって、世間のやつらが気がつくじぶんには、大事業に発展していて手が出せない、大資本で吸収しようにも、あまりに発展しすぎているので、つい二の足を踏んでしまう、という種類のものなんだ」

「みていたまえばんくん、こんどはぼくも当ててみせるよ」春彦は拳《こぶし》で胸を叩《たた》こうとして、思い返したようにそれを中止して云った、「そしてきみにも、いよいよ活躍してもらう時期が来るだろうと思うね」

ばんくんの鼻翼がちぢまり、そしてもしも彼が犬だったとすればの話だが、尻尾《しっぽ》を両股《りょうまた》のあいだへ巻き込むように感じられた。これを一言で云えば、おそれをなした、というふうにみえたのだ。

土川春彦は二日ばかり、いつもより長く外出した。例の株屋街へでかけたものか、それとも新事業のために奔走しているのか、ばんくんには見当もつかなかったが、またばんくんとしては見当をつけようなどともしなかったろう。この、もっともかぼちゃらしいところの七代目は、むしろちょろが事業などをしないこと、仮に始めたとしたら失敗することを祈ったに相違ないのである。

ちょろの八丁頭脳はなにを思いついたか、彼は市電の北の終点へいって、川魚の問屋をしらべ、生きた鮒《ふな》と鯉《こい》の卸し値や、その供給状態を慥かめた。

「いまは諸事インスタント時代になったね」と一軒の問屋で彼は云った、「冷凍食品も流行で、たいていな魚肉が冷凍され、ビニール袋に入れて販売されている、ところで日本人ほどたやすく流行にかぶれる者もないが、飽きるのも世界一だ、このインスタント時代にはまもなくくたびれるだろうし、そうならないまでも山の手の屋敷町などの階級は、生きた川魚なんぞふだんでも手にはいらないから、持ってゆけばとびつくこと間違いなしだと思うがね」

「山の手ねえ」と問屋のおやじは云った、「ああいう人種はいったいに川魚なんかは嫌いだって聞いたがね」

「そりゃあ戦前のこったろう」春彦は確信のない調子で、だがはっきりと云い張った、「そりゃあ戦争まえのことだな、きっと、なにしろきみ」そこで彼は急に元気づいた、「なにしろいまはきみ、鮭《さけ》や鰊《にしん》が高級嗜好品《しこうひん》になっちまった時代だからね」

問屋のおやじは、そう云えばまあそんなものだが、と煮えきらない返辞をした。

「しめたぞ、これは」その店を出た春彦は自分に云った、「専門の問屋でさえあのとおりだ、みんな知らないんだな」

「どうしてみんな、このことに気がつかないんだろう」あるきながら彼はつぶやいた、「海産食品は幾つも大会社が経営しているし、中には発展したあまりにプロ野球のチームまで持っている社さえあるじゃないか、それなのに川魚専門の事業に手をつける者がない、というのはふしぎじゃないか、もっとも、だからこそこのおれにチャンスがまわってきたんだが、いやどうして、こいつは間違いなしに当るぞ」

春彦はまず自分で売り子になって、着実に客をつかんでから、しだいに売り子をふやしてゆき、販売網を確保する一方、近県に養魚場を作って、立体的経営に乗りだそうと決心し、その秀抜な着想と確実な成功率とを思いながら、独りでわくわくし、さも誇らしげに幾たびも首を振るのであった。

さてその日の午前十時ごろ、土川春彦は山の手にゆき、中級住宅街のバス・ストップの脇《わき》で荷をひらいた。――彼は熟考のうえ、近県から来た農夫かとみえるような服装をし、言葉にもなまりを付け加えることにした。古着屋で買った古半纏《ふるはんてん》に股《もも》引《ひき》、ゴムの長靴、手拭《てぬぐい》のほお冠《かむ》りという拵えで、背負い籠《かご》の中から、生きた鮒のはいったホーローびきの四角な容器と、やはりホーローびきで、生きた鯉のはいった桶形《おけがた》の容器を取出し、その二つをプラタナスの並木の下へ並べて、客を待った。

彼は問屋とうまく交渉をまとめたことで満足していた。売れゆきがよければ、その店とだけ長期契約をするといい、鮒と鯉と、二つの容器と背負い籠とを、かなり安価に手に入れたのだ。

「関西のなんとかっていう大資本家の先祖は」と彼は両手を擦り合せながらつぶやいた、「道に落ちている縄の切れ端や蓆《むしろ》を拾い、それを刻んで左官屋へ売ることからしょうばいにとりついたそうだ、要するにだ、人の気づかないところに眼をつけるってことが、――おい気をつけろ、あれは客になりそうだぞ」

一人の中年の婦人が、バス停留所の標識のところから、彼のほうへ歩みよって来た。かなり高価らしい衣服に、ハイヒールの革草履をはき、金糸の縫いのある帯をしめ、その帯の表面に、細い金鎖でつないだ瓢簞《ひょうたん》形の真珠がぶらぶら揺れていた。俗に「さげ物」というアクセサリーだろうが、四十六、七とみえるとしごろにしては、あまりに娘っ子じみていて不調和にみえた。長さ七十センチ幅三十センチもありそうな、金箔《きんぱく》入りの型模様のある革製のハンド・バッグを抱え、厚いグラスのめがねをかけていて、ちょろの側《そば》まで来ると、そのめがねのふちをつまみ、グラスを前方へ押し出して、二つの容器の中をのぞいた。

「珍しい魚だこと」とその中年婦人はいった、「これなんていう魚なの」

ちょろは田舎なまりで、こっちが鮒であり、こっちが鯉であり、どちらも自分がのら仕事の片手間に捕ったものである、と答えた。

中年婦人はめがねを直して、土川春彦を凝視した。

「あなた田舎から来たの」

春彦はそうだと答えた。

「そのなまりは知ってますよ」と中年婦人はいった、「このあいだまで宅にいたお手伝いのよのっていう娘の言葉と似ているもの、あなた宮城県でしょう」

ちょろは唾《つば》をのんだ。

「県のこたよう知んねがす」と彼は吃《ども》りながら答えた、「親が宮城県のへえちょっと脇であったんねげすけえ、おらもうずっとちっこいときに遠くへやられたもんでねがす、これ買ってくだせえすねが」

中年婦人はめがねのふちをつまんで、なにか珍しい昆虫でもみつけたように、つくづくと春彦の顔を見まもり、あんたの田舎はどこかときいた。

「近県でねがす」とちょろはいって、額をすばやくぬぐった、「このびなもごいもこのとおり捕ったばっかりですねが、このとおりぴんぴん生きてるんでねがすけ、買っておくんながす」

「へんななまりだこと」中年婦人は首を振り、なまりの詮索《せんさく》は諦《あきら》めたように、また二つの容器をのぞいた、「見たことのある魚だけれど、なんというのかもういちど聞かして下さいな」

「こっちのちっこいのがふな」と彼は答えた、「こっちの大きいのがこいでねがす」

「まあ、鮒と鯉ですって」

「そうでねがす」

「まあいやだ」中年婦人は袂《たもと》からハンカチーフを出して鼻を押えていった、「鮒だの鯉だのって、きみのわるい、おーいやだ」

そしてバス・ストップのほうへ去っていった。

「ちぇっ、田舎者が」と土川春彦は鼻柱へ皺《しわ》をよせ、脇のほうへ唾を吐いた、「あいうのを典型的なざあます人種っていうんだろうな、知りもしないくせにきみがわるいだってやがる、てめえのほうがよっぽどきびがわるいや、へっ、なんだ、めがねなんぞひけらかしゃあがって、あんなめがねなんぞにびっくらするような、――へえ、おいでなせえまし」

彼はあわてて独り言をやめ、おじぎをした。五十年配の紳士が近よって来、二つの容器をのぞきこんだのだ。肥えているときに作った背広が、当人の痩せたためにサイズが合わなくなったのか、　上衣《うわぎ》もズボンも生地は高価らしいのにだぶだぶに皺だるみ、ヒップのところなどは袋のように垂れていた。紳士は左手に持っていたぺしゃんこの手提げ鞄《かばん》とステッキを右手に持ち替えて、鞄だけ脇に挟み、ステッキの先端でペーブメント*をたたきながら、容器の中の魚類を見、その眼で土川春彦を見た。

「これはきみが釣ったのかね」と紳士はきいた、「それとも投網《とあみ》かやなでも捕ったのかね」

「おらあ近県のものでねがす」春彦はたじろぎながら答えた。「これはへえ鮒と鯉で、わしが百姓仕事のあいさ*に捕ったねがす」

「この鯉はたんぼ飼いだな」

紳士はちょろのいうことなど聞きもせずにいった。実際には、ちょろの言葉がまだ終らないうちに、独りで首をひねりながら発言したのだ。たんぼ飼いとはなんのことか、春彦には理解できなかったが、ほめているのではなく、どうやらけちをつけているらしいので、彼はむっとした。

「冗談いっちゃいけませんよ、旦那《だんな》、冗談じゃねえ」と彼はいい返した、「よく見ておくんなさい、こいつはれっきとした天然ものですぜ」

「こっちは鮒か、まるで金魚みたようだな」紳士は構わず続けた、「この魚には見覚えがある、印旛沼《いんばぬま》か手賀沼《てがぬま》だな、こいつも飼った鮒だ、近ごろは百姓もしゃれたまねをするようになったからな」

「旦那はお許しいね」ちょろは戦法を変えた、「旦那のような方にあっちゃかないませんや、そのお眼の高いところでひとついかがです、初あきないだ、お安くしときますぜ」

「ぼくはね、きみ、このほうで専門家なんだ」と紳士はいった、「しょうばいじゃない、釣るほうだがね、うちの庭の池には釣ってきた鯉が、いつでも四、五十尾は放してあるんだ、よけいなことかもしれないがね、きみ、こんなたんぼ飼いの鯉なんか臭くって食えやしないぜ」

そういうと紳士は鞄とステッキを持ち直し、ちょうど来かかったバスのほうへ去っていった。

「きいたふうなことをいうやつじゃないか、なにがたんぼ飼いだ」

ちょろはあざ笑ったが、それでも気がかりになり、鯉の容器の中をのぞいてみた。そっと手を入れてそいつを突ついてみ、その指を鼻へ持っていって嗅いでみた。

「さかな臭いだけじゃないか、知ったようなごたくをぬかして、へ、うちの庭の池だって、印旛沼か手賀沼か、へ、ああいうのが三百代言かなんかやるんだな、きっと、なんでも人を吃驚《びっくり》させればいいと思ってやがるんだ」

彼は問屋のおやじのいったことを思いだした。山の手の人種は川魚が嫌いらしい。とぼけたような口ぶりだったが、あのじじい案外よく知ってたのかもしれないぞ。こう考えると、にわかにこころぼそいような、この世ぜんたいが苦難に満ち満ちた、将来性のない、わる賢い人間だけしか生きられない世界のように思えてき、彼は大きくて長い溜息《ためいき》をした。

三番目に寄って来たのは、二十七、八になる若夫人で、こまかい竪縞《たてじま》のはいったウールのツーピースにトルコ帽に似た赤い小さな帽子をかぶり、ショルダー・バッグを左の肩にかけていた。細おもての顔もきれいだし、化粧もあっさりしていて、側へ寄ると上品な香水の匂いがひろがった。

錆色《さびいろ》のパンプスのハイヒールがあんまり細くて高いのを、春彦はあぶなっかしいなと思いながら、誠意をこめてあいそ笑いをし、容器のほうへ手を振った。

「これ、なあに」と若夫人は容器の中をのぞきながらきいた、「おさかなね」

「へえ、こっちが鮒でねがす」とちょろは答えた、「ふな、ご存じねでがすか」

「あらこれが鮒っていうの」若夫人は身をかがめ、眼をかがやかしてその魚に見入った。「まあきれい、まるで生きているようじゃないの」

「そのとおり、持ってくるまで生きていたっげが、持って来るについて水から揚げんたんへえ、田舎がちっと遠いもんでねがす」彼はあいそ笑いをし、鯉の容器へ手を振った、「その代りにゃあ、こっちの鯉は生きてるでへ、こんとおりぴんぴんだあ」

「あらほんと、鯉だわ」若夫人は熱心に見まもった、「鯉は覚えてるわ、まあうろこが金色に光ってるわ」

「突っつくとはねるでへ」

ちょろは鯉の一尾を指で突いてみた。そいつがはねるけしきをみせないので次を突つき、次を突ついてみたが、やつら口をぱくぱくさせるばかりで、なにが不満なのかどれ一つとして元気よくはねてみせるやつはいなかった。

「おら百姓でねがす」ちょろはばかげた高ごえでいった、「のら仕事のあいさにこいつらを捕って持って来たですへ」

「きれいだわね、本当にきれい、鮒を見るのは初めてよ」若夫人は嘆賞の眼をかがやかせながら、鮒を見、また鯉を見ていたが、やがてちょろのほうへ眼を戻すと、急に事務的な声になって問いかけた。「あんた塩鮭持ってない?」

土川春彦の眼がかっと大きくなり、なにかいおうとして口をあいて、言葉が出てこないので閉め、また口をあいてなにかいいかけたが、若夫人はもうバス・ストップのほうを見やっていた。まるで突然、春彦や二つの容器の中の鮒や鯉の存在が、そこからかき消されでもしたように。そうして、こっちへ進行して来るバスを認めたのであろう、優雅な動作で腕時計をちらと見、ゆったりした足どりで去っていった。

土川春彦は荷を片づけた。背負い籠の中へまず鯉の容器を入れ、その上に板をのせてから鮒の容器を入れ、竹で編んだ蓋《ふた》をかぶせて紐《ひも》を掛けた。

「塩鮭持ってないの、ときた」彼は籠を背負いあげながら口まねをした、「あんた、しおじゃけ持ってなーい、へっ、ここいらの山の手人種ときたら、へっ、あれで日本人かね」

「こっちは川魚を売りに来た」市電に乗ってからも、黙視しがたい不正に怒りを抑えかねた、といわんばかりな口ぶりで彼はつぶやいた、「だからちゃんと説明したじゃないか、これが鮒、こっちが鯉って、すると、あの女のすっとぼけが、まあきれい、ほんとにきれい、うろこが金色だわ、なんて、さんざっぱらとぼけたことをぬかしたあげくが、あんた塩、――」

土川春彦は宙をにらんだ。

その夜ちょろは、夕めしのあとで壮烈にしゃべった。例によって面白くも可笑《おか》しくもないことを、独りで上きげんにまくしたて、独りで膝《ひざ》をたたいたり、ひっくり返って笑ったりした。七代目かぼちゃであるところのばんくんは臆《おく》しもせずめげもせず、ま正面からその攻撃を受け止め、半歩も後退したり脇へよけたりしなかった。

「屋敷町の道傍《みちばた》でね、一人の百姓がきみ鮒と鯉を売ってたんだ」とちょろは話した、「そこへね、しゃれた洋装のマダムが通りかかってね、それなーにとのぞきこんだ」

百姓はこいつはうまい客だと思ったようすで、熱心にその鮒と鯉の説明をした。マダムはそれをしまいまで聞いてから、けろっとした顔で百姓に問いかけた。

「あんた塩鮭持ってない?」ちょろは誇張した作り声でいった。「いやきみ、そのときの百姓の顔ときたら」彼はとつぜん笑いだした、「生きた鮒と鯉を眼の前にして、さんざっぱら説明させておいて、あんたしおじゃけ持ってない?」とまでいえず、ちょろははじけたように笑いだし、ついにはまたひっくり返って笑った。

七代目の唇がほんのわずかに動いた。ちょろは笑いの鎮静しかかる中で、その七代目の唇のあるかなきかの動きを見てとり、笑いおさめながら坐り直した。

「きみ、この話聞いておかしくないかい、ばんくん」

ばんくんはじっくり内省してみてから、おかしいと答えた。そこで春彦はまたきいた。

「しかし笑うほどじゃないのか」

ばんくんはこんどは考えなかった。彼はそのことでは常に自戒していたようであった。

「ぼくは笑うのは好きじゃない」と彼はいった、「――くたびれるからね」

その翌日、土川春彦は出ていったまま、家へ帰らなかった。

ちょろはおちつきのない空想家で、飽きっぽい饒舌漢なのだ。十人の――正確にいえば九人の妻が去ったのも、話し相手であるかぼちゃが六人まで逃げだしたのも、春彦のそういうちょろ的性質が、耐えがたく忍びがたかったからであろう。春彦は自分で「話し相手がいないと一時間もすごせない」といっている。それと同時に、どこから引張って来るのかわからない話し相手にも、――すなわちかぼちゃであるかれらにも、相手が逃げだしてくれなければ、春彦のほうで飽きてしまったらしい。従来は彼が飽きるまえに、みんな相手のほうで退散してくれた。したがって七代目であるところのばんくんも、当然その例外ではない、と考えていたのであろう。人間はこの種の慣性にしばしば欺《あざむ》かれるものだ、例えばゆきつけのバーかなにかで、いつも勘定はこのくらいだからと安心して、そのくらい持っていってそのくらい飲んだにもかかわらず、いや、——要するに、七代目かぼちゃは、春彦の予想をまんまと裏切ったのである。

ばんくんは他の六人のかぼちゃとはまったく違っていた。あらゆる点で違っていたし、もっとも本格的なかぼちゃであった。

そこで両者の立場は逆になり、土川春彦のほうで逃げだした。渾名のとおりすばやく、ちょろちょろと消えてしまったのだ。——そして八十日ほど経った或る日、荒地のくぬぎ林のところで遊んでいた子たちが、一人の男に話しかけられて吃驚した。

「あ、ちょろさんだ」

と子供たちの一人が叫んだ。

それは土川春彦であった。新しいけれども軀に合わない背広に、ぺらぺらの安っぽいソフトをかぶり、左の脇に革の折鞄を抱え、そして素足に下駄をはいていた。

「ぼくだよ」と彼は子供たちにあいそ笑いをし、追われでもしているように、おちつかない眼であたりを見やりながら云った、「――うちにいたばんくんはどうしたか知ってる？」

「知ってる」と子供の一人が答えた、「かぼちゃだろ」

「ああかぼちゃだ、どうしてる」

「どうもしないよ、まだもとの家にいるよ、なあ」

その子がなかまに同意を求めると、みんな頷いたり、いるさ、とか、もとのまんまだよ、などと云った。ちょろは一瞬どきっとし、またきょろきょろと、あたりに警戒の眼をはしらせた。

「もとのままだって」と彼はきき返した、「ずっと一人でいるのかね」

「おばさんといっしょだよ」

「おばさんだって」

「そうさ、知ってるだろ」と一人が答えた、「せんにちょろさんのとこにいた、ほら、あのおばさんだよ、ほらあの、怒ってばかりいる」

「でぶの、な」と他の子供が注を加えた。

春彦は考えてから、口の中でぶつぶつなにか呟いた。怒りっぽいでぶ。子供たちが知っているかみさんとすると、――彼は首を捻《ひね》り、ここで自分の妻になった女たちのことを、一人ずつ思いだそうとするようすだったが、それよりも七代目かぼちゃに発見される危険のほうが大きいと思ったか、あるいはまた頭の中が新事業のもくろみで充満しているため、その他の思考がうまくはたらかないのか、まもなく鞄を持ち直すと、子供たちにあいそ笑いをした。

「じゃあ坊やたち、またな」と彼はソフトの庇《ひさし》をちょっと摘《つま》んだ、「ぼくの来たことはないしょにしておくれよ」

「どうしてさ」と一人がきいた、「うちへ帰んないの」

「うん、いそがしいんでね」彼は笑ってみせた、「とてもいそがしいんだ、二時に登記のことで人に会わなくちゃならないんだ、じゃ坊やたち、元気でな」

彼はすばやく、あたりに眼をくばりながらあるきだし、だんだん歩速を高めながら、たちまち遠くさらに遠く、中通りのほうへ去っていった。

肇《はじめ》くんと光子

福田肇くんは二十七歳、なにがし私立大学中退だそうだが、いまはこしかけに廃品回収業をやっている。痩《や》せていて小柄で、顔色の冴《さ》えない男で、下顎《したあご》のほうが出ているため、いつも下の歯が上唇を噛《か》んでいるようにみえた。

彼の妻は光子という、としは二十三だと自称しているが、近所のかみさんたちは三十五歳より下ではないと判定していた。これは福田くんよりも背丈が低く、痩せていて、かみさんたちに、「鼠《ねずみ》そっくりだ」といわれる顔つきに、ゆだんなさそうな、よく動く眼がなによりも人の注意をひいた。いつもまっ白におしろいを塗り、濃い口紅をさして、常識外れにはでな色柄のワンピースか着物を着て、これまたかみさんたちの言葉を借りれば、「朝から晩までじゃらじゃらして」いた。

この夫婦は相沢七三雄という、屑鉄《くずてつ》専門の廃品回収業者の二階に住んでいた。相沢家は夫婦のあいだに七人の子があり、長男が十一で末っ子が二歳。妻のますさんがまた妊娠ちゅうという、賑《にぎ》やかな家族であった。

福田くん夫妻は、引越して来て五日か六日めに、その存在を長屋じゅうにはっきり印象づけた。——或《あ》る朝、およそ八時ころのことだったが、二階でなにか云《い》い争いを始めたと思うまもなく、福田くんが梯子段《はしごだん》を駆けおりて来、土間にあった誰かのサンダルを突っかけてろじへとびだすなり、振返って、いま自分の出て来た二階を見あげながら、黄色いようなきんきん声で叫びだした。

「やい、光子、出ていけ」彼はじだんだを踏み、どぶ板がはねあがった、「光子のやろう、ぼくはもう別れるぞ、——やい、出ていけーっ」

ろじを挟んだ左右の長屋から、なにごとかと思って、住人たちがとびだして来た。福田くんは寝衣《ねまき》ゆかたに細紐《ほそひも》をしめただけで、前がはだかり、貧弱な胸と、生気のない足があらわに見えた。

「顎のところに歯形があったよ」あとでかみさんたちがそう話しあった、「あれはおかみさんに嚙みつかれたんだよ、きっと」

「よけいなお世話かもしれないけど、あたしゃあんな夫婦喧嘩《げんか》を見たのは生れて初めてだよ」とべつのかみさんはいった、「夫婦喧嘩で出ていけはいいけどさ、亭主がうちの外へ逃げだして、うちの中にいるかみさんに向って外から、出ていけーってどなるなんて、いったいあれはどういう勘定になってるのかね」

「わる気はないのさ」年増《としま》のかみさんの一人が面白そうにいった、「たまにはあのくらいの人がいてくれなくっちゃあね、長屋の空気が浮き立たなくっていけないよ」

こういうわけで、福田くん夫妻は一遍に、この長屋のにんきをさらったのであった。――毎朝、相沢七三雄が階下から呼び起こし、朝めしが済むと、二人はつれだって仕事にでかけ、夕方もいっしょに帰って来た。

福田くんに廃品回収業の世話をしたのは、相沢七三雄であり、同時に自分の家の、空いている二階を提供したのであった。相沢は福田くんに好意をいだいているようだし、細君のますさんや、子供たちも同様らしいが、福田くんの妻の光子に対しては、嫌いである以上に反感をもっていたようであった。もっとも、この「街」で厚化粧をしたり、ばかげてはでな着物をひけらかしたりすれば、反感をもたれるか「おきちさん」と呼ばれるか、いずれかの難はまぬがれないのだが、光子の場合は相沢の四歳になる子にまで嫌われ、白い眼で見られるというめぐりあわせになった。

光子は福田くんを、「は、じ、めさん」と、飴《あめ》を引き伸ばすようなあまったるい声で呼ぶ。福田くんは「みつ子」と呼び、するとそのたびに光子は、なーに、は、じ、めさんとあまったるい声で返辞をする。相沢の細君のますさんは頭痛持ちだということだが、そういう光子の声を聞くたびに、久しく砂糖をきらしたままだったことを思い出して頭痛がおこる、と苦情をいうのであった。

「うちの福田は大学の文科へいったんですのよ」と光子は初めてますさんと話したときにいった、「私立ですけれど有名な大学で、入学率は東大よりむずかしいんですって、家庭の事情で中退したんですけど、教頭先生がとても惜しがって、月謝が足りないのならはくぼくになっても学問をしろって、しまいには校長先生までがたびたび勧誘しにきたそうですわ」

もちろん、ますさんは学制のことなど知らないから、大学に教頭とか校長などの名称があるかどうかも関知しないし、白墨という物は小学校で知っているが、*学僕《がくぼく》などという存在は聞いたこともないから、白墨になれとはどういうことか、校長が勧誘しにきた、とはどういう意味であるか、――おそらく話す当人の光子がちんぷんかんぷんであるだろうより以上に、まるっきり理解がつかないようであった。

光子のような性格の女性に共通する点は、相手に類教養的知識があるかないかを感知する能力に長じていることと、そういう相手をけむに巻く適当な、――というよりそのときばったりの融通無碍《むげ》なボキャブラリーを駆使する神経をもっていることであろう。

「あたし小さいころ弱かったでしょ、アギレルー性躰質《たいしつ》っていうんですって」と光子はいう、「それだもんで小学校の三年まではあやの里で育てられたのよ、それこそ真綿で包まれて乳母車で送り迎えされるほど大事に育てられたわ」

「へえー、乳母車でねえ」とますさんはいう、「小児麻痺《まひ》でも患《わずら》ってたんかね」

「あらいやだ、おますさんたら、乳母車というのは言葉のあやじゃないの、意地わるねえ」と光子はいう、「本当は蝶《ちょう》よ花よっていうところよ」

ますさんは十九のとき長男を産んで以来、三十になるその日まで、生活の砥石《といし》ややすりで磨かれたり削られたりしたあげく、不愉快な隣人ともどうにか折り合ってゆく、知恵と忍耐力を身につけていた。

「あたしの実家はね、伊勢の古市にあるのよ、そら、芝居でする*吉原の百人斬《ぎ》り、*なんとか貢《みつぐ》っていう侍の出てくるところ」と光子は語った、「実家は木場といって、六百年も伝わる旧家なのよ、あたし小学校四年のときにばあやの里から実家へ帰ったんだけど、その屋敷の大きいのと広いのには、子供ながらたまげてしまったわ」

そうして、そのとおり書くとすれば、どんなに寛大な読者でも怒りだすに相違ないような、とんでもない描写を始めるのだ。十分の一くらいに縮小して例をあげると、大名屋敷のような門から玄関まで二キロ以上あるとか、自家用水道の貯水池があるとか、その水を利用して自家用電力をおこす発電所があるとか、使用人たちの住宅が十幾棟《むね》あって、かれらの子弟のために幼稚園や特殊学級の小学校があるとか、屋敷の広さときたらそれこそ、——などという類《たぐい》の、空想的というよりまったく現実ばなれのした話を、さもまことしやかにめんめんと話し続けるのだ。

「あたしうちで温和《おとな》しくしていれば、どんな大金持のところへもお嫁にゆけたのよ」と光子は云う、「それなのにさ、女学校三年のとき福田とれんあいしちゃって、身分が違うから親は反対するし、親類も騒ぎだしちゃってさ、五たびも家族会議をひらくって騒動でしょ、あたしめんどくさくなったから福田と駆け落ちして来ちゃったのよ」

「へえー、それじゃあ」とますさんが反問した、「福田さんも伊勢の人なんですか」

「あらいやだ、そこはいわく云い難しよ」

「あんたが女学校三年のときだとすると、福田さんはそのときはもう大学生だったのね」

「疑ぐりぶかいのね、あんた」光子はますさんのことを打つまねをした、「それもいわく云いがたしっ、人のローマンスの詮索《せんさく》なんかするもんじゃないことよ」

ますさんは子供のシャツの繕《つくろ》いに全神経を集中することで、辛うじて自己克服に成功した。

光子はすべてがこの調子であった。彼女の話には年代の差別もなければ、東西南北、前後左右、四季も、昼夜も、老幼の差もまったくなかった。

「福田がいまあんな仕事をしているのを、世間じゃなんと思ってるかしらって考えると、あたしほんとに可笑《おか》しくなるのよ」と光子は云う、「あの人文科でしょ、文学をやってゆくには貧民階級の生活を経験することが第一なのよ、だってさ、貧民階級のほかに人権問題をぜんめつするみちはないじゃないの、あたしがお茶の水の女学校にいたときは」

光子は自分のかよった学校を、或るときは*虎《とら》ノ門《もん》だと云い、或るときはお茶の水だと云い、また津田英学だと云った。原則的に故郷である伊勢古市の女学校ということになっているが、そのときの都合によって自在にどこへでも変るし、ときには音楽教師とか、語学教師の名まであげてみせた。

虎ノ門女学校が高名だったのは相当に古いことで、さよう、筆者の記憶に誤りがなければ、大正十二年の大震災まででであり、その後は渋谷かどこかへ移転し、しぜん虎ノ門なる名称は、女学校に関する限り死語になっていた筈《はず》であるし、お茶の水は師範系であって、女学校ではなかったと思うのであるが、そんなことはこの「街」の住人たちにとって、一と摘《つま》みの塩の有無ほどの関心をもひかないはなしであった。

そういう女性を一般に虚栄心が強いというが、光子の場合は人にひけらかすというより、自分で自分の造話《つくりばなし》に酔っているようであった。相手に感銘を与えたり、羨《せん》望《ぼう》の情を唆《そそ》ったりするのが目的ではなく、自分で作りあげた自分の幻像に、自分で感じいったり羨望したりしているというようすなのである。彼女はこれをますさんだけでなく、福田くんにも応用するらしい。ますさんは他人だから、落語でも聞くつもりで面白がっていればいい、現にますさんは亭主に向って、半分以上もわけがわからないことばかりだけれども、それでも独りで内職しているよりは気がまぎれていい、と云ったくらいである。

だが福田くんはそうはいかなかった。光子は彼にとって妻であるし、夫婦になってどのくらい経《た》つかわからないが、ことによると生涯をともにしなければならなくなるかもしれないのである。だとすれば、抑制を知らない光子の、突拍子もない造話をいつもいつも、おとなしく聞いてばかりもいられないだろう。そこでほぼ週に一回くらいの割で、ねっとりと陰気な喧嘩が始まるのだ。

「おい、そのへんな英語を使うのはよせよ、なにを云ってるんだか意味をなさないぜ」

「いいじゃないの」光子は甘ったるい鼻声で囁《ささや》くように云う、「夫婦の仲ですもの、そんな他人行儀なこと云うもんじゃなくってよ」

「他人行儀、――きみはいつもへんなところへへんな言葉を持ってくるが、いいよ、それじゃあきくがね、いま云ったナッチャリーてのはなんのことだい」

「ナッチャリーはナッチャリーじゃないの、大学中退までいったくせしてあんた知らないの、は、じ、めさん」

福田くんは階下の人たちに気がねして、喧嘩をするにも高い声はださない。光子も同様であった。

光子も同じように、大きな声はださなかったが、まるでとろとろに溶けた黒砂糖が流れ出るような、ねっとりとしたわる甘い鼻声だから、階下の相沢七三雄はしばしばしば誤解し、妻のますさんの肩を突ついた指で、天床《てんじょう》を示し、「しっ」と云って耳をすますように、手まねで教示することがあった。

「ちがうよ、いやな人だね」ますさんはそんなことにまったく興味を示さない、夜なべの内職をしながら無関心に亭主をたしなめる、「ただ喧嘩をしているだけじゃないか、あんたときたらすぐへんなふうにばかりとるんだから」

「おめえはまた勘がにぶいときてらあ、なんにも感じねえんだからなまったく」

「おなかのが産れると子供は八人になるんだよ」ますさんはやり返す、「あたしゃもうごめんだよ、へんなこと感じちゃってぐずったって、あたしゃもうまっぴらだからね」

「わかったよ、なにも二階の喧嘩に張りあうこたあねえやな、いいよ、わかったってばなあ」

「諄《くど》いかもしれないがね」と二階では福田くんが辛抱づよく云っていた、「その、は、じ、めさんっていうのもよしてくんないかな、なにも一字一字はなして云うことはないじゃないか、呼ばれるたんびにおれは胃がむず痒《がゆ》くなっちまうよ」

「あなたっててれやなのね、苦労はしたけれど愛されたことがないのよ、本当に愛しあってれば呼びかたにだって心のこもるもんなのよ、お、ば、か、さん」

福田くんは首をすくめる。背骨の関節をつなぐ軟骨が溶けて、背骨ぜんたいが縮むように、軀《からだ》がすっと小さくなった感じである。

「いちど古市のあたしの実家へいってみましょ」と光子は口癖のように云う、「木場《かば》の家は弟の代になってるけど、あたしはおじいさまやおばあさまには誰よりも可愛《かわい》がられたし、それに長女でしょ」

祖父母が彼女を溺愛《できあい》のあまり、一度ならず彼女に婿《むこ》を取って木場家のあととりにしようとし、そのため親類じゅうの騒ぎになり、家族会議が幾たびもおこなわれた。自家用発電所を設けたのも、じつをいえば彼女があととりになったときのために、祖父母が一族の反対を押しきって建造したものであった。

「だからあたし、いつでも大いばりで古市へ帰れるのよ」光子はうっとりしたように眼を細めて云う、「財産のことでなにか云われやしないかと思って、弟たちの騒ぎはそれこそたいへん、少し大げさに云うと、楽隊付きで駅へ出迎えるような騒ぎだわ、ねえいいでしょ、は、じ、めさん、いちどいっしょに帰りましょうよ」

相沢七三雄はごくときたま、少しよけいに儲《もう》けのあった日に、福田くんをさそって酒を飲む。彼は酒にはめのないほうだが、家族が多いからどんなに稼いでも、なかなか酒を飲むほどのゆとりはなかった。

そのうえ、飲むといっても九割までは焼酎《しょうちゅう》であるし、特に、ブドー酒を混ぜた「ブドー割」という焼酎は早く酔いがまわるので、多くはそれを常飲するのであった。

「世間にゃあおめえ」と相沢は少し酔うときまってそう云った、「まいにち晩酌をする者もあるって云うぜ、まいにちだぜ福田くん、――おらあ死ぬまでに一度でもいいから、そういう身分になってみてえと思うね」

「ぼくはあんたにだけ云いますがね、ここだけの話だけれど」と福田くんは或るとき思い切ったように云った、「まいにち晩酌なんかしなくってもいいが、光子のやつと別れられたらなーって、ただそれだけが望みですね」

「簡単じゃねえか、民主主義の世の中になったんだ、別れたけれればさっさと別れればいいさ」

「だから、それができたらなーっていうんですよ」

「できたらなーって、できねえわけでもあるんかい」

相沢は世にも訝《いぶか》しいことを聞くものだという表情で、まじまじと福田くんを見まもった。

「相《あい》さんは光子のことを知らないんだ」と福田くんは云った、「光子のやつはね、なにか憑《つ》きものでもしているような、へんにきみのわるいところがあるんですよ、たとえばあいつは決して大きな声をださないでしょ、喧嘩になってもにやにや笑って、しずーかな声でなにか云うんです」
「そうだな、そいつは確かだ」と相沢はブドー割を啜《すす》る、「――たまにちょっとした声が聞えるなって思うと、――まあいいや、で、静かな声がどうしたんだい」
「こっちで考えてることをずばっと見ぬいちゃうんですよ、はらの中で別れたいなとぼくが思うとしますね、すると光子のやつはにーっと唇で笑って、あんたあたしと別れたくなったのねって、しずーかな声で云いながら、眸《ひとみ》を凝らしてぼくの顔をじーっとにらむんです、こんなふうにね」福田くんはそんなような眼つきをしてみせる、「また今日は軀がだるいから、稼ぎにゆくのはいやだなと思う、するとあいつは唇でにーっと笑って、たまには休んだほうがいいわって云って、眸を凝らしてじーっとぼくの顔をにらむんですよ、ええ、ぼくぞっとしちゃって稼ぎにでかけるんです」
「にーっと笑って、じーっとにらむかね、へえー」
「初めっからそうなんです」

彼は郊外の大衆食堂で光子と知りあった。彼は昼のあいだ某電機会社ではたらきながら、或る私立大学の夜間部へかよってい、日曜に一度、その大衆食堂へめしを喰《た》べにいった。お光はそこに勤めていて、多く酒を飲む客の担当であったが、或るとき彼の眼とお光の眼が合ったとたん、お光は例の唇でに一っと微笑し、眸を凝らしてじーっと彼の顔をみつめた。

「するとぼくは頭がぼーっとなっちゃって、身動きもできなくなっちゃったんです」

次にも同じようなことがあり、三度めにはお光が、めしを喰べている彼の前へ来た。燗徳利《かんどくり》を一本と、ウィスキー・グラスを二つ、彼の前に置いて自分も腰をかけ、二つのグラスに酒を注《つ》ぐと、一つを彼に渡し一つを自分で持って、よろしくと云いながら、例の微笑と凝視とを、彼の内部のもっとも深いところへ、リベットを打ち込むようにしっかりと打ち込んだのであった。

「あたしがこんなところではたらいているってこと、ないしょにして下さいね、っていきなり云うんです、いきなりですよ」福田くんは力をこめて云った。「よろしくって云ったあと、すぐにそう云われたんです、——あたしのうちは格式がやかましいから、わかったら伴《つ》れ戻されて座敷牢《ざしきろう》へ入れられるかもしれない、座敷牢といっても十帖《じょう》と八帖の二た間で小間使と下男が付くのだけれど、それでもあたしわがままだからいやなの、って云うんです」

このあいだずっと、彼はなにを云うこともできず、出されたグラスを拒むこともできなかった。そのうえふしぎな話のようだが、お光の言葉を聞いているうちに、格式のやかましいという彼女の家や、その家族や、二た部屋に小間使と下男のいる座敷牢などが、昔からよく知っていることのように思われてきた。

「いっしょになるきっかけも、光子のやつがつくったんですよ、五たびか六たびめでしたが、ぼくがその大衆食堂でめしを食って帰ろうとすると、あとからお光のやつが追っかけて来て、――はじめくんそっちじゃないわよ、こっちへゆくのよって、ぼくの手を摑《つか》んで引っ張ってくんです」

伴れてゆかれたのは、或るしもたやの三帖間で、ほかに六帖と四帖半があり、その家の家族は四帖半を占め、六帖には中年の夫婦がいた。光子の借りている三帖には、薄い蒲団《ふとん》が二枚と、風呂敷包《ふろしきづつみ》が二つあるだけで、家財らしい物はなにもなかった。

――あたしいやな結婚をしいられたから家出をして来たの、と光子は云った。箱入り同様に育てられたので、生活をするのになにが必要なのかまったくわからない、まるで*河童が木から落ちたみたいなものよ。――でも愛しあっていれば*お臍で茶も沸くっていうでしょ、当分これで新婚気分に満足しましょ、と光子は云った。

こうして同棲《どうせい》生活にはいったのであるが、彼は勤めながらの夜間大学生であり、光子は大衆食堂のウェイトレスであって、たしかに、家財道具はなくとも茶ぐらいは飲めた。お臍《へそ》で沸かせるかどうかはためしたことはないが、夜間大学から帰った彼が、ノートの整理などをしていると、大衆食堂の勤めを終って帰って来る光子が、客の食い残した料理や酒などを、ちゃぶ台の上に並べて、二人の慎ましい深夜の饗《きょう》宴《えん》をひらくのであった。

饗宴はたしかに慎ましやかなものだったが、光子の口から奔流のようにほとばしり出る奇っ怪な作り話は、その不断連続性と、内容のとらえがたき飛躍性とで、極めて多彩な伴奏効果をあらわし、早くも福田くんをがっちりと絞めおとしたのであった。

「伊勢の古市に実家があるという話、相さんも聞いたでしょう」

「うん、うちのやつからね」

「初めはもっと簡単だったんですよ、貯水池だの発電所などはなかった、猟犬が十二匹にペルシア猫が何匹とかいることを自慢にしてました、屋敷の広いことはいまと同じくらいでしょう、なにしろ生れた家でありながら、全部の座敷を見たことがないって、――そんな落語がありましたよね、屋敷の中をすっかり見てまわるには、弁当持ちの泊りがかりでなくちゃだめだっていう、あれよりもっと広いようなことを云うんですから」

彼が信じかねていると、あんた嘘《うそ》だと思うのねと云って、あの微笑とあの凝視とで彼を釘付《くぎづ》けにする。いいわよ、嘘だと思ってらっしゃい、いまにわかるから。女学校の話のときは、夜間大学の図書館でしらべてみた。すると虎ノ門女学校というのはべつに校名があり、校舎が芝の虎ノ門にあったのでそういう通称があったこと、またお茶の水は師範学校であったこと、などがわかった。津田塾のほうは光子の使うでたらめな単語で、通学したかどうかは疑う余地もないが、これらのことを彼が知ったとたんに、光子はそれを感じとって例の微笑と凝視を突き刺し、いいわよ、そう思ってらっしゃい、と云うのである。

「相さんにはわかるわけはないが、そう云うときの光子の微笑と眸には、なんともいえない力、——というかな、その、人間じゃなくって、もっとほかの、なにかえたいの知れないものの力、といったようなものがあるんだな、それはぼくを雁字搦《がんじがら》めにし、身動きもできなくしちまうんです、仮に眼をつぶるとするでしょう、それでもまぶたをとおしてそいつははっきり見えるんですよ」

「へんなことをきくがね」と相沢がひょいと福田くんを見て云った、「——きみはいつか、喧嘩をしたとき外へとびだして、外から二階に向って、出ていけーってどなったそうだな」

「がまんがしきれなくなったんですよ」

「そうだろうがね」相沢は福田くんの顔を、仔細《しさい》に眺めながら云った、「それにしてもさ、男が外へとび出して、中にいる女房に外から出ていけーってどなるのは、ちょっと桁外《けたはず》れじゃあねえかな」

「だって、ほかにどうしたらいいんです」と福田くんはきまじめに反問した、「あのにーっと笑って、じーっとみつめる顔の前では、ぼくは声なんか出やしない、声を出すどころか身動きもできなくなるって、いま云ったばかりでしょう」

「なるほどね、うん、なるほど」相沢は深く頷《うなず》き、それからブドー割を啜って、よく考えてから云った、「——たんばさんが、……そうか、きみはまだたんば老人を知らなかったんだな、まあいいや、この長屋内にたんばさんていう老人がいるんだが、その老人が或るときね、世の中に夫婦が千万組いるとしても、同じような夫婦ってものは一と組もいない、千万の夫婦がみんなそれぞれ違うんだ、っていうようなことを云ってた、そして中には、組み合わさってはいけないどうしが組み合わさってるような夫婦があって、そういうのは早く別れちまわないと、強いほうが弱いほうを食っちまうんだ、っていうようなことも云ってたが、——そう云っちゃあなんだが、きみなんぞはその組み合わさっちゃあいけない者どうしの組み合わさりじゃねえかな、掛け値のねえ話がさ」

福田くんはまだ一杯めの焼酎のグラスを、唇でちょっと啜りながら、どこを見るともなく、前方の一点をじっと見まもった。

「ぼくが初めて相さんに会ったのは、あの職業安定所でしたね」

「そうだったな、おれはちょっと嵩《かさ》ばる出物があって、手を貸してくれる者が欲しかったんだ」

「焼け跡にあった屑鉄を運ぶ仕事でしたね」と福田くんは云った、「あのときぼくはもう学校をやめちゃって、そのまえに電機会社のほうが倒産しちゃったんですが、光子のやつも大衆食堂をよしちゃって、それが光子のやつが云うには、主婦は家庭を守ることが夫婦生活の本筋である、この本筋というのを、あいつはメイン・トラップだって云いましたよ、どう聞きかじったかしれませんが、日本語では本筋と云うんだって、——メインをちょっと変えると、まあいいですがね、——というわけで大衆食堂をやめちゃったでしょう、どうしたってぼくが生活費を稼がなければならなくなったんですが、あのとき職安の前でぼんやりしていたとき、いっそこのままどっかへ逃げちまおうかって考えてたんです」

「なぜ逃げちまわなかったんだ」

「相さんが声をかけたんですよ、事務系の仕事はないかってきいたら、そういう仕事は千分の一ぐらいしきゃないっていう、それでもう、これが逃げだすいいチャンスかな、と思ってたら」

「おれが呼びかけたってわけか」相沢は笑った、「いんねんだな、ああ、にんげん一生のうちには、そういう因縁にぶつかることが幾たびかあるそうだ」

「そうかもしれないが、ぼくはもうがまんが切れそうですよ、このごろじゃもう夜になると、——」

「夜になるとどうした」

「いってもしょうがない」福田くんは頭を振った、「光子といっしょになってから、そろそろ五年になるんですよ、そのあいだずっと休みなしに、じーっと見てにーっと笑われて、いや、——こうやって相さんと話していることも光子はちゃんとみとおしているんですからね」

「きびのわりいこと云うなよ」相沢は福田くんからちょっと身をひき、屋台のおやじにブドー割のお代りを命じ、そうして、つとめて客観的になろうとつとめながら、そっと福田くんに質問した、「——いったいお光つぁんの生れはどこだい」

福田くんは黙って首を振り、焼酎のグラスを舐《な》めた。それじゃあ本当のとしは、と相沢がきき、福田くんはまた黙って首を振った。

「そんなこと、誰が知るもんですか、結婚届けだって光子が独りでやって、ぼくには見せもしなかったんですからね」

相沢は仰天して眼をみはり、きみたち正式に結婚してるのかい、と大きな声できいた。福田くんは右手をあげ、それを力なく下へおろして太腿《ふともも》を叩《たた》いた。

「そんなことは問題じゃないんですよ、お光のやつが」

福田くんの言葉はそこでぷつっと切れた。あげている凧《たこ》の糸が切れたようにとつぜん口をつぐみ、すると、あとに続く言葉は、糸の切れた凧がどこかへ飛んでゆくように、彼の口から飛び去ってしまったというふうにみえた。

「ぼくは殺されるんじゃないかと思うんです」福田くんはべつの話題をつかみ出した、「夜なかにひょいと眼がさめるでしょ、見ると光子のやつが片肱《かたひじ》を突いて半身を起こして、ぼくのことを上から見おろしているんです。そしてぼくが眼をさましたなとみると、唇だけでにーっと笑い、眸を凝らしてじーっとみつめるんです」

相沢は身ぶるいをし、「お岩さまだな、まるで」と呟《つぶや》いた。

「は、じ、め、くん、って光子は云うんですよ、あんたいま夢の中で、きれいな女の子を抱いてたわね、あれはどこのだーれって」

「きみはそんな夢をみてたのか」

「みていたかもしれない、自分じゃ覚えていないが、光子にそう云われるとそんな夢を見ていたような気がしてくるんですよ」

「それからどうする」

「ぼくのことを押しつけて」福田くんは唾《つば》をのみ、焼酎のグラスを舐める、「その人こんなふうにはじめくんのこと可愛がってたわねって」

相沢は上を見あげ、聞き耳を立てるような表情をした。まるで彼は自分の家にいて、いまが夜半であって、二階の物音にひきつけられている、とでもいったような顔つきであった。福田くんはざっとなりゆきを話してから、両手をそろそろと自分の首へ押しつけた。

「そうしてこうするんです」と彼は云った、「ぼくの眼をじーっとみつめたまま、唇でにーっと笑ったままですよ」

「あのときでも眼をあいたままなのかい」

「ずーっとです、ぼくにも眼をあいていろって云ってきかないんですよ、いやだなぼくは」福田くんは頭を振り、唇を閉じてぐっと横にひろげる、「まったくいやだ、はんにゃみたいな顔になるでしょ、ぞっとするな」

「は、はんにゃだって」

「ちょっとのまだけど、そんなようなもの凄《すご》い顔になるでしょ、はんにゃのお面そっくりだな、あれは、ぼくはいやだ、ぞーっとしちゃいますよ」

「ああ、ああそうか」相沢はようやく事理を解いたように大きく頷いた、「——はんにゃねえ、人によって違うだろうが、そいつはぞっとしそうだな」

「だからぼくは眼をつぶっていようとするんですが、光子のやつは眼をあけ、って云ってきかないんです」

「好きずきだな、ああ」相沢は首を左へひねり、右へひねりしながら、複雑な微笑をうかべた、「好きずきだ、人間てやつは千差万別だっていうからな、おれのかかあなんざ、――まあいいや、ま、とにかく、そういうことだとすると、早く別れちまうよりほかに手はねえな、さもねえときみ、本当に生き死にの問題になるかもしれねえよ、ああ」

「――できればなあ」福田くんは大きく深い溜息《ためいき》をついた、「それができたらなー」

以上の会話は一度に交わされたものでなく、二人でときたま酒を飲むたびに交わされたのを、総合し整理したものであって、実際にはもっと微妙で、刺戟《しげき》的な細部がたくさんあった。けれども夫婦間の心理葛藤《かっとう》や肉躰《にくたい》的な消息は、単に言葉だけ追求しても役には立たない。現に、これらの会話がとり交わされた合間あいまにも、――それはほぼ五、六日から十日くらいの間隔を保ちながら、福田くんは突如としてとじへとびだし、二階を見あげて叫びだすのだ。

「やい、出ていけーっ」と彼はしんけんな顔で、右手の拳《こぶし》を空に突きあげる、「光子のやろう、出ていけーっ」

しかもそれから数時間のちにはもう、二階から光子の、は、じ、め、さん、ねーえ、というあまったるい囁き声が聞えてくるのであった。

「さ、ここにこれだけある」と或る夕方、相沢は幾枚かのさつを福田くんに差出しながら、友情をこめて云った、「——これを持ってどこかへ消えちまいな、きみは大学までいったそうだし、いわば前途多難なからだだ、おれがすすめたようなもの の、廃品回収業まですればどこへいったって生きてはいけるよ、ああ、あとのことはなんとかなる、きみはたったいまここから逃げだすんだ、た」

相沢は「た」と云いかけて絶句した。おそらく彼は、たったいまからと繰り返すつもりだったのだろうが、そのとたんに、屋台店の外で声がしたのだ。

「は、じ、め、さん」相沢はあぶなく腰掛から転げ落ちそうになり、するとのれんをあげて光子が顔を見せた。

「肉屋へ来た帰りなの、あんたの声が聞えたもんだから」と云ってお光は相沢のほうへ振返った、「あら、相沢さんもいらしったんですか、ちっとも気がつきませんでしたわ」

「ね、ぼくがそ云ったでしょう」と次のとき福田くんは焼酎のグラスを舐めながら云った、「光子のやつはなにもかも見とおしなんですよ、あのときだって本当は肉屋へいったんじゃない、ぼくたちの話を見とおしてやって来たにちがいないんです」

「おらああんなに吃驚《びっくり》したこたあなかった、生れてこのかた初めてだな」と相沢がいった、「おや、相沢さんもいたんですかって、振向かれたときには、ぎゅーっと力いっぱい眼をつぶったよ」

「眼をつぶったんですって」

「ああつぶった、あの人が眸を凝らしてじーっとみつめ、唇だけでにーっと微笑でもしたらって思うと、もうおっかなくてとても眼をあけてなんぞいられやしない、――思いだすといまでも」そこで相沢は口をつぐみ、自分の背後に人のけはいでも感じたように、息をひそめながら福田くんに囁いた、「この話はよしにしようぜ、ああ、軍師あやうきに近よらずってえからな、きみ」

福田くんはグラスの焼酎を一と息に飲み、いそいで幾たびも頷いてみせた。

「あたしと福田のローマンスはたいへんだったのよ」と相沢家では、ますさんを相手に光子が話していた、「なにしろあたしは女学校二年生で、法律上はまだ未成年でしょ、どこでクスープしたものか新聞では書きたてるし、そうそ、いつかあんたにその記事みせてあげるわ、あたしみんなクスラップして取ってあるのよ、ほんとにいつか見せてあげるわね、田舎の新聞だってそうばかにはできないような記事よ」

ますさんは内職の手を休みなしに動かしながら、よく赤ちゃんができなかったのねと、感情のかけらもない口ぶりで云った。

「それは女の責任じゃないの」と光子は答えた、「女さえその気になれば、妊娠なんかしないような方法が幾らだってあるわ」

ますさんは突然おどかされでもしたように、ぎくっとして振返った。そうして溺《おぼ》れかかっている者が、つい眼の前に浮き袋のあるのをみつけたときのような表情で、それほんと、とき返した。

「だって現の証拠、あたしには子供がないじゃないの」とお光は云った、「あんたそれ知らないの」

「知らないわ、そんなこと」

「一つも知らないの、——へえ暢気《のんき》なものねあんたたち」光子は坐《すわ》り直した、「いいわ、あんたのとこだって子供はもうたくさんでしょ、とし上のあんたにこんな話するのはなまいきなようだけれど、簡単なやりかたを二つ三つ教えてあげるわ」

それから約二十分、光子が各種の姿態と動作を示しながら、呼吸と力のいれどころなどについて語り続けるのに、ますさんは幻滅した人のような顔で欠伸《あくび》をし、また仕事を始め、「*じゃがへびを呑《の》むみたいなことを云う人だ」と口の中で呟いた。

光子はまだ熱演を続けていた。

倹約について

東の長屋の、水道端《ばた》に近い端《はし》の一軒に、塩山慶三の家族が住んでいた。妻の名はるい、娘が三人あって、長女のはるが十二歳、二女のふき子が十歳、三女のとみ子が八歳であった。――これは一家が長屋へ移って来たときの年齢で、塩山は四十がらみ、郵便局の配達をしていた。

塩山一家は妻女るいさんの采配《さいはい》よろしきを得て、勤勉、倹約、質素、温順、清潔などの美徳をそなえた、善良な市民の典型のような生活を実践していた。

ここの住民がまず驚いたのは、おるいさんの物持ちのいいことであった。天気さえよければおるいさんは一日じゅう、いや、殆《ほと》んどというべきだろうが、いつも水道端にいて、なにかかにか洗い、器物類は家の横に並べて乾《ほ》した。――それらは古い箱膳《はこぜん》や、椀《わん》や、箸《はし》、おはち、下駄、足駄《あしだ》、傘、ゴム底の足袋、古いゴム長靴、ゴム引きの雨外套《あまがいとう》に、ゴム引きの雨天用帽子、などといった類《たぐい》であるが、その中には

三、四十本の杉の割箸がめだっていた。この「街」の人たちはてん屋ものなどを取る例は稀《まれ》だが、そば屋とか大衆食堂などで、杉の割箸を出すぐらいのことは知っていた。けれどもそういう店から割箸を持って帰るようなことはない。もし割箸があるとすれば、そばとか丼物《どんぶりもの》とか、なにかを家へ取ったことがあるのだろう、長屋のかみさんたちはそうにらんだ。

「みせびらかしてるんだよ」と一人のかみさんは云《い》った、「昔はいいくらしをしていて、毎日のようにてん屋ものを取って喰《た》べてたんだからねって、きっとそれにちがいないよ」

そして或《あ》るとき、おせっかいなかみさんの一人が、そのことをおるいさんにほのめかしてみた。

「いいえとんでもない」おるいさんは謙遜《けんそん》な顔でしんけんに否定した、「うちのような切詰めたくらしでそんな贅沢《ぜいたく》ができるもんですか、これは貰《もら》い物なんですよ」

まえに住んでいた家のすぐおもてに小さなそば屋があり、しょうばいがうまくいかなくなって世帯《しょたい》じまいをした。そのとき売れない物をまとめて捨てている中に、一と束の割箸があり、それを勿体《もったい》ないから貰い受けた。そのあと、客のあるときに出して使ったが、割ってしまえば、もう客には出せない。けれども役に立つことがあるかもしれないし、「それを作った人のことを考えると」むざむざ捨てる気にもなれない、とおるいさんは云うのであった。

「どんなつまらないようなものでも、それを作る身になってみれば粗末にはできませんよ、ねえ、あなた」とおるいさんは云った、「たとえ紙一枚だって、それを漉《す》くにはいろいろな手数や、辛《つら》いおもいをするんだっていいますもの、ほんとになに一つだって、形のある物は大事にしなければねえ」

これでおるいさんは、この街のかみさんたちのにんきを、一遍に集めてしまった。

主人の塩山慶三は酒もタバコもたしなまず、勤めを休むようなこともなかった。はる、ふき、とみの三人姉妹は、痩《や》せていて顔色こそわるいが、温和《おとな》しくてあいそがよく、親にさからったり、口答えをするようなことはなかった。

「ええ、おかげさまで」とおるいさんは水道端で、例のように洗い物をしながら、かみさんたちに答えて云う、「みんなよく云うことを聞いてくれますよ、それだけがとりえですけどね、なにかわるいところがあったら、構わないからどしどし叱《しか》りつけてやって下さいな、他人《ひと》さまに叱られるのがなによりのくすりですからね、お願いしますよ」

こうして洗いあげた物を、自分の家の横に戸板を置いて、その上にきちんと並べて干す。なになにが並べられるかはこの章の初めに記したから参照していただくが、それはまさしく清潔好きと物持ちのよさを示す点で壮観とさえいえただろう。——或るとき、通りかかった中年の女性が、この展観物を認めて立停り、つくづく感じ入ったように眺めていたが、やがておるいさんに向ってこうきいたものであった。

「あの、失礼ですが、これは売り物ですか?」

塩山一家の生活は、時計の針のようにきちんとしていた。慶三の出勤時間、帰宅時間、娘たちの登校時間と帰宅時間、食事、入浴も物差で計ったようにきっちりときまっていたし、この「街」ではかなり稀な例だが、家族の衣服も季節によって変った。もちろんそれらは幾たびも洗濯し、縫い直されたものだったし、色も柄もじみな品で、袷《あわせ》から単衣《ひとえ》に着替えても、さして人の注意をひくようなことはなかったが、中に眼のするどいかみさんなどがいて、はら立たしげに耳こすりをすることがないでもなかった。

「おまえさん見たかい」と眼のするどいかみさんは云う、「おるいさんとこじゃ今日っから袷を着てるよ、へっ、あてつけがましい、なまいきじゃないかほんとに」

こういう長屋に住む以上は、長屋どうしのつきあいというものがある。てめえのうちでは袷を着られるからいいわで、勝手に袷を着るというのはつきあい知らずのみえっ張りだ、とその眼のするどいかみさんはきめつけたものだ。

おるいさんは敏感にこういう蔭口《かげぐち》を聞きつける。そしてすぐに巧みな手を打つのだ。

「あんたのとこではみなさんお丈夫でいいわねえ」おるいさんは眼のするどいかみさんに向って、あいそよくこう話しかける、「あたしんとこはみんな弱いんで困っちまうのよ、あんたのとこみたいにいい稼ぎがあればいいんだけれど、うちじゃあ配達の仕事だけでたかが知れてるし、あたしが内職したってろくな物も喰べられやしないわ、だから子供たちの軀《からだ》にも精が付かないんでしょうね、秋ぐちになるともう風邪をひいちまうんですよ」

そして袷を着るのは必要上やむを得ないのだ、ということを相手に納得させ、同時に、そんなことに気を使わなくても済む人たちのことが、どんなに羨《うらや》ましいかと繰り返すのであった。

これでも相手が降参しないとみると、一と摘《つま》みの塩とか、小皿に半分の醤油《しょうゆ》などを借りにゆき、くらしの苦しいことをしみじみと嘆いてみせ、「恩にきるわ」と心をこめて云うのである。返すときにはいずれも倍量くらいにし、味をたっぷりきかせた礼の言葉をふんだんに浴びせかけるのだ。

「口にもとではかからない」というのがおるいさんの口癖であった、「人間は口のききかたさえ知ってれば、どこへいったってくらせるもんだからね、ようく覚えとくんだよ」

と彼女はよく娘たちや、また亭主の慶三にも云うのであった。

慶三の収入が幾らあったか、おるいさんが内職でどのくらい稼ぐのかわからない。内職は娘たちも手伝うので、みんなを合わせればちょっとした額になると思われるのだが、くらしぶりは驚くほど質素であり、毎日の生活のどこを捜しても、これがむだだというものは一つもなかった。――おるいさんは五日に一度、食糧の買い出しに大市場まででかけてゆく。

それは本通りから市電に乗って、停留場を五つほど北へゆき、そこから五分ほどあるいた町なかにあった。米麦からそば、うどん、野菜も魚も肉も、味噌《みそ》、醤油、漬け物となんでもあり、五と十の日には三割引きの大安売りがある。おるいさんはつまりその日にゆき、五日分の物資をまとめて買うのだが、そうすると三割引きがさらに一割がた値引きされるので、ときにより品物によっては、半値を割る場合さえ珍しくはなかった。

「電車賃と暇を計算すれば、却《かえ》って高くつくっていう人もありますよ、ええ」とおるいさんはいう、「それも嘘《うそ》じゃありませんけれどもねえ、一日じゅううちにばかりいては軀のためにもよくないでしょう、五日に一度ぐらい外へ出て、世間を見たり運動するのはそれだけでも身のくすりだと思うんです、おまけに安い物が手にはいるんですからね、――うちのような貧乏世帯では貧乏人相応の知恵をはたらかせなければやっていけませんよ」

漬け物などを多量に買うときには娘を伴《つ》れてゆき、分割して背負うのだが、それでも市電の乗車を拒絶されることがある、そういうときには母子であるいて帰るよりほかなく、もともと痩せて細っこい軀の娘たちは、まっ蒼《さお》な顔にあぶら汗を流しているというふうであった。

買ってきた食品は徹底的に使った。大根の葉はいうまでもなく、人参《にんじん》の葉から尻尾《しっぽ》、ジャガ薯《いも》の皮や、芹《せり》、三つ葉の根、蕗《ふき》の葉まで捨てることはなかった。殊《こと》に人参と蕗の葉はビタミンCを豊富に含有しているそうで、「これを捨てるのは高価薬を捨てるようなもんですよ」といっていた。

ビタミンCなどというからには栄養についても多少の知識があると思われる。むろんこの「街」の住人たちは低収入で家族の食事を賄《まかな》わなければならないから、本能的に食物の栄養価のバランスをとっている。現代的栄養学にまなんだのではなく、親の代から口伝《くでん》された経験による知恵なのだ。おるいさんは新しい知恵をもっているらしいのに、鰯《いわし》などを買うと、水道端で頭や骨を抜き、身だけにひらいたのを丹念に洗う。水道の水を出しっぱなしにして、一尾ずつ繰り返して洗うのだ。「あんた、そんなに洗ってどうするの」と近所のかみさんが注意する。「それじゃあせっかくの味も滋養もなくなっちまうじゃないの」

「そうなんですけどねえ」おるいさんは答える、「うちじゃあみんなが鰯のあぶらを嫌うんですよ、ええ、ちょっとでもあぶら臭いと喰べないんですから」

困っちまいますよといって、ざぶざぶ洗い続けるのであった。

二年すぎ三年すぎた。中学を出た長女のはるは、父親の勤めている郵便局へ就職し、夜は定時制高校へかよいだした。そのすぐあとのことだが、近所のかみさんの一人が驚くべき事実を発見し、この街の住人たちに大きなショックを与えた。――というのは、そのかみさんが小為替を金に替えるため、中通りの郵便局へいったところ、塩山家で貯金をしていることがわかったのだ。

「あの髭《ひげ》を立てた人、郵便局の主人公だろ？」とそのかみさんはいった、「あの人がさ、事務をとってるはるちゃんを呼んでさ、利息の書き入れが済んだから、帰りに持ってゆきなさいって、貯金通帳を三冊はるちゃんに渡したじゃないの、いいえさ、あたしもよもやと思ったんだよ、ところがあんた髭の主人公がよ、きみのがだんだん減るねっていうだろ、するってえとはるちゃんが、あたし学費がいりますからってはっきりいったんだよ」

「まあどうだろ」とそのかみさんはゆうれいでも見たような顔つきをした、「あたしゃまあ肝がつぶれて、うちへ帰るのにどこをどう通って来たかもわからないくらいだったよ」

「このご時世に貯金とは」と他のかみさんがいった、「世の中にはとんだ罰当りなことをする人がいるもんだね」

このとき、おるいさんはにんきを失い、塩山一家はなにか悪い病気持ちかなんぞのように、近所づきあいからそれとなくはずされたようであった。——けれども、おるいさんはもうびくっともしなかった。こういう「街」では住人の移動がはげしく、三年も定住すれば古参のほうだから、おるいさんとしては近所の人たちに気がねをしたり、不必要なきげんとりをしなくともよくなっていたのだ。——そこで彼女は秘し隠しせずに、徹底した倹約ぶりを遠慮なく実行してみせた。

貧しい人たちが倹約するとすれば、その第一は食費を削ることになる。娯楽費などはむろんだめ、暇があれば手仕事をする。はるちゃんは夜間高校へかよっているから、帰りは十時ちかくになるが、高校へゆく代りに一倍内職をしなければならない。主人の慶三も例外ではなく、勤めから帰って夕食を済ませると、一と休みする暇も与えられず、内職にと追い立てられるのであった。

二女のふきや三女のとみについて述べることはないだろうし、ここではいかなる強制も圧迫もおこなわれない。おるいさんが采配を振るといったが、彼女は亭主や娘たちに向って、ああしろのこうしろのとしいるようなことは決して云わないし、自分が誰よりもよくはたらいた。意地のわるい表現が許されるなら、おるいさんは自分がはたらいてみせることによって、一家を奮起させているともいえるようであった。

五人の家族は黙々としてよくはたらいた。それは流れ作業のベルト・コンベアーの前に腰掛けた、五人の熟練工に似ているようであった。仮におるいさんを職長とすれば、そのうえになお彼女は、炊事と水道端の仕事と、家事のこまかい勤務を抱えていたのであった。
二女のふきも、中学校を出るとすぐ就職した。某運輸会社の給仕で、朝が早く、退社がおそく、出勤のほうは七時ときまっていたけれども、退社時間は早くて六時、おそいときには帰宅すると夜の九時すぎになることがあった。労働基準法というものがあり、すべての労働者はその法によって守られていると聞くが、「法」というやつは守られるよりも悪用されるためにあるのではないかと疑われる場合が稀ではないので、どうか読者諸氏はここで「労基法」を盾に筆者を攻撃しないでいただきたい。

ふきは現実にそのような勤務をし、超過勤務の手当さえない代りには不平もいわず、また姉のように進学の望みももたず、運命論者が運命に従順である如《ごと》く従順に通勤し、帰宅すれば内職にはげむのであった。
貯金はふえていった。これほどの勤労と、粗衣粗食と、ぎりぎりまでの倹約をして、それでも貯金がふえないとしたら、銀行業の経営はずいぶん難渋することだろうと思う。だが、塩山一家の貯金は確実にふえていった。同時に、反対方面からこの一家をめざして、眼に見えない或るものが忍び寄って来たのだ。

ふきが就職して半年のち、郵便局に勤めていたはるが倒れた。初めは風邪をひいただけと思われ、三日ほど休んで勤めに出たが、次に倒れたときは高熱が続き、病院へ伴れていったら結核だと診断された。入院するほうがいいと云われたが、ひとまず家へ帰って寝、入院について家族会議を開いた。

まだ健康保険医が少なかったうえに、患者数とベッド数とのひらきが大きいころで、入院治療の望みは極めて困難であった。

効果のある新薬もぞくぞく売り出されていたが、塩山家の経済では手の届かない高価なものばかりだし、それで決定的に治癒するという保証もなかった。

「昔はこの病気のことをな」と父親の慶三が云った、「催促病気といって、若い娘が一度はかかるもんだとされていたんだよ」

慶三が自分の意見を述べるなどということは例が少ないので、みんなが彼の顔をみつめ、やはり一家のあるじであることを認めると同時に、この危急を救う妙案が出るものと信じて息をひそめた。だが、慶三はみんなの注視の的になってまごつき、ぐあいわるそうに顎《あご》を撫《な》でるだけで、妙案らしいものを提出しそうにはみえなかった。

「それで」とおるいさんが待ちきれなくなってきいた、「——だからどうだっていうんですか」

慶三は顎を撫でていた手を頬からこめかみのほうへすべらしながら、「べつに」と口ごもった。つまり、と彼はまた口ごもってから、確信のない口ぶりで云った。催促病気とはつまり、娘がとしごろになって嫁にゆきたい、どうか嫁にもらってくれますようにと、心の中で催促するようになる。そのおもいが凝って病気になるので、かくべつ治療をするより、嫁にゆくあてができればそれだけで治る、という意味らしいのだ、と説明した。

「いやだわ」はるは青白くなった頬を染めながら眼をそむけた、「あたしお嫁にゆきたいなんて思ったことはないわよ」

「はるちゃんのことじゃないのよ昔の人の話」とおるいさんが云った、「おっかさんもそれは聞いた覚えがあるわ、ほんと、嫁にゆきたいと思うか思わないかはべつとして、としごろになるとこの病気にかかる者が珍しくはないんだって、つまり麻疹《はしか》みたようなもんだっていうのよ」

すでにお察しのとおり、夫婦は結核を治療するという本題から、どうしたら金を使わずに済むか、というほうへ思考がそれていったのだ。だから娘の病気を治したくないのではない、夫婦は娘のはるを愛していたし、どうか丈夫にしてやりたいと思う情に変りはなかった。けれども倹約と愛情は共存しないらしい。入院費用の安いベッドはまったく空きがないし、新薬は高価で手が出ないうえ、効果も確実ではない。とすれば、昔の云い伝えをいちおう信じて、家庭療法をこころみるのもやむを得ないではないか。世間でも「結核恐るるに足らず」とか「結核は必ず治る」など、責任ある人たちが宣伝しているのだから。

はるは自宅闘病にはいった。彼女が勤めに出ず、定時制高校にゆかず、家で寝ていたことだけは確かであった。けれども、どんな療法が実行されたか、安静が保たれたかどうかは、第三者にはまったく不明であったし、はるを除いた家族の生活には、些《いささ》かの変化も認められなかった。

「ええおかげさまで」と水道端で割箸を洗いながらおるいさんは明るい表情でかみさんたちの問いに答える、「——もうね、来月になったら床ばらいをしようかなんて相談しているんですよ、貧乏していると病気がいちばんこたえますよねえ」

だがはるはまもなく死んだ。病みだしてから半年とは経《た》っていなかったろう。通《つ》夜《や》にいった人たちは、はるが人間のようではなく、かさかさに干しあがった枯れ木の、細い枝のようになっているのを認めた。

「あたしゃ田舎にいるとき、お盆にお寺まいりをして、地獄の絵を見たことがあるけどさ」とかみさんの一人が通夜のあとで云った、「その中に餓鬼地獄とかなんとかいって、骨ばかりみたいに痩せた亡者《もうじゃ》の絵があったよ、はるちゃんはその亡者にそっくりだったたね」

「あれは病気で死んだんじゃない、飢え死にだよ」とべつのかみさんは云った、「肺病だってのに卵一つ食わせたようすもないんだから」

たまに鰯を買えば、半日も水洗いをするんだから、身にも皮にもなりゃあしない、と他のかみさんも付け加えた。

「さあ」と初七日が済んだとき、おるいさんは亭主と二人の娘に向って云った、「これではるちゃんのことは忘れるのよ、はるちゃんのために貯金をずいぶん使っちゃったからね、その分を取返すためにもうんと稼がなきゃ、ふきもとみもわかったね」

慶三がまず頷《うなず》き、娘二人が頷いた。おるいさんはまじめだった。近所の人たちがなんと云おうと、はるのためにできるだけのことをしたのだ。日に一個の卵は欠かさなかったし、中通りの鳥九という店へいって、鶏をつぶすときに絞る生血を貰って来て、これも日に一度は飲ませていた。けれども、そんな食物よりも大切なのは、愛情だということ。愛情をもって当人に「自分は治る」という自信をもたせること。それが新薬より食餌《しょくじ》より大切だと、おるいさんは信じていたのだ。

「天皇さまの赤ちゃんだって寿命がなければ亡《な》くなるんだよ」とおるいさんは云った、「喰べ物や薬や医者さえあれば、病気が治ると思うのは迷信だからね、とうちゃんにきいてごらん、*いまの天皇さまの何番めかの赤さんは、にっぽんじゅうの博士を集め、金に飽かせて療治をしたけど、やっぱり寿命には勝てないでお亡くなりになった、人間ていうのはそういうものなんだよ」

塩山一家は立ち直り、いさましく生活の平常性をとり戻した。そして年があけ、とみが中学を卒業すると、彼女もまたすぐに就職した。父の慶三が配達人をしてい、亡きはるが勤めていた郵便局である。とみは三人姉妹の中でもいちばん痩せていて小さく、就職試験のとき、髭の老局長はとみのことを、小学生ではないかと疑ったそうであった。

とみは勤め始めてみ月めに倒れた。近所の人たちはまったく知らなかった。隣りの片沼二郎のかみさんは、この「街」きっての情報通で、他のかみさんたちから放送局という渾名《あだな》を付けられているくらいだったが、或る夜、塩山家がにわかに騒がしくなり、おるいさんが「とみや、とみや」と呼びたてる声で、吃驚《びっくり》してとんでゆき、初めてとみが病臥《びょうが》していたこと、いま急に吐血して気を失った、ということを知った。

医者が来たときには、とみはもう死んでいた。生れつき心臓が弱いのに、勤めをし内職をするという過労が重なって、心臓のどこかが破裂したのだと医者が診断したと、片沼二郎のかみさんは放送した。彼女はおるいさんに頼まれて医者を呼びにゆき、その診察にしぜんと立会うチャンスを儲《もう》けたのであった。

「でもさあ、はるちゃんより孝行もんだよねえ」とかみさんの一人は云った、「はるちゃんは半年くらい寝たっけ、とみちゃんはあっというまもなかったじゃないの、あのけちんぼ一家の損得勘定じゃよっぽど儲けものだったにちがいないよ」

かみさんたちは知らないのだ。——おるいさんは損得勘定などは、——少なくとも意識的には、考えもしなかった。むしろはるの前例があるので、必要以上に神経を使ったようであった。けれども、おるいさんが使い減らす神経の消耗率よりも、とみの病勢のテンポのほうが優勢であって、——とうてい追いつけなかった、というのが実情のようであった。

「あの子は脂《あぶら》っこい物ばかり喰べたがっていたね」おるいさんは云った、「お医者が云ってたけど、心臓の弱い者には脂っこい物がなにより悪いんだってよ、丈夫な者でもそうだって、脂っこい物は血を濁らせて、濁った血が軀じゅうに廻ってかすを溜《た》めるから、癌《がん》になったりよいよいになったりするんだってよ」

おるいさんは自分の言葉だけでは信用されないと思ったのだろうか、新聞紙から切抜いた「医療相談」の記事を亭主と娘に読んで聞かせた。要約すると、食事は低カロリーに、野菜を多く、米飯は少量、果物は好ましい。という内容であったが、その記事は高血圧に悩んでいる読者の投書に、なにがし博士の答えたもので、おるいさんはその部分は省いて読んだのであった。

「牛や馬をみてごらん、草だのわらを喰べるだけで、あんな立派なからだをしてるじゃないか」とおるいさんは云った、「――そうだ、象だって河馬《かば》だって草しきゃ喰べやしないだろ、それであんな大きなからだをしているし、みんな癌やよいよいになんかなりゃしないじゃないの、ね、そうでしょ、よいよいの象なんて見たことがあって？」

内職の手を動かしながら、慶三は無表情に頷き、ふきは、やはり休みなしに仕事をしながら、欠伸《あくび》をかみころしていた。

それから三年経つうちに、ふきが死に、おるいさんが死んだ。ふきは長女のはると同じ結核であるが、奔馬性という悪質のもので、二カ月の自宅療養ののち、あっけなく死んでしまったのだ。おるいさんも結核で、これは肺と腸と淋巴《りんぱ》腺《せん》がおかされてい、発見されたときには手のつけようがなかったといわれる。——こう書くと極めて単純なようだが、事実もまた単純そのものであった。悲劇は長女の死から始まったようにみえるけれども、それはかたちにあらわれた面だけのことで、原因はおそらく慶三とおるいさんとが結婚したときから始まった、というのが正しいようだ。あらゆる生物は誕生と同時に死に向って行進する、などという安っぽい屁理屈《へりくつ》はごめんをこうむる。塩山家では結婚したとたんにおるいさんが采配をとった。なにかの策略とか暴力によるのではなく、しぜんとそういう結果になったのであり、勤勉、質素、温順、倹約などの家風もそのときに確定したのだ。——長女のはるからおるいさん自身の死に至るまで、この家風は標準時計の針の如く正確に動き、正確にその数字を出したのだ。そこにはロマンスもなくユーモアもなく、人間味さえもなかった。

「あたしは間違ってたかもしれないね」死ぬまえにおるいさんは亭主にそういった、「——一日一円の貯金は一家の繁栄って、貯金のない家には将来なし、なんていうことを信用してたのよ」

「いまでもそんなポスターが貼《は》ってあるよ」と慶三はなぐさめた、「新聞にも貯金しろって広告や、えらい人たちの談話が出てるよ、おまえは間違ってなんかいなかった、大丈夫だから安心しなよ」

「たとえなにか考え違いをしていたにしろ」とおるいさんはいった、「あたしだって人間だものね、そうなにからなにまで知ってるってわけにはいかないじゃないの」

「おまえはよくやったよ、なにも考え違いなんかしやしなかった、大丈夫だよ」

おるいさんは亭主のいうことを聞いていないようであった。そして死ぬ瞬間まで意識がはっきりしていた証拠には、彼女がそれまで大事に清潔状態を保ってきた、足駄だとか膳、椀、割箸その他の器物類が、どうなるかという心配で頭がいっぱいのようであった。

「ええ、ほんとにもういい女房でしたよ」通夜のとき慶三は、集まってくれた近所の人たちにいった、「うまい物を喰べたがるじゃなし、着物を欲しがるわけじゃなし、いっしょになってから芝居ひとつ見たいともいわず、はたらきどおしにはたらいて、倹約、倹約とつましくやってくれました、ええ」

「こんなことといっちゃあ冗談になりますが」慶三は笑ってみせながら付け加えた、「あいつは自分のいのちまで倹約したんじゃないかと思うくらいですよ、ええ」

たんばさん

たんばさんはもう六十二、三になるな、と或《あ》る者が云《い》う。まだ五十代だと云う者もあるし、七十にはなっていると主張する者もある。当人は柔和に笑って、自分でもわからない、忘れてしまったようだ、などと云って話をそらしてしまう。名前もたんばさんと呼ばれるだけで、それが姓なのか渾名《あだな》なのかわからない。住民登録がどうなっているか、——ここではそういう問題に関心をもつ者はいない、ことにたんばさんはそうで、彼がなに者であるかと疑う余地もないほど、ここの住人たちはたんばさんを頼りにしていた。困ったことにぶっつかったとき、悲しいとき苦しいとき、癪《しゃく》に障《さわ》ったとき、うれしいとき、そしてそれらがどうしようもないとき、かれらはたんばさんをたずねる。

寒藤清郷《かんどうせいきょう》先生もたんばさんのところへ幾たびか相談にいったし、ヤソの斎田先生でさえ、ひそかに知恵を借りにいったくらいであった。

たんば老人がいつからここに住んでいるか、覚えている者はなかった。親の代から住みついているという「いも屋の惣《そう》さん」もはっきりした記憶がない、——八年まえだったか九年まえだったか、と惣さんは思いだそうとして話す。西の二軒長屋に「くまん蜂《ばち》」の吉という乱暴者がいた。女房に子供が二人。当時は日雇い労働者だったが、もとは坑夫などもしたことがあるそうで、酔って暴れだすと手がつけられなかった。彼は日本刀を一本持っていた。柄《え》のところが晒《さら》し木綿で巻いてあり、刀身に刃こぼれがある。なんとか坑山で大喧嘩《おおげんか》があったとき、十幾人かを敵にまわして斬《き》りあいをやり、幾人とかを斬った。というのがくまん蜂の吉の自慢話であった。——その吉が、ここへ移って来て一年ばかりしてから、酔っぱらって暴れだし、例の日本刀で女房や子供を「たたっ斬ってやる」と喚《わめ》きながら、追いまわした。慣れているから、女房と子供たちは逃げてしまい、吉は逆上して、家の格子《こうし》口《ぐち》の柱へ刀で切りつけた。こん畜生とか、みやがれとか叫びながら、力まかせに切りつけるのである。どうしようもない、どんななまくらでも抜き身の日本刀は凄《すご》みがあるから、眺めていた近所の人たちも蒼《あお》くなり、老人やかみさんたちの中には足が竦《すく》んでしまって、逃げようにも逃げられなくなった者がいた。

このままおいてはどうなるかわからない、警官を呼びにゆこうということになった。

「そのときたんばさんが出て来たんだよ、うん」と惣さんは語る、「長屋のみなさんが遠巻にして、みんないまにも死んじまいそうな顔で、嵐《あらし》のときの古雨戸みてえにがたがたふるえてたとき、たんばさんはゆっくりしたあるきぶりで野郎のほうへあるいていった、――てんでもう平気の平左なんだな、うん、おれも見ていたんだが、嘘《うそ》のねえところこいつあやられるぞっと思った」

たんばさんはおちついて吉の側《そば》へゆき、なにか話しかけた。眺めていた人たちはぞっとし、ざっくり斬られる老人の姿が見えるようで、かみさんたちは眼をつむり、お互いに肩へしがみついた。――だがそんなことはおこらなかった。たんば老に話しかけられた吉は、刀をだらっとさげ、なにか二た言ばかりいったとみると、そのまま抜き身をさげて家の中へはいってしまった。それだけであった。家の中はしんとして、べつに暴れているようすもない。たんば老人は柔和な微笑をうかべながら、みんなのほうへ戻って来、もう大丈夫ですよといって、たち去った。

みんな奇蹟《きせき》を見たように騒ぎだした。あれは剣術の名人にちがいないとか、催眠術使いだろうとかいいあい、いったいなに者だという疑問につき当った。――たんばさんじゃないか、知らないのか、と二、三人の者がいった。もうながいこといるようだぜ、あんないい人はめったにいやしねえ、本当に知らなかったのか、とかれらはいも屋の惣さんに問いかけた。惣さんが親の代からの定住者だ、ということはよく知られていたからであろう。惣さんはそのとき初めてたんば老人という存在を認めたのであった。

それにしても、あの手に負えない吉が、泥酔《でいすい》し逆上して暴れているのをどうしてなだめたか、僅《わず》か二た言ばかり話しかけただけなのに、吉はなぜ一遍でしゅんとなったのか、惣さんは不審でたまらなかった。

「そこでおれは、吉がしらふのときにきいてみた、いったいあのときたんばさんはなにをいったんだ、ってな、うん」と惣さんは語った、「するとおめえ、吉のやつ頭を掻《か》きながら、いまさらどうも面目ねえが、ばかなまねをしてみんなに済まねえが、といってわけを話した」

吉の話によると、たんばさんは彼の側へ来て、少し代ろうかねといったという。吉は振向いて、へんな老いぼれだなと思い、なんだと問い返した。少し私が代ろうかっていったんだよ、とたんば老人がくり返した。そして、片手を柱のほうへ振って、一人じゃ骨が折れるだろうからなと付け加えた。

——おらげっそりしちゃった、と吉は惣さんに告白した。代ろうかなってたって、おめえ、おらあなにも工事をしているわけじゃねえや、たんばさんはやさしい顔で笑ってらあ、一人じゃ骨が折れるだろうったっておめえ、骨替りをしてもらえるもんでもありゃあしねえ、それじゃあお願えしますってわけにいくかえ、おらあ手に持ってる刀と、傷だらけになった柱を見て、急にげっそりしててれくさくなっちゃって、しょうがねえからうちへへえって、あの日はいちんちふて寝しちゃったよ。

惣さんがその話をするときには、自分がくまん蜂の吉そのものにでもなったように熱を入れ、身振りや表情や声などに、可能な限りまで実感をあらわそうとするのであった。

たんば老は彫金師だと云っていた。若いころは莨入《たばこいれ》の前金具だとかキセル、簪《かんざし》などに素彫をするのが得意で、いちじは相当に名も知られたが、現在ではそういう品を使う者が稀《まれ》になり、高級なコンパクト、帯留、簪、ペンダントなどを手がけている。注文は殆《ほと》んどないので、自分で気の向いたときに作り、昔のお店《たな》へ持っていって預ける。そして、それらの品が売れれば代金を貰《もら》うということであった。

「なに、身寄りもない独り者だし、こうとしをとっては欲もないからね」と老人は云う、「まあ死ぬまでの時間つぶしのようなものさ」

この長屋内で、家をきれいにしている数軒の中でも、たんばさんの家は第一の指に折られるに違いない。戸障子もすらすらあけたてができるし、羽目板に泥がはねていることもない。三尺の狭い土間は塵《ちり》もなく、穿《は》き物はいつも爪先《つまさき》を出口のほうに向けて、きちんと並べてある。石油コンロで煮《に》炊《た》きをするから、勝手も煤《すす》などは溜《た》まらないし、畳も古いのだが、ふしぎにけば立ったり擦り切れたりしていない。入り口の二帖《じょう》も奥の六帖も常に片づいていて、よけいな物は一つも見あたらなかった。茶簞笥《ちゃだんす》が一つとちゃぶ台。それから仕事をする頑丈な台と、道具や地金を入れる、抽出《ひきだ》し付きの箱。それらがいつも同じ場所にあった。まるで造りつけにしてあるかと疑われるほど、一センチの狂いもない同じ場所に。——火鉢はなかった。朝いちど、大きな土瓶に茶を少し入れ、湯をいっぱいに注《そそ》いで、それを少しずつ啜《すす》る。客があるとべつに茶を淹《い》れることもあるが、たいていは同じ茶を出した。

「どうも腑《ふ》におちねえんだが」と渡《わた》さんが云った、「あんな出がらしの茶なのに、たんばさんが飲むのを見ていると、よだれが出るほどうまそうなんだな、まったくだぜ」

老人は小さな茶碗《ちゃわん》にほんの少し注ぎ、その茶碗を両手で囲うように持って、尖《とが》らせた唇を、ゆっくりと近づけて、さも大事そうに啜るのであった。

客に食事を出すようなことはなかった。どんな物を喰べているかわからないが、老人の食事は朝と晩の二回らしい。着物は木綿のこまかい縞《しま》で、縫い張りはよそへ出すようだが、いつも垢《あか》のつかないさっぱりした物を着ていたし、冬でも足袋ははかなかった。

たんば老の家には、昼の客と夜の客がある。昼の客は各種の相談ごとが多く、夜の客は殆んどが金銭問題、――というよりもむしんであった。この「街」で金銭を借りることのできるのは老人だけであるし、むしんにいって断わられたという例はないようだ。ないようだというのは、老人から借金をした者は、決して人に語らない。老人はむろん口をつぐんでいるし、借りた当人も人に饒舌《しゃべ》るようなことはない。これはないしょだよ、と老人に断わられるからだ。

「他人に知れると私が困る」とたんば老はやさしく云うのであった、「あんたに貸してほかの者に貸さないというわけにはいかないし、あたしだってそういつも持ってるわけじゃないからね」

そして、返すのはいそがなくてもいい、返せなければ返さなくともいいんだよ、とじつのこもった口ぶりで付け加える。いつ、誰の場合でも云うことは同じだった。或るとき、かみさんの一人がやって来て、うちの宿六*に金を貸さないでくれ、と頼んだことがある。金を借りると呑《の》んだくれて仕事にでかけないからだという。そのとき老人は、自分は金など貸しはしないと否定した。

「あたしは貸さないがね」と老人は微笑しながら、なだめるように云った、「男というものには、女房子にも云えないような悩みにぶっつかることがあるもんだよ、女房子を抱えて、こんな荒い世間の波風を乗り切ってゆくのはたいへんなことだからね、本当にたいへんなことなんだよ」

「そりゃあわかってますよ、でも仕事にいってくれなきゃあ、うちの者は飢え死にしちゃいますからね」

「それはそうだ、そうなるとすればことだね」老人は女房の心配に同情の意を表してから、柔和な調子でゆっくりと云う、「ひとつ考えてみよう、そうさ、これはずっと昔の話だが、大工だか指物師《さしものし》だかの職人がいた、女房も子供もあり、たしか母親もあったと聞いたが」

その職人がぐれだしして仕事にゆかず、家にある物を売ったり質に入れたりして、酒びたりになっていた。しかたがない、女房が自分ではたらこうとしたら、母親がそれを止めた。

「亭主がはたらいてこそ一家というものだ、亭主が呑んだくれて女房が稼ぐようになれば、その一家はこわれたも同然だ、と母親は云ったそうだ」たんば老は静かに頭を動かしてみせた、「——そのくらいならいっそのこと、一家そろって飢え死にをするほうがいいじゃないか」

女房はそれを亭主に告げ、おまえさんがはたらいてくれなければ親子もろとも飢え死にをするつもりだと云った。

「これは話だから、本当か嘘かは知らないがね」と老人は云った、「女房子が飢え死にをするというのに、黙って見ている亭主はないだろう、ものはためしだ、おまえさんもひとつその気になってみないか、人間はそうそう呑んだくれてばかりもいられないものだよ」

そのかみさんは二度とたんば老のところへは来なかったし、その亭主がたんば老から金を借りた、という噂《うわさ》も立たなかった。

これはこの「街」の伝説になっているので、真偽のほどは確かでないが、また、今昔物語《こんじゃくものがたり》だか古今著聞集《ここんちょもんじゅう》だかに、似たような話が出ていたと思うが、ここの住人たちみんなが伝えているので、あえて読者諸氏の*叱正《しっせい》を予期のうえ紹介すると、

――ずっと以前、たんばさんの家へ泥棒がはいった。たぶん老人が小金を貯《た》めているという、ひそかな噂を聞いたのであろう、当時いた段という男が教唆《きょうさ》したのだ、と云う者もあった。

段と呼ばれる男は独り者で、たんば老の隣りに半年ばかり住んでいた。しょっちゅう老人の家に入りびたりで、さすがのたんば老も閉口したらしい。段は仕事もろくさましないし、そのくせさほど窮乏しているようすもなかった。めしは三度とも中通りの食堂へ喰《た》べにゆくし、ときたまではあるが、近所の子供たちに飴玉《あめだま》を買って来て配る、などということをした。

「私はね、こうして人と会話をするのがなによりたのしみでね」と段は云うのであった、「会話というやつはいいもんだね、ねえたんばさん」

それは会話などといえるものではなかった。たいてい段が独りで饒舌るし、話の九割がたは嘘だとわかりきったものであった。老人は必要があればべつだが、どっちかというと口の重いほうで、たとえば「小屋」の平さんなどがたずねて来ると、半日くらいも向きあったまま黙って坐《すわ》っている、というふうであった。これは平さんが世にも稀なくらい無口な性分だったせいもあるが、だから、老人が段の訪問をよろこばなかったことは確かであろう。老人はそんなけぶりもみせなかったが、段のほうで気づいたのだろう、やがてその訪問は少しずつ遠のき、そしてどこかへ移転していった。

段が引越していってまもなくたんば老の家へ泥棒がはいった。老人の家もまた戸閉りがない、雨戸は閉めるが鍵《かぎ》は掛けないから、どんな駆け出しでも楽に忍び込める。泥棒は家の中がさっぱりと片づいているのに、吃驚《びっくり》したことであろう。抽出し付きの箱を見て、金箱と誤認したものか、それを抱えて逃げだそうとした。老人は眼をさまして、泥棒のすることを眺めていたものか、そのとき初めて声をかけた。

「きみ、それは違うよ」老人は低い声でやわらかに囁《ささや》きかけた、「それは仕事の道具箱だ、金はこっちにあるよ」

泥棒は足を停めて振返った。たんば老の低い声と、やわらかな口ぶりが彼をひきとめたようで、それでもまだ逃げ腰のまま、「なんだと」と凄んでみせた。

「いま出してやるよ、たくさんはないがね」たんば老はやはり囁き声で云って、静かに起きあがり、とだなをあけて財布を取り出した。古くなって擦り切れた革の財布であったが、老人はそれを持ってゆき、そのまま泥棒に渡した。

「いまはこれで全部だがね」と老人は云った、「もし困ったらまたおいでよ、少しなら溜めておくからね」

そして、こんどは表からおいで、と云ったそうである。泥棒は財布を受取り、道具箱は置いてたち去った。

この事実は誰も知らなかった。半年だか一年だか経《た》ったのち、その泥棒が警察に捉《つか》まったそうで、或るとき刑事に伴《つ》れられて、たんば老の家へ実地検証に来た。この家でこれこれのことをした、という自白の裏付けである。

「とんでもない、それはなにかの間違いです」たんば老は刑事の質問に対してそう答えた。「こんな貧乏長屋へ泥棒にはいる者もないでしょうし、うちではそんなことは決してありませんでした」

「ではこの男が夜なかに侵入したとか、金品を盗んだとかいう事実はないのですな」

「ええそのとおりです」老人は刑事に微笑した、「うちには盗まれるような物はなに一つありゃしません、その人は夢でもみたんじゃないでしょうかね」

この刑事との対談で、泥棒とのいきさつが知れわたったのであった。なるほどたんばさんならやりそうなことだ、おまけにあの泥棒は、たんばさんの一件だけ罪が軽くなるわけだからな、とここの住人たちは云いあった。

「きっと段の野郎が吹っ込みやがったんだな」と或る男が云った、「あいつはしょっちゅうたんばさんとこへ入り浸ってやがったし、隣りどうしだったからな、たんばさんが小金を持ってるとかなんとか、吹っ込んだにちげえねえぜ」

「段て野郎は信用できねえ野郎だった」とべつの男が云った、「あいつはいつも千二百円札で洟《はな》をかむようなことばかり云ってやがった」

そうだそうだ、と賛成する者はいたが、その古くさい洒落《しゃれ》がわかったようすはないので、いった当人は孤独感にとらわれたようであった。

古物商の小田滝三が、ここへ引越して来たばかりのとき、酔ってたんば老をたずね、なかまの某を叩《たた》っ殺すのだといきまいた。事情を聞くと、大切なとくい先を横取りされたのだという。そのとくいはめっぽう払い物の多い家で、空缶だの洋酒やビールの壜《びん》だの、雑誌、新聞、ぼろ類など、一度では運びきれないほど多量な品が、月に二度ずつ出るし、それらの代価は取らず、「片つけてもらう」のだからと云って、反対に＊三コ平均の金を呉《く》れるのだ、ということであった。

「珍しいうちがあるもんだね」とたんば老は云った、「よっぽどの金持なんだな」

「それがそうじゃないんですよ、うちは借家だし、塀なんぞも毀《こわ》れちゃってるしね、酒屋なんか勘定が溜まってるっていうんです、ええ近所ではそう云ってるんです」

中年の夫婦ぐらしで、旦那《だんな》というのはしょっちゅう酒を飲む。客が絶えず来ているし、朝から夜まで酒を飲んだり、大きな声で議論したり、唄《うた》をうたったりする。或るときなどは、――と云いかけて、小田滝三は怒りのほうへ自分を引き戻した。

「そんなようなね、払い物をして逆に金を呉れるようなとくいなんざ、めったにあるもんじゃありませんや、それをあんた横取りしやがったばかりか、てめえがまぬけだから人に取られるんだ、ねぼけるないってぬかしゃあがった」

「そういう人間も世間にはいるもんでね」とたんば老は云った、「自分でやったことが恥ずかしいもんだから、反対に毒ぐちをきくものさ、こんなことを云うと自分の悪事をひけらかすようだがね、六、七年前のことだったかな、或る年寄が死んじまいたいと云って来たんだな、もうつくづく生きているのがいやになったからって」

親類もなし妻子もない、としは七十幾つとかで、昔は相当な商家のあるじだったが、当時は夜店で玩具《おもちゃ》を売っていた。軀《からだ》は丈夫なほうだが、朝起きてめしの支度をするときに、ああまた同じことをするのかと思うと、軀から精がぬけてゆくようで、七厘《しちりん》の前にしゃがんだまま、三十分の余もぼんやりしていることがある。なにを喰べてもうまくないし、これが喰べたいと思うようなこともない。たまには女の子の酌で一杯やりにゆくのがたのしみだったけれども、このところずっと、女を遠くから見るだけでも、胸がむかむかする。特に銭湯へいったとき、自分の裸の軀を見る不愉快さはたとえようもない。痩《や》せているとか、干からびて皺《しわ》だらけだとかいうのではなく、軀そのものが醜悪でけがらわしくてやりきれなくなる。

「まあそんなようなことを並べるんだな、きれいさっぱり死んで、自分をこの世から消えてなくしちまいたいって」とたんば老は云った、「そこであたしが茶箪笥の抽出しから粉薬を一服出して来て、これは彫金の地金に混ぜる薬で、一般には売っていない劇薬だが、飲んで一時間たつと頓死《とんし》する、ちっとも苦しまずに死ねるから、本当に死ぬ気ならお飲みなさいと云って、湯呑に水を注《つ》いで来て渡した」

その年寄は礼を云って飲んだ。あんまり思いきりがいいので、こっちが吃驚したくらいだが、年寄はそれで気がおちついたものか、問われるままに身の上話を始めた。こんどの戦争まで、彼はひもの町というところで呉服屋をやっていた。妻と男の子二人、店員を五人に女中を使って、町内では顔ききのほうであった。戦争になってから企業統制で呉服屋をやめ、国民服とか絹糸を扱う合同会社の役員に就任した。そのころは軍関係と手を握って、うまいしょうばいをし、金も流れこむし二号三号もできて、天下を取ったような贅沢《ぜいたく》な生活をした。——ところが十八年の冬、召集令状を受取った長男が、他人の細君と出奔して、熱海《あたみ》で身投げ心中をしたのがけちのつきはじめとなり、そのまえに召集されていた二男が、大陸で戦死する。空襲できれいに焼かれて裸になるというありさまで、敗戦の四、五日まえには、妻が栄養失調のために死んでしまった。

「いまでも毎晩、あたしは死んだ妻子や、囲った女たち二人と話をするんですよ、——とその年寄はおしまいに云うんだね、女房も二人の伜《せがれ》も、女たちも、まるで生きているように、笑ったり話したりするんです」

　奇妙なことに、妻子も女たちもみな自分に好意をもっていて、恨んでいたり憎んだりするようなことは決してない。他人の妻と心中した長男とも、話してみると事情がよくわかるし、その関係はごく自然なもので、誰にも迷惑はかけていない、という事実まではっきりする。——本当に奇妙なことだが、みんなが生きていて、いっしょにくらしていたときより、夜なかに、いまは亡《な》きかれらと話しあうときのほうが、はるかに現実的であり、また、なまなましいたのしさが感じられる、とその年寄は云うのであった。

「生きていればこそだね、とあたしは云ってやった」たんば老は微笑した、「――「――べつの言葉で云えば、おまえさんが生きているあいだは、その人たちも生きているわけだ、こういうことはそうざらにあるものじゃないらしいな」

その年寄は、なるほど、といいたげに頷《うなず》き、暫《しばら》くじっと考えこんでいたが、やがて心配そうに、いまの薬は一時間たつと効くんだなと質問した。そうだ、あと十分もすれば効きめがあらわれる筈《はず》だ。その年寄はまた考えこんだが、顔色がしだいに悪くなり、自分の手をつくづくと見まもったのち、もう取り返しはつかないのかねと云った。

「いや、とあたしは答えた、薬というものには必ず、その効きめと反対な性質の薬がある、たとえば下痢を止める薬があれば通じをつける薬があるし、胃酸を中和する薬と、逆に胃酸を出すための薬がある、また」

そう云うのを遮って、その年寄は「いまの毒薬にもそういう薬があるか」とたいそうせきこんできいた。

「むろん毒薬には解毒剤《げどくざい》というものがあるよ、とあたしは答えた、いま手許《てもと》に持っているかどうか思いだせないが、――と云いかけたとき、その年寄はあたしにとびついてきたね、あんまり猛烈な勢いだったんで、あたしは絞め殺されるのかと思ったくらいだった」たんば老は片手で自分の首を押えながら云った、「さあ、その解毒剤をすぐに出せ、すぐに出せ、ってきいきい声でどなるんだな、さもないと人殺しの罪で訴えるぞ、いや、嘘じゃない、その年寄は本当にそうどなりたてたよ」

たんば老はその年寄に解毒剤を与えた。なかなかみつからないようなふりをして、その年寄に近づく死の恐ろしさを充分にあじあわせてから。薬の一つは解熱剤、一つは胃腸薬であって、云うまでもなくその年寄は無事に帰った。

「人殺しとはねえ」と云って小田滝三は笑った、「自分で死にたいと頼んでおきながら人殺しとは、ずいぶんうろたえたもんだな、やっぱり人間はいざ死ぬとなると、気取ってばかりもいられないんだな」

小田滝三はまもなく帰った。なかまを叩っ殺すといきまいたことは、もう忘れてしまったように。

小田滝三は後日、寒藤清郷に向ってそのときの話をし、たんばさんは人をくったひとだ、と云って感心した。

「こっちは本気で、なかまの一人を叩っ殺すつもりでしたよ、実際に殺せたかどうかはわかりませんがね、自分では本気にそう思いつめていたんです」と小田滝三は云った、「二番めの子が生れてまのないときだし、しょうばいに気乗りがし始め、これならどうやらやっていけるって思ってたときでしたからね、その上とくいを横取りされたうえ、ばかみたように云われたんですから、こんなその日ぐらしの者にとっては、それこそ生き死にの問題なんですからね」

「六、七年まえにそんな年寄はいなかったな」と寒藤先生は云った、「そんなような年寄がいたという記憶はないな、それははなしだな」

「私もあとでそうじゃないかと思いましたよ、どうしても死にたいとか、一時間たつと頓死する毒薬とかいうんで、つい聞きとれているうちに熱がさめちゃった」

「にえ湯がぬるま湯になったというわけだ」寒藤先生は笑って云った、「そのはなしの年寄のように、小田くんも一服盛られたということだな」

「おかげでばかなまねをしずに済みましたがね」

　或るとき、曾根《そね》隆助がたんばさんをたずねて来て、自分の妻が男をつくったがどうしたらいいか、と意見を求めた。曾根は左官の手間取で三十八歳、妻とのあいだに五人の子供があった。そのかみさんはここの女房たちから、鬼ばばあと呼ばれていたが、*とぎすのように痩せて色が黒く、抜けあがった狭い額の下に、鷲《わし》のようなするどい眼が光っている。頬骨は尖って高く、いつも紫色の薄い唇は、きっと一文字にむすばれていて、蓋《ふた》を閉じたはまぐり貝のようにみえる。——としは三十五歳だが、誰もそれを信じる者はいない。四十五、六だという者が大部分であり、五十歳より下ではないと断言する者さえあった。

彼女はお琴という名であるが、女性とはうまが合わないようで、苦情を云うとか怒るとか、自分のほうに云い分のあるときだけは口をきくが、さもなければ朝夕の挨拶《あいさつ》もしないし、挨拶をされても返辞はしないのであった。その代り男性とはうまが合うのだろうか、老人でも若者でも、男に対して常に関心があるらしく、男を見ると眼の色が変る、と云われていた。

お琴は近所のかみさんたちに、刷毛《はけ》屋の妻のみさおとよく並べて噂をされた。軀つきや風貌《ふうぼう》も共通した点が多いし、男好きなところもよく似ているというのである。

「でも刷毛屋の人のほうがまだましだね」とかみさんたちは云った、「こっちは鬼ばばあだけれど、刷毛屋の人はまだあいそがいいし、つきあいってことを知ってるもの」

このように、お琴はかみさんたちから嫌われていた。

お琴が男性に対していかに大きな関心と興味をもっていたにしても、鬼ばばあという渾名が示すような風貌と性分では、なかなか色っぽい問題はおこりにくいであろう。刷毛屋の女房がそのほうの達人であるのと正反対に、お琴はそれまで潔白であり無傷であった。五人の子供たちも正しく曾根隆助の子であるし、――それが証明できるか、などという好奇心の強い人には、いちどお琴に会ってごらんなさい、とお答えしよう、――またいま彼女は妊娠ちゅうであるが、それも隆助のたねであることを疑う者は一人もなかった。

そのようなお琴が、ついに男をつくったという。曾根隆助の話によると、相手は二階に間借りしている二十二の青年で、孝ちゃんといい、昼は運送店に勤め、夜は定時制高校にかよっている。二十二で夜間高校にかようというのはよっぽど好学精神の旺盛《おうせい》なたちなのだろう。温和《おとな》しくて、天候の挨拶をするにも顔が赤くなる、ということであった。

「ええ本当ですとも」と曾根隆助は云った、「先月の末でしたか、朝のまだ暗いうちに、お琴のやつが二階からおりて来たので吃驚しました、寝衣《ねまき》に細紐《ほそひも》をしめただけの恰好《かっこう》です」

どうしたんだときいたら、お琴は平気な顔で、あらおまえさん起きたのと云い、

「孝さんが起きないからいま起こしにいって来た」のだと答えた。

「そのときはまあそうかと思いました、その男は六時に勤めにゆくんです、いや、勤めにゆくために毎朝六時にうちをでかけるので、おくれちゃあいけないからってわけで、まあそんなこったろうと思いました」

そんなことが幾たびかあったのち、お琴は亭主をすっかりまるめこんだと思ったものか、一昨日の夜半、そっと起きだして二階へあがっていった。

「私はそれを見て、また起こしにいくんだな、間借り人を置くと女房もたいへんだなと思って、そのままうとうとしかけました」隆助は眼を細めて、うとうとしかけたようすを示し、それからその眼を急にみひらいた、「――うとうとしかけて、ひょっと気がついたのは、いまは朝ではなく夜なかだってことでした、私はおとついはおそくまで仕事で、疲れきってましたから八時に寝ちゃったんです、それで子供たちが寝るときの騒ぎも知らなかったんですが、お琴のやつが起きたんで眼がさめたんでしょう、とたんに時計が一時を打ったのを思いだしたんです」

彼は起きあがって時計を見た。その古い六角時計の針は、一時十五分をさしていた。寝床を見るとお琴はいない、すると夢でもなかったのだと、彼は思った。

「それから眼が冴《さ》えちまって眠れやしません」と曾根隆助は云った、「気持だってひどいもんで、ひっきりなしになにかが喉《のど》へこみあげてくるし、あばら骨の裏側が火で焼かれるようなぐあいでしたよ」

時計が三時を打ってから、お琴は下へおりて来た。おりて来るときは用心ぶかく足音を忍ばせ、それから足音を高くして手洗いにゆき、戻って来て寝床にはいると、大きな欠伸《あくび》をして眠りこんだ。

「私は朝までまんじりともしませんでした、へんな話のようですが、お琴のやつが哀れで哀れで、おかしなことを云うようですが、できることなら抱いてやっていっしょに泣きたいような、へんてこな気持でいました、これは本当のことなんですよ」

外が白んできてからとろとろと眠った。眠りかかったということだったろうが、そのうまいの鼻柱を叩くように、お琴がとげとげしい声で呼び起こした。誇張なしに手の平で鼻柱を叩かれたようだったという。いつまで寝てるんだねこのひとは、おくれるじゃないかねずっなしだよ、って喚きたてたということだ。

「その声を聞いて初めて、私ははらわたが煮えくり返るようにかっとなりました」

と曾根隆助は云った、「ゆうべのことをばらしてはん殴ってやろうかと思いましたが、――五人の子供がありますからねえ、はん殴るのはいいがゆうべの事を話したら、子供たちがどんなにびっくらするかと思うと、私の言葉は喉にひっかかって出て来やしませんや、なさけないはなしだが、私はなにも云わずに起きましたよ」

昨日も仕事を休み、今日も仕事を休んだ。軀じゅうの骨がばらばらになり、はらわたがみんな溶けてしまったようで、動く気にもなれなかった。

「それでまあ、思案にあまって、来たようなわけなんですが」

「おかみさんはおなかが大きいとかいってたようだね」

曾根隆助は「へえ」といって、自分が妊娠してでもいるかのように、首をちぢめ、頭を掻いた。

「金持でも貧乏人でも、*学問があってもなくても」とたんば老は云った、「人間にはみんな、そんなような間違いをおこす時期があるんだな、男にも女にもさ、なま身の軀というやつはときどき、自分でもどうにもならなくなることがある、そうだろう隆さん、ま、――そういうことでひとつ考えてみよう」

たんば老は手を伸ばして、二つの湯呑に茶を注ぎ、一つを曾根隆助に渡して、自分のをゆっくりと啜った。

その夜半、曾根隆助の家の二階でその事がおこった。午前二時ちょっとまえ、二階の電燈《でんとう》が急にともって、お琴と孝さんを仰天させた。二人が振向いてみると、隆助が電燈のスイッチへ手をやったまま、上から二人を見おろしていたのだ。

「驚くことはないよ孝さん」と曾根隆助は云った、「明るいほうが情がうつって*いいだろう、ゆっくりやんなよ、ねえこんなことをするのはよっぽどお琴に惚《ほ》れているんだろうからな、孝さんにきれいさっぱり進呈するよ」

お琴も孝さんも動けなかった。明るい電燈の光りの下では、動きようのない状態だったのかもしれない。孝さんのふるえているのが、隆助の眼によく見えた。

「お琴は進呈するよ」と曾根隆助は続けた、「それから五人の子供と、お琴の腹の中にいる子も付けてやる、わかったね、私の云うことはこれっきりだ、さあ、二人でまたゆっくりやんな」

そして彼は、電燈をつけたままにして、階下へおりて寝た。

鬼ばばあという渾名を名実ともに具備したうえに、五人の子とまだ胎内にいる子まで付いている女を、二十一か二の青年がよろこんで貰う筈はないだろう。否《いな》、たとえ四十か五十のふけた男でも、それほど勇猛心のある人間がいるとは思えない。すなわち、孝さんは逃亡し、お琴は泣いて亭主に謝罪し、あまりロマンティックではないこのロマンスは、終りを告げたのであった。

「ええ、うまくいきました」と曾根隆助は事がおさまったあとでたんばさんに云った、「五人の子供と腹の子を付けてやると云ったのが当ったんですな、荷物もなにも置きっ放しでとびだしてったきりです、お琴のやつも、子供たちのために勘弁しておくれってって泣きましてね、——へえ、やっぱり御相談に来ていいことをしました、あのせりふはみごとに効きましたよ」

お琴はこの出来事をどのように自己処理したものか、その後もけろっとして、長屋のかみさんたちに平気でくってかかり、どなりちらし、叱《しか》りつけたりするのであった。孝さんとのことは殆んど知らない者はなかったのだが、当のお琴だけがそんなことは夢にもなかったようにふるまうので、さすが口達者なかみさんたちも、舌《ぜっ》鋒《ぽう》の持っていきどころがないようであった。

いま、われらの「街」は眠っている。くまん蜂の吉はどこかへ移っていったが、たんば老の世話になった人たちの多くは、この長屋内のそれぞれの家で眠っている。たんば老に助けられたことを思いだして、感謝の溜息《ためいき》をついている者もあろうが、たいていは忘れてしまっていて、それにもかかわらずこの長屋にたんばさんがいること、困ったときには相談に乗ってもらえる、という安心感に慰められて溜息をつくのであった。

この街をうしろから囲っている西願寺の高い崖《がけ》と、崖の上に黒ぐろと茂る樹立《こだ》ちとが、いまは圧迫するようにではなく、この一群の長屋ぜんたいをかき抱き、そのやすらかな眠りを見まもっているように感じられる。——黒い樹立ちから眼をあげると、空にはいちめんに星が輝いているが、そのまたたきは冷たく、非情で、愛を囁きかけるというよりも、傍観者の嘲弄《ちょうろう》のようにみえる。

「よしよし、眠れるうちに眠っておけ」とそれは云っているようであった、「明日はまた踏んだり蹴《け》ったりされ、くやし泣きをしなくちゃあならないんだからな」

あとがき

私は去年（昭和三十六年）『青べか物語』という本をまとめた。それはある漁師町の人たちと、そこにおこった出来事についての話であるが、この『季節のない街』は、都会の『青べか物語』といってもいいほど内容には共通点が多いのである。わが国ではもちろん、世界のどこでも、極貧者は自分たちの街を作るようだ。計画的にそうするのではなく、あたかも風の吹き溜《だ》まりに塵芥《じんかい》が集まるような、いつ、そうなったともわからないほど自然な成り立ちであり、経済的にも感情的にも、自分たちの「街」以外の人間とは、交渉を持とうとしないのが一般である。

ここの住人たちは「街」という概念では団結して他に当るけれども、個別的には孤独であり、煩瑣論《はんさろん》的な自尊心を固持しているのが常のようだ。煩瑣論的というのは、作中に出てくるのだが――たとえば――ひと摘《つま》みの塩を借りにゆく、という行為をとってみても、本当にそれが必要である場合のほうが多いと同時に、少しも必要ではないが、親近感を強めるために、また相手に優越感を与えるために、あるいは吝嗇《りんしょく》のために、そうすることがしばしばあるのである。

私がこれらの人たちに、もっとも人間らしい人間性を感ずるのは、その日のかてを得るため、いつもぎりぎりの生活に追われているから、虚飾で人の眼をくらましたり自分を偽ったりする暇も金もない、ありのままの自分をさらけだしている、というところにあると思う、——もちろん、豊かな生活をしている人たちと同様、かれらにも虚栄心があり、みえもあり、嫉妬《しっと》や誹謗《ひぼう》や貪欲《どんよく》などもある。しかしそれらは、いかにも底が浅く単純なので、すぐにみすかされてしまうし、逆効果をまねく場合が多いようで、そんなところにも人間の弱さやかなしさが率直にあらわれるのである。

こういう「街」の住人は、一時的なものと、永住者とに大別される。一時的な人たちの中にも、そうなる本質をそなえている者と、現象的な不運によるものとあり、前者はしばしば永住者になるし、後者はやがてここから脱出する可能性をもっていて、これらが以前からの定住者とのあいだに、現実的にも心理的にも、多種多様なトラブルをおこす原因となり、ささやかではあるが当人同志では深刻な、悲劇や喜劇をかもしだすようだ。

私は『季節のない街』の中でこれらの人たちと再対面したわけである。登場する人物、出来事、情景など、すべて私の目で見、耳で聞き、実際に接触したものばかりであって、『青べか物語』と同様、素材ノートの総ざらえといってもいいくらいである。

――このノートを小説として再現しながら、作中の人物のひとりひとりに、私は限りない愛着となつかしさを感じた。この人たちはかつて私の身ぢかに生きていたのであり、かれらの笑い声や、嘆きや怒りや、啜《すす》り泣く声が、いまふたたび私のところに帰ってきたのである。それを歪曲《わいきょく》することなく、できるだけあったままに私は写し取っていった。

そしてまた、これらの人たちは過去のものであるが、現在もなお、読者のすぐ身ぢかにあって、同じような失意や絶望、悲しみや諦《あきら》めに日を送っている人たちがある、ということを訴えたいのである。

それゆえ「ここには時限もなく地理的限定もない」ということを記しておきたい。それは年代も場所も一定ではないのである。ではなぜこの「街」という設定をしたかというと、年代も場所も違い、社会状態も違う条件でありながら、ここに登場する人たちや、その人たちの経験する悲喜劇に、きわめて普遍的な相似性があるからであった。

（昭和三十七年十二月）

注解

12＊おそっさま　「おそしさま」（御祖師様）の変化した語。その宗派の開祖の尊称。特に、日蓮《にちれん》宗で日蓮上人をいう。
13＊なんみょうれんぎょう　六ちゃんは、「なむみょうほうれんげきょう」（南無妙法蓮華経）のつもりで唱えている。
16＊なにょう　「なにを」のなまり。
17＊ノッド　ここは、ノード（節点）の意。
17＊制動機　ブレーキ。
20＊緩徐調　調子がゆるやかなさま。
24＊ポール　路面電車などの屋根にあって、架線から電気を取り入れるための棹《さお》。
26＊よた者　与太者。やくざ者。不良。
29＊二インチ　約五センチメートル。「インチ」は、ヤード・ポンド法の長さの単位。一インチは、約二・五センチメートル。
29＊たいてえじゃないね　大抵じゃないね。大変だね、の意。
34＊他人は泣き寄り　「泣き寄り」は悲しい事があった時に、互いに慰め合ったり助け合ったりするために集まること。ちなみにことわざには、「親《しん》は泣き寄り、他人は食い寄り」がある。
36＊一町四方　「町」は距離の単位。一町は約一一〇メートル。
37＊具眼の士　物の良否を判断する見識を備えている人。
38＊花　ここでは、桜の花の開花、の意。
39＊術語　専門用語。
43＊六帖　六畳。
43＊張板　洗って糊《のり》づけした布や漉《す》いた紙などを張って乾かす板。
45＊ブルータスよおんみもか　シェイクスピ

アの歴史劇『ジュリアス・シーザー』で、ローマの政治家シーザーが暗殺される時、一味の中に腹心と信じていたブルータスがいるのを見とがめて発した言葉。

45＊自由だ、解放だ　シーザーが倒れた後、刺殺者の一人シナが叫ぶ言葉。

45＊シェクスピア　シェイクスピア。一六世紀後半から一七世紀前半のイギリスの劇作家、詩人。作品に『ハムレット』『ロミオとジュリエット』『リチャード三世』『ヴェニスの商人』など。

45＊正則英語学校　ちなみに史上では、英語学者の斎藤秀三郎が明治二九年（一八九六）、東京神田に創設し、山本周五郎が通った学校がある。

47＊一と側　一列。

48＊アルカロイド物質　植物体に存在する、窒素を含んだ塩基性有機化合物の総称。ニコチン、モルヒネ、コカイン、キニーネ、カフェインなど。

48＊アルデハイド　アルデヒド。アルデヒド基をもつ化合物の総称。ホルムアルデヒド、アセトアルデヒドなど。

50＊浜内ライガー首相　ちなみに、大正から昭和前期の政治家に、その容貌《ようぼう》から「ライオン首相」とあだ名された浜口雄《お》幸《さち》がいる。昭和二年（一九二七）、立憲民政党の総裁となり、四年七月、首相に就任した。

51＊次官　事務次官。各省庁の長たる国務大臣を補佐する職。官僚の最高位。

51＊大夕紙　大手の夕刊紙。

53＊三百代言　当時、代言人（弁護士）の資格を持たずに、他人の訴訟や談判などを引き受けた者のこと。また、弁護士をののしっていう語。

58＊しと　「ひと」（人）のなまり。「ひ」と「し」の発音が混同される。
58＊はじけタバコ　「丁子煙草」のことをいっている。丁子（クローブ）を混ぜた紙巻きたばこで、火をつけて吸うとパチパチと音がする。
60＊ニューム鍋　「ニューム」は「アルミニウム」の略。
63＊ロスタン流　「ロスタン」は、一九世紀後半から二〇世紀前半のフランスの詩人、劇作家。ここでは、ロスタンの戯曲『シラノ・ド・ベルジュラック』第五幕の、シラノの死ぬ前のせりふ「死霊がやって来た。冷い大理石の靴を穿《は》かされた、のが、自分でもわかる――重い鉛の手袋も！」（辰野隆・鈴木信太郎訳）を踏まえている。
64＊オール・イッツ・オヴァ　すべて終り、の意。
65＊おひゃらかし　ひやかし、からかい。
65＊十円印紙　「印紙」は、国が歳入金徴収の一手段として発行する、一定の金額を示す証票。収入印紙など。税金や手数料を納めた証明として書類などに貼る。
82＊五代目菊五郎　五世尾上菊五郎。江戸時代後期から明治時代にかけての歌舞伎役者。形式を重んじた写実的演技で、とりわけ世話物を得意とした。
83＊鼠咬症　鼠などに咬《か》まれて発病する感染症。傷口が熱をもって赤く腫《は》れ、頭痛、関節痛、リンパ節肥大などを伴う。治療にはペニシリンなどの抗生物質が用いられる。
91＊桂はね　「桂」は桂馬《けいま》。将棋の駒《こま》の一つ。一つ間を隔てた斜め前方の左右へ飛ぶことができるため、桂馬が進むことを「はねる」（跳ねる）という。
92＊角が当ってるよ　次に角に取られるよ、の意。「角」は角行。将棋の駒の一つ。斜めに自由に動ける。
94＊敗戦の年　昭和二〇年（一九四五）。
97＊テーベ　肺結核。
98＊奔馬性　病状が一気に進行する意。
100＊授産所　身体上、または世帯の事情などで就業の困難な者に、就労や技能習得に必要な機会と便宜を与え、自立を助けることを目的とする保護施設。
100＊給仕　官庁や会社などで、雑用を担当した人。
102＊しずに　せずに。
108＊ジー・アイ　アメリカ兵の俗称。
112＊外食券食堂　外食券持参者に食事を提供するよう指定された食堂。「外食券」は、米の配給制度下で、主食を外食する者に交付された食券。
116＊ぶったくり主義　「ぶったくり」は不当に高い金をとること。
120＊落手　将棋で、悪い指し手。
120＊銀　銀将。将棋の駒の一つ。
120＊4七　将棋盤には、横方向に1から9まで、縦方向に一から九まで、升目の位置を表す座標が決められている。
121＊桂頭を叩く　将棋で、相手の桂馬の駒の頭に持ち駒の歩を打つこと。
124＊シャッポ　帽子。
124＊ぱいすけ　土や砂などを運ぶための、割り竹や縄で編んだ籠《かご》。
126＊番たび　いつも。
127＊こうめったあめった　こうでもないあでもない、の意。甲州方言。
127＊へこましゃあがる　「へこます」は言い負かす。

134＊こんにちさま　今日様。太陽を敬い親しんで呼ぶ語。お天道さま。
141＊けつからあ　「けつかる」は「居る」「ある」などを卑《いや》しめていう語。
144＊てえげえ　「たいがい」（大概）のなまり。ほどほど。
145＊右大臣　ここでは、雛人形の武官のことをいっている。履《くつ》をはいて緋毛氈の上にいることから。
146＊しろと　しろうと。
147＊どろがめ　泥亀。スッポンの別称。ここは、泥酔《でいすい》していたことをいっている。
149＊ハマ　「横浜」の略。
154＊ホールダー　シガレット・ホルダーの意。紙巻たばこ用のパイプ。
162＊毛物　獣。
177＊こまっちゃくれた　「こましゃくれた」の変化した語。大人びた、の意。
179＊二丁ばかり　約二〇〇メートル。「丁」は距離の単位で、一丁は約一一〇メートル。
183＊五尺七寸たっぷり　一七〇センチメートル以上。「尺」「寸」は、ともに尺貫法における長さの単位。一尺は約三〇センチメートル。「寸」はその一〇分の一。
185＊大でいり　「でいり」（出入）はもめごと、争い。
187＊ばくれん　世間ずれしていてあつかましいこと。また、そのような女性。あばずれ。
189＊めんくらがっちゃったね　「めんくらう」（面食らう）は突然のことにうろたえる。
206＊きびがわりい　気味が悪い。
206＊しんだんじん　死んだ人、の意。
219＊カモフラージ　カモフラージュ。偽装。
221＊お歯に合わない　「歯に合わない」は噛《か》

むことができない。転じて、自分に適さない意。

225＊こば　ここでは、名刺の角。

226＊ジャーナリズム　「ジャーナリスト」のつもりでいっている。

228＊聞け万国の労働者　「メーデー歌」の冒頭の歌詞。作詞は大場勇。

239＊僭称　ここでは、勝手に名のること。

246＊食指　人差し指。

250＊さいとり経済　「さいとり」（才取）は、売買を仲介して手数料を取ること。ここでは、流通経済というほどの意。

258＊ちょぼ一　愚か者、とんま。

259＊のたばってる　「のたばる」は、弱る、へたばる、の意。主として東北・北海道の方言。

260＊ダンガイ　弾劾。不正や罪をあばいて責任を追及すること。

268＊帯ひろ裸　帯広裸。細帯を締めただけの、女性のだらしない姿。帯代《おびしろ》裸。

269＊千マイル　「マイル」は、ヤード・ポンド法の距離の単位。一マイルは、約一・六キロメートル。ここでは、途方もない隔たり、の意。

270＊みの字　みさおのことをいっている。名前の最初の一字に「の字」をつけて人名を遠回しにいう。

270＊おかったるい　ここでは、物足りない、の意。

278＊プレザンプル　イグザンプル（実例）のつもりでいっている。

278＊ジョン・バリモアズ…　ジョン・バリモアの横顔、の意。「ジョン・バリモア」は、二〇世紀前半のアメリカの俳優。「偉大な横顔」と呼ばれた端正な風貌《ふうぼう》と堅実な演技力で知られる。

297 ＊しりつ　手術、の意。
309 ＊テーンエージャ　ティーンエージャー。
313 ＊貰いさげ　ここでは、警察に拘留されている者の身柄を引き取ること。
325 ＊南船北馬　「東奔西走」に同じ。中国の南部は川が多いので船を利用し、北部は山や平原が多いので馬を用いるところからいう。
328 ＊テキ　「ビフテキ」の略。ビーフステーキのこと。
328 ＊ホーク　フォーク。
329 ＊観戦武官　交戦国の許可を得て、戦況を視察する当事国以外の国の軍人。ここでは、軍事演習を視察する武官の意。
329 ＊敵すべからざるものだ　かなわない、の意。
332 ＊グレシャム　ちなみに、一六世紀のイギリスの財政家に、トーマス・グレシャムがいる。王室財務官を務めた。「悪貨は良貨を駆逐する」という「グレシャムの法則」の提唱者として知られる。
334 ＊利益ブロック　「ブロック」はここでは、一まとまり、の意。
335 ＊鉄道省　鉄道行政に関する事務を司《つかさど》った中央官庁。大正九年（一九二〇）に設置され、昭和一八年（一九四三）に通信省と統合して運輸通信省となり廃止された。
336 ＊統制経済　資本主義経済において、国家が、ある種の経済活動を組織的、直接的、強制的に行う経済形態。
336 ＊特許局　発明・実用新案・意匠および商標に関する事務を司った行政機関。明治二〇年（一八八七）、農商務省工務局専売特許所に代って設置され、昭和二四年、通商産業省の設置に伴って特許庁となった。

344 ＊ペーブメント　舗装道路。

344 ＊あいさ　合間。

357 ＊学僕　学校などで雑用に従事しながら、学問をする者。

358 ＊吉原の百人斬り　江戸時代中期、下野《しもつけ》の国（現在の栃木県）の豪農佐野次郎左衛門が、吉原の遊女八橋《やつはし》を恨み、多くの人を斬った事件。これを脚色した歌舞伎に「籠釣瓶《かごつるべ》花街《さとの》酔醒《えいざめ》」などがある。

358 ＊なんとか貢　歌舞伎「伊勢音頭恋寝刃《こいのねたば》」の主人公・福岡貢《みつぎ》。伊勢の御師《おし》（下級神官）。満座の中で辱めを受け、古市の遊女屋の仲居たちを斬り殺す。

360 ＊虎ノ門　東京女学館のこと。明治二一年に千代田区永田町に開校され、二年後に港区虎ノ門に移転し、「虎の門女学校」と呼ばれた。大正一二年（一九二三）に渋谷区広尾に移転した。

369 ＊河童が木から落ちた　ここでは、「猿も木から落ちる」と「陸《おか》に上がった河童」を混用している。

369 ＊お臍で茶も沸く　ここでは、「臍で茶を沸かす」（おかしくてたまらない意）を間違えていっている。

379 ＊軍師あやうきに近よらず　ここでは、「君子危うきに近寄らず」（立派な人は、身を慎み守って危険には近づかないものだ、の意）を間違えていっている。

381 ＊じゃがへびを呑むみたいな　ここでは、「蛇が蚊を呑んだよう」（腹の足しにならない、の意）を間違えていっている。

390 ＊主人公　ここでは、局長のことをいっている。

397 ＊いまの天皇さまの…　昭和天皇の第二皇女久宮祐子内親王《ひさのみやさちこ》のこと。昭和二年九月一〇日に生れたが、翌年三月八日に咽喉《いんこう》カタルで病没した。
410 ＊宿六　自分の夫を卑《いや》しめていう語。宿（自分の家）のろくでなし、の意。
411 ＊叱正　他人の書いた文章の欠点などを遠慮なく直すこと。本来は詩文の添削を請《こ》う時に用いる語。
415 ＊三コ平均　ここでは、三個でいくら、の意。
421 ＊とぎす　カマキリの異名。
425 ＊うまい　熟睡。
425 ＊ずつなし　術無し。働きのない者。なまけ者。
426 ＊間違い　ここでは、分別のない男女関係をいう。
427 ＊うつって　ここでは、見えて、感じられて、の意。

解説

開高健

昔、といってもよいくらいの以前のこと、友人に〝山周は面白い〟と教えられたのが、この作家のものを読むきっかけでした。その頃の彼は現在のような広大な波を及ぼす作家ではなかったのですが、友人は自宅近辺の貸本屋でもっとも読まれているのが彼だと教えられて興味を抱いたのがはじまりで、根が病にも似た凝り性だものですから、古本屋や古書目録をさがし、戦前、戦後を通じて彼が書いた本で入手できるかぎりのものを入手して読破し、私にもすすめてくれました。

のちに『青べか物語』が発表されたり、『樅《もみ》ノ木は残った』が完成されたりしてから、私はあらためて友人の嗅覚《きゅうかく》の鋭さ、貸本屋の無名、無言の読者の眼力を思い知らされるような気がしたものでした。私は小説を書くようになり、外国にしじゅうでかけるようになり、あたふたした日や年が多くなったので、彼の読者としては怠慢でもあり、おろそかであったと思います。貸本屋でもっとも愛される作家がもっともいい作家であるというつもりは毛頭ありませんが、身銭を切って日銭をやりくりして本を読む人のなかにはしばしば恐るべき批評家がひそんでいること、これはきびしい事実です。マスコミに氾濫《はんらん》するようなお義理やお世辞の批評はそこからでてくることがないからです。

いったいに山本周五郎の作品には畳にすわって米の飯を食べるような雰囲気があって、デコラ、蛍光灯、2DK、マイカー、コンクリートの箱の生活を便利がってはいるものの何やらウソ寒くて欠落を感じている現代日本人をすっかり心ほどいて吸収してしまうという気配です。しかし、よく読むと、この人はたいへんにハイカラでもあったということが、どこからともなくつたわってきます。主たる一作ごとに発想、文体、構成に新しい苦心と工夫を凝らし、どうあがいても自身からはのがれられないと知りぬきつつも〝新手一生〟とうちこみつづけた人ですし、その新鮮と緊張に敬服させられます。

『季節のない街』は解説を必要とする作品ではありません。こころ滅びる夜にゆっくりと読まるべきものの一つですが、文章の背後のそれほど遠くない場所につつましくかくされたものを読みとる静かな眼、この世のにがさに多少なりとも訓練をうけたことのある人なら誰にでもわかる作品と思えます。

苦しみつつ、なおはたらけ、安住を求めるな、この世は巡礼である

『青べか物語』の主人公は暗い土堤《どて》を逃げるように歩きつつストリンドベルイの一句をくりかえしくりかえしつぶやく。これは『季節のない街』でも底音としていたるところにひびいていますが、虚無の冷たい緑いろの穴はさりげない口調のうちにかくされています。何かつぎの苦しい全力投球に移るまえのくつろいだウォーミング・アップと見られる作品です。

この作品には顔を見せないたくさんの女のほかに何人かの女が登場して喜劇や悲劇を演ずるのですが、さしでがましい要約をしてみると、おおまかにいって三人の女がいるといえます。一人は『倹約について』のおるいさん。一人は『枯れた木』の名をあたえられていない女。一人は『箱入り女房』のくに子、『肇《はじめ》くんと光子』の光子、『牧歌調』の勝子と良江。三人の女というのは気質や性癖の芯《しん》のところを分類して三つのタイプの女がいるという意味であって、人数ではありません。記憶をさぐってみると、たとえば、おるいさんは『小説日本婦道記』のどこかで、『枯れた木』の女は『虚空《こくう》遍歴』と『樅ノ木は残った』で、『箱入り女房』のくに子は

『おたふく物語』ですでに出会っているはずだと思えてきます。もちろんそれぞれの作品中での役と言動はことごとく異なりますが、原型として三人なのです。例の凝り性の友人にそう指摘されました。

この三人の女が多種多彩な山本周五郎の全作品のなかで、ときに放埒《ほうらつ》、不死身、ときにひたむきまじめに、ときに気品ある深刻ないろごのみに、それぞれそのときどきの役にしたがって多様に変奏されつつ原型をつらぬいていく。そこで読者は、一つの作品の頁《ページ》を繰るたび、これはあの作品のあの女だなと思いあたり、かつての役を思いだし、それが今度はどう変奏されるかという興味で文章を追っていくということになる。周到な作者のことだからマナリズム、類型に堕《お》ちることのないよう、それぞれの女を書きわけつつも変奏また変奏の苦心に没頭するのですが、彼の全作品を読破して女を分類し、それぞれの作品でどういう型がどういう運命をあたえられるかを調べてみたら、興味深い結果がでることと思えます。はたしてそれが三人であるか。一人であるか。名探偵の登場を待ちたいところです。

この作品に語られる悲惨や突飛——ことに諸氏、諸女の眼を瞠《みは》りたくなるいろごとにかけての大胆不敵、自由自在の言動を見ていると、まぎれもない裸の日本人がここにいると手ごたえたしかに感じさせられるのですが、都市の一隅《いちぐう》を舞台にしてはいても、そのさまざまな気質に濃く農民を感じさせられます。きだ・みのるの『気違い部落』の諸作で観察された農民気質がここでも躍《おど》っています。日本人は農村からでてきたのだ。われわれは農民なのだ。作者は深くそういう認識を抱いていたのではあるまいかと思わせられます。

（昭和四十五年三月、作家）

山本周五郎を読む

山本周五郎と私

あの街のこと

戌井昭人

誰に言われるのかはさておいて、あの街に、「住みなさい」もしくは「住めるけどどうします?」と言われたら、どうだろうかと考えてみた。

あの街というのは、もちろん『季節のない街』の、あの街である。決して良い環境とはいえないけれど、たぶん家賃はベラボウに安いだろうし、変わった人たちがいるから、毎日、人間観察をしながら過していれば、題材の宝庫だし、街をうろつきながら、いろいろと見聞きすれば、おこがましくも、『青べか物語』のような作品が書けるかもしれないと思ってしまう。

けれども、『青べか物語』の街である浦粕《うらかす》は、人間がカラッとしているし、海があるから、淀《よど》んだ空気も抜けていくような感じがあるけれど、あの街は、どん詰まりで、空気が吹き溜《だ》まり、住人も浦粕に比べて業《ごう》が深いような感じがする。

それに、あの街は現実がむきだしだから、住んでみると、自分が落ちぶれたような、惨《みじ》めな気持になり、どうにもこうにも、やりきれなくなってしまいそうだ。そこで、わたしは、街の人たちと自分は違うのだという、イヤな感じの自意識がはたらき、これは人間観察であり、物語を作るためなのだと己に言い聞かせてみる。しかし、そもそも物語を作るために街に住んでいるということが無粋だし、いやらしく思えてきて、住人としては失格なのである。

また、街の人たちと関わると、いろいろ面倒くさそうで、本文には次のような説明がある。

『住人たちが極めて貧しく、殆《ほと》んど九割以上の者がきまった職を持たず、不道徳なことが公然とおこなわれ、前科者やよた者、賭博《とばく》者や乞食《こじき》さえもいる』

こんな感じだから、もう正統派の貧民窟《ひんみんくつ》といっていい。

登場人物をみまわしてみると、寒藤先生に「ビスマルク」うんぬんとうるさく言われるだろうし、井戸端のおばさん連中に、「あの人は売れない小説を書いているらしいよ」とか「毎日、真っ昼間からうろうろして、なにやってんだろう、気味悪いね」などと噂《うわさ》され、島さんの奥さんに意味もなく文句をつけられ、走ってくる六ちゃんにぶつかりそうになったり、六ちゃんのお母さんの天婦羅《てんぷら》を食べて胸焼けをして、猫のとらに襲われたりと、挙げたらキリがない。

しかしこのようなトラブルも題材になりそうだ。公然と行なわれている不道徳なところに潜入したり、よた者から、どうしようもない武勇伝を聞き出したりもしてみたい。

こんな風に、あれやこれや考えてみたけれど、あの街は、山本周五郎が作った架空の街で、いくら想像をしたところで、住人になることは無理なのである。

けれども、そんなことはわかっていながら、存在しない街に、住むのか、住まぬのか、堂々巡りの思考を巡らせているのは、作者が、あの街のことを、なんの衒《てら》いもなく、サラリと描いているようにみえるからで、地図上にある気がしてしまうのだった。

普通ならば現実感を持たせるために、執拗《しつよう》に細部を記したりするけれど、『季節のない街』の場合、細部よりも雰囲気の方がひしひし伝わってくるので、現実感が増している。

それに、作者が傍観者に徹しているため、人物から、ドロドロした観念や、悲壮感が漂ってきても、読者は、あまり気持が重たくならない。そればかりか、登場人物があけすけの無防備だから、のぞき行為とはいえないくらいの丸見え状態を、のぞいている感じだ。

けれども、あの街の実情は、悲惨な出来事や不条理な出来事が、たくさん転がっている。

電車好きの六ちゃんは、毎日、架空の電車を運転しているけれど、この愚直さはなんの生産性もないし、誰の得にもならない、笑う人、石をなげる人もいる、それでも走り続ける彼を見ていると、切なくなってくる。寒藤先生は、いろいろと威張りくさっているが、それは孤独の裏返しだ。

乞食のような親子は、とくに救いようがない。父親は理想の家を建てることばかり空想し、子供が物乞《ものご》いをしているのだが、その子供は簡単に死んでしまうのである。

『九月のはじめのもっとも暑い夜、犬のハウスよりみすぼらしい小屋の中で、一週間ほど激しい下痢をしたのち、嘘《うそ》のようにあっけなく子供は死んでしまった。』

死因ははっきりわからないとされているが、食中毒のようである。ある日、寿司《すし》屋から残り物のしめ鯖《さば》をもらってきた子供は、寿司屋のおじさんから、火をとおして食べるように忠告されていたので、そのことを父親に伝えるのだが、久しぶりに、しめ鯖を美味《おい》しく味わいたかったのか、父親は「これはおまえ塩と酢でしめてあるんだ、これはきみ生ま物じゃないよ」と言って、「しめ鯖を煮たりなんかしちゃあ食えやしないよ」と子供の意見を一蹴《いっしゅう》してしまうのである。

その日の午後から、親子は具合が悪くなり、下痢がとまらなくなる。だが父親は、あれやこれや理由をつけて、これがしめ鯖の食中毒の症状であることを認めない。

三日目に、父親の症状は治まったが、子供はどんどん衰弱していく。それでも父親はしめ鯖の中毒を認めたくないのか、理想の家についての絵空事を語り続ける。ここで突然、作者が、父親に語りかけるような文章が差し込まれる。それは次のような文章である。

『彼は自分の腹がくうと鳴ったので、いそいで声を高くしながら、応接間の新しい構想について熱心に語った。

さあきみ、すぐにその子を抱いて医者へゆきたまえ、治療代のことなんかあとでどうにでもなる。とにかく医者へゆくんだ、そんな地面になんぞ寝かしておいてはいけない、すぐに病院のベッドへ移さなければだめだ。わからないのかきみ、手おくれになるぞ。

父親はのそっと立ちあがり、大きな欠伸《あくび》をした。』

作者が必死に語りかけているのに、父親は欠伸をしている始末だ。まるで作者の意向を無視して登場人物が勝手に行動をしているみたいだ。

あたりまえではあるが、物語において、登場人物を生かすも殺すも作者しだいで、作者は神のような存在になれるのだけれども、山本周五郎は、あえてそれを拒否しているようにも感じる。

極端にいえば、作者であることも拒否しているようでもあり、「自分はべつに偉くはないんだ」もしくは「偉くはなりたくない」といったことなのかもしれない。このスタンスは、山本周五郎が、さまざまな賞を辞退したのに似ているような気がするのは、わたしだけでしょうか。

とにかく、作者が神になること、偉くなることを拒否しているから、変な教訓や、いやらしい心情を吐露することもなくて、そこが、ある意味、心地良いのである。そして読者と一緒になって、登場人物に「おいおい、なにやってんだ。どうすんだよ」といった感じで語りかけながら物語は進んでいく。

それから登場人物には、どうにもならないことばかりが襲いかかってきて、人間の、愚かさや滑稽《こっけい》さ、屈託が露呈してしまう。だが、山本周五郎は、そのような露呈した部分こそが、人間の魅力なのではないかと問いかけてくる。

そもそも人間の魅力とはなんなのだろうか？　一般的には、己をなげうって他人を助ける英雄や、無一文から事業を成功させる人や、これまで人間がなし得なかったことを達成する人など、成功者に魅力を感じるものかもしれないけれど、『季節のない街』では、そのような人たちはまったく登場してこない。そこに居るのは、屈託まみれの人間ばかりである。

山本周五郎は、そのどうしようもない人たちに、ユーモアや愛情を注いで、魅力的な人間を描いている。これは作者の心のひろさと、鋭い傍観者としての目がものをいうのだと思う。

さらに、いくら悲惨な出来事であっても、嘘くさいお涙頂戴《ちょうだい》ものにならずに、洒落《しゃれ》た街や洒落た人間を描いているわけでもないのに、まったく野暮ったくならない。

逆に野暮な人ほど洒落たことをやろうとするから、山本周五郎は、ものすごく粋《いき》で洒落た人だったのだろう。

最後に、もう一度、あの街に、住むのか、住まぬのか考えてみた。そして、一ヵ月くらいなら住んでみるのも良いかもしれないと、日和《ひよ》った考えをする自分が、もの凄《すご》く野暮ったく思えてきました。


（「波」平成二十六年二月）

解説　善悪を超えた世界の住人たち

中野新治

『季節のない街』は、昭和三十七年（一九六二）四月一日から十月一日まで「朝日新聞」夕刊に連載され、その年の十二月に文藝春秋新社から刊行されました。前年一月に刊行された『青べか物語』の続篇とも呼べるもので、時代小説に発揮される作者の深い人間理解の原型ともいうべきエピソードが、十五の短篇によって表現されています。それはまるで〈人間博物館〉の標本のように思えるほどですが、作者はこの作品の題名の由来について次のように語っています。

私は去年（昭和三十六年）『青べか物語』という本をまとめた。それはある漁師町の人たちと、そこにおこった出来事についての話であるが、この『季節のない街』は、都会の『青べか物語』といってもいいほど内容には共通点が多いのである。（中略）

私がこれらの人たちに、もっとも人間らしい人間性を感ずるのは、その日のかてを得るため、いつもぎりぎりの生活に追われているから、虚飾で人の眼をくらましたり自分を偽ったりする暇も金もない、ありのままの自分をさらけだしている、というところにあると思う、――（中略）ノートを小説として再現しながら、作中の人物のひとりひとりに、私は限りない愛着となつかしさを感じた。この人たちはかつて私の身ぢかに生きていたのであり、かれらの笑い声や、嘆きや怒りや、啜《すす》り泣く声が、いまふたたび私のところに帰ってきたのである。それを歪曲《わいきょく》することなく、できるだけあったままに私は写し取っていった。

（『季節のない街』あとがき）

続いて作者は、この「街」には「時限もなく地理的限定もない」と言い、にもかかわらず、「街」を設定したのは、そこに登場する人物の経験する悲喜劇に「普遍的な相似性」があるためであり、結果として架空の街が誕生したという意味のことを述べています。

つまり、『季節のない街』とは、時間や場所を超えて、どこにでも出現する街のことであり、作家として名声を確立する以前から、作者の人間観察によって心の中に造られていた街であったのです。山本周五郎は二十五歳から二十六歳半ばまで千葉県の漁師町浦安で貧乏暮しを経験し、その時の見聞を三十年間以上も温め続けたあと『青べか物語』に結実させ、好評を得ました。『季節のない街』は、その余勢を駆って執筆された都会版であったとも言えるでしょう。周五郎の取材ノートは、かくも豊かな人間記録に満ちていたのです。

さて、一人の読者として「街」を見聞してみましょう。最初に街で出会う人物は市電の運転手六ちゃんです。彼は勤勉この上ない運転手で、周到に点検を済ませた電車に乗り込むと、情熱と誇りをもって、日々仕事に励みます。しかし、その市電には、レールも架線もなく、車体さえありません。つまり、六ちゃんは自分の心の中にのみ存在する架空の市電の運転手であり、街の人々から「電車ばか」と軽侮されている人物なのです。しかも、母親と二人だけの貧しい生活であり、息子の将来を心配する母はてんぷら屋の仕事を終えると、仏壇に向って一心に祈りを捧《ささ》げる毎日を送っています。「眼にはあらゆる事物に対する不信と疑惑のいろを湛《たた》え、口は蛤《はまぐり》のように固くむすばれ、いくらか茶色っぽいかみの毛は、油っけなしのひっ詰め髪に結われていた」と、描写される通り、母親は自己に与えられた苛《か》酷《こく》な運命と懸命に戦う日々を送っているのです。

しかし、作者は二人を悲劇の主人公にすることはありません。それどころか、六ちゃんは、母が自分のことを心配する以上に逆に母のことを心配し、仏壇で「まいどのことでうるさいかもしれないが、どうかかあちゃんの頭がしっかりするように、よろしくお願いいたします、なんみょうれんぎょう」と祈るのです。「かあちゃん気にしなくっていいんだよ、気にするのがいちばん頭に毒だからな、だいじょうぶだよかあちゃん」という言葉は、読者の薄っぺらなヒューマニズムを吹き飛ばす力を持っているといっていいでしょう。六ちゃんは自分の人生に満足しており、悲観も絶望もしていない。親のことを心配する余裕さえ持っている……。こう述べると、それは言いすぎで、彼の知能の低さが現実認識を誤まらせているだけだ、と反論されることでしょう。しかし、そうでしょうか。

昭和四十五年、黒澤明監督はこの『季節のない街』を映画化し、大きな話題を呼びましたが、映画版で採用された題名は『どですかでん』でした。それは六ちゃんの運転する架空の市電が走る時にレールから立ち上ってくる音「どですかでん、どですかでん」から取られたものです。六ちゃんの口から発されるこの秀逸な擬音は、レールのつなぎ目から生じる音の表現ですが、それは同時に、人生というレールをつないでいる喜怒哀楽から生じる「人生の擬音」でもあると言えるでしょう。六ちゃんは、真っすぐ前を向いてこの音と共に生きているのであり、そこに、不幸や悲劇の意味づけは不用なのです。

六ちゃんだけではありません。増田益夫、勝子と河口初太郎、良江夫妻は近くの長屋に住む二組の夫婦ですが、ひょっとしたきっかけから相手を交換して暮らしはじめます。当然、周りの人々は「まああんな夫妻ってあるかねえ」「こんにちさま（注　太陽のこと。転じて神様）が黙っちゃいないよ、こんにちさまがね」と非難しますが、彼等は全く平然としています。そして、しばらくして再び元のさやに戻るのですが、その時も「驚いたりまごついたりするようすはなかった」のです（「牧歌調」）。この四人の「どですかでん」という擬音は、見事なまでに強くたくましく鳴りひびいているという他ありません。読者は、作者の言う「虚飾で人の眼をくらましたり自分を偽ったりする暇も金もない」ということが、どんなことなのかを、こうして知ることになるのです。

しかし、作品も後半に入ってくると、この擬音からはっきりとした哀感が聴こえて来るようになります。沢上良太郎は誠実で腕のいい職人ですが、五人の子どもを持ちながら、そのすべてが自分の子ではなく、身持ちの悪い妻がそれぞれ別の男と関係して生んだのだという噂《うわさ》を立てられます。成長してきた子どもたちから、本当のことを教えてくれと迫られた彼は答えます。

「お互いにこれが自分のとうちゃんだ、これはおれの子だって、しんから底から思えればそれが本当の親子なのさ、もしもこんどまたそんなことを云《い》う者がいたら、おまえたちのほうからきき返してごらん、——おまえはどうなんだって」

（「とうちゃん」）

作者は、この答えを子どもたちが納得したかどうか描いてはいません。この時はそれで済んでも、あと十年もたてば、この家庭が崩壊することは明らかでしょう。では、この夫は妻を離別し、不貞を働いた相手の男たちに慰謝料を要求し、自分たちの生活を守るべきなのでしょうか。おそらく「人権」という言葉さえ知らないであろう彼に、そんなことは不可能です。良太郎は人のいいだけの弱い男であり、解決策など考えもしないでしょう。彼にできることは黙って現実を受け止めることだけで、それのみが彼の人生を支えて来たのです。哀《かな》しいまでの弱さですが、これもまた、彼の人生のレールから立ち上る音なのです。

同じく「徹底的な受身」の中で生きていながら、最後に不可解な行動を起こした娘のことを紹介しているのが「がんもどき」です。かつ子は父母から見捨てられ、伯父夫妻に育てられている十五歳の娘です。呑《の》んだくれの怠け者で、一銭も稼がない伯父と、ただただ黙って働く伯母の中で、中学にも行けず内職に励む彼女は、伯母が入院し、睡眠時間三時間という苛酷な労働に明け暮れしなければならなくなりますが、それにも黙従します。しかし、伯母が留守になったことを利用して、伯父から犯されてしまうという、これ以上ない絶望的状況に投げ込まれてしまうのです。それは妊娠というさらなる不幸に彼女を追いやりますが、ここでかつ子は、いつも自分を気づかい同情を示してくれる酒屋の店員岡部少年を出刃庖丁《ぼうちょう》で刺すという事件を引き起します。警察で取り調べを受けても一切口を開かないかつ子の様子は次のように表現されています。

「なにをきいても黙りこんだままでね、ときどき歯を剝《む》きだすんだ、笑うのかと思うとそうでもないんだな、唇がこうゆっくりとひろがって、そうすると歯が見えてくるんだがね、よく観察すると笑うんじゃないんだな、猿を怒らせるとき――っといって歯を剝きだすが、あれでもないんだ、笑うんでもなし怒るんでもないんだ、見ているとぞーっとするね、ああ、きみのわるい子だよ、まったく」

笑いでも怒りでもない、「きみのわるい」としか言えないかつ子の表情。それが、真に絶望のはてまで達してしまった少女の取ることのできる唯一《ゆいいつ》の表情であったことは言うまでもありません。それは、この作品が書かれた状況よりはるかに改善された現代の社会でも、街のどこかで現れることをやめない表情であると言うことができるでしょう。

しかし、ここに、彼女がなぜ岡部少年を刺したのか、という説明はありません。それはこの話の最終部ではじめて明らかになります。少年から直接、刺した理由を尋ねられたかつ子は、死んでしまおうと思っていた、と言ったあと、さらにこう答えます。

いま考えてみると自分でもよくわからない、と云った。ただ死んでしまいたいと思ったとき、あんたに忘れられてしまうのがこわかった、自分が死んだあと、すぐに忘れられてしまうだろうと思うと、こわくてこわくてたまらなくなった、本当にこわくってたまらなくなったのだ、と云った。

この言葉には、究極の場所で人間を支えているものが何であるのか、ということが凝縮されています。それは、「わたし」と「あなた」がかけがえのない重さでつながっているという感覚なしに、人は生きていけない、ということを示しています。オーストリア生れのユダヤ人哲学者マルチン・ブーバーは、それを「我《われ》と汝《なんじ》の関係」と呼び、誰とでも取りかえのきく関係、「我とそれ」と厳しく区別しました。この理念に従えば、伯父京太にとって、かつ子は、単なる性欲を満足させるために存在する「それ」にすぎません。また、日々の労働の中でも、他者とのつきあいの中でも彼女の存在は「それ」であることの連続でした。その唯一の例外が岡部少年であり、かつ子は彼と「我と汝」の関係を結ぶために刺したのです。

これらのエピソードがどこまで事実にもとづくのかは明らかではありません。しかし、作者は、この『季節のない街』に住む人々の報告を通して、人間の究極の姿――善悪を超えた世界に住む姿――を表現しました。「どですかでん」という濁音優位の、そして、「でん」と強く終る擬音は、こうして、人間の真実を象徴的に伝えるものとして作品を貫いて響いているのです。

（近代日本文芸研究者）

この作品は昭和三十七年十二月文藝春秋新社より刊行された。

編集について

一、新潮文庫の文字表記については、原文を尊重するという見地に立ち、次のように方針を定めました。

①旧仮名づかいで書かれた口語文の作品は、新仮名づかいに改める。
②文語文の作品は旧仮名づかいのままとする。
③旧字体で書かれているものは、原則として新字体に改める。
④難読と思われる語については振仮名をつける。

一、本作品中には、今日の観点からみると差別的表現ととられかねない箇所が散見しますが、著者自身に差別的意図はなく、作品全体のもつ文学性ならびに芸術性、また著者がすでに故人であるという事情に鑑み、原文どおりとしました。

一、注解は、新潮社版『山本周五郎長篇小説全集』(全二十六巻)の脚注に基づいて作成しました。

一、改版にあたっては『山本周五郎長篇小説全集　第二十四巻』を底本としました。

(新潮文庫編集部)

山本周五郎著

樅ノ木は残った

毎日出版文化賞受賞（上・中・下）

仙台藩主・伊達綱宗の逼塞。藩士四名の暗殺と幕府の罠――。伊達騒動で暗躍した原田甲斐の人間味溢れる肖像を描き出した歴史長編。

山本周五郎著

さぶ

職人仲間のさぶと栄二。濡れ衣を着せられ捨鉢になる栄二を、さぶは忍耐強く支える。友情を通じて人間のあるべき姿を描く時代長編。

山本周五郎著

赤ひげ診療譚

貧しい者への深き愛情から〝赤ひげ〟と慕われる、小石川養生所の新出去定。見習医師との魂のふれあいを描く医療小説の最高傑作。

山本周五郎著

日本婦道記

厳しい武家の定めの中で、愛する人のために生き抜いた女性たちの清々しいまでの強靭さと、凛然たる美しさや哀しさが溢れる31編。

山本周五郎著

ながい坂

（上・下）

人生は、長い坂。重い荷を背負い、一歩一歩、確かめながら上るのみ――。一人の男の孤独で厳しい半生を描く、周五郎文学の到達点。

山本周五郎著

青べか物語

うらぶれた漁師町・浦粕に住み着いた私はボロ舟「青べか」を買わされた――。狡猾だが世話好きの愛すべき人々を描く自伝的小説。

山本周五郎著
おごそかな渇き
〝現代の聖書〟として世に問うべき構想を練った絶筆「おごそかな渇き」など、人生の真実を求めてさすらう庶民の哀歓を謳った10編。

山本周五郎著
つゆのひぬま
娼家に働く女の一途なまごころに、虐げられた不信の心が打負かされる姿を感動的に描いた人間讃歌「つゆのひぬま」等9編を収める。

山本周五郎著
ひとごろし
藩一番の臆病者といわれた若侍が、奇想天外な方法で果した上意討ち！ 他に〝無償の奉仕〟を描く「裏の木戸はあいている」等9編。

山本周五郎著
松風の門
幼い頃、剣術の仕合で誤って幼君の右眼を失明させてしまった家臣の峻烈な生きざまを描いた「松風の門」。ほかに「釣忍」など12編。

山本周五郎著
深川安楽亭
抜け荷の拠点、深川安楽亭に屯する無頼者たちが、恋人の身請金を盗み出した奉公人に示す命がけの善意――表題作など12編を収録。

山本周五郎著
ちいさこべ
江戸の大火ですべてを失いながら、みなしご達の面倒まで引き受けて再建に奮闘する大工の若棟梁の心意気を描いた表題作など4編。

山本周五郎著
山彦乙女

徳川の天下に武田家再興を図るみどう一族と武田家の遺産の謎にとりつかれた江戸の若侍。著者の郷里が舞台の、怪奇幻想の大ロマン。

山本周五郎著
あとのない仮名

江戸で五指に入る植木職でありながら、妻とのささいな感情の行き違いから、遊蕩にふける男の内面を描いた表題作など全8編収録。

山本周五郎著
四日のあやめ

武家の法度である喧嘩の助太刀のたのみを、夫にとりつがなかった妻の行為をめぐり、夫婦の絆とは何かを問いかける表題作など9編。

山本周五郎著
町奉行日記

一度も奉行所に出仕せずに、奇抜な方法で難事件を解決してゆく町奉行の活躍を描く表題作ほか、「寒橋」など傑作短編10編を収録する。

山本周五郎著
一人ならじ

合戦の最中、敵が壊そうとする橋を、自分の足を丸太代りに支えて片足を失った武士を描く表題作等、無名の武士の心ばえを捉えた14編。

山本周五郎著
人情裏長屋

居酒屋で、いつも黙って飲んでいる一人の浪人の胸のすく活躍と人情味あふれる子育ての物語「人情裏長屋」など、〝長屋もの〟11編。

山本周五郎著

花杖記

父を殿中で殺され、家禄削減を申し渡された加乗与四郎が、事件の真相をあばくまでの記録「花杖記」など、武家社会を描き出す傑作集。

山本周五郎著

扇野

なにげない会話や、ふとした独白のなかに男女のふれあいの機微と、人生の深い意味を伝える〝愛情もの〟の秀作9編を選りすぐった。

山本周五郎著

あんちゃん

妹に対して道ならぬ感情を持った兄の苦悶とその思いがけない結末を通して、人間関係の不思議さを凝視した表題作など8編を収める。

山本周五郎著

彦左衛門外記

身分違いを理由に大名の姫から絶縁された旗本が、失意の内に市井に隠棲した大伯父を天下の御意見番に仕立て上げる奇想天外の物語。

山本周五郎著

やぶからし

幸せな家庭や子供を捨ててまで、勘当された放蕩者の前夫にはしる女心のひだの裏側を抉った表題作ほか、「ばちあたり」など全12編。

山本周五郎著

花も刀も

剣ひと筋に励みながら努力が空回りし、ついには意味もなく人を斬るまでの、平手幹太郎（造酒）の失意の青春を描く表題作など8編。

山本周五郎著
菊　月　夜
江戸詰めの間に許婚の一族が追放されるという運命にあった男が、事件の真相を探り許婚と劇的に再会するまでを描く表題作など10編。

山本周五郎著
朝　顔　草　紙
顔も見知らぬ許婚同士が、十数年の愛情をつらぬき藩の奸物を討って結ばれるまでを描いた表題作ほか、「違う平八郎」など全12編収録。

山本周五郎著
夜明けの辻
藩の内紛にまきこまれた二人の青年武士の、友情の破綻と和解までを描いた表題作や、〝こっけい物〟の佳品「嫁取り二代記」など11編。

山本周五郎著
生きている源八
どんな激戦に臨んでもいつも生きて還ってくる兵庫源八郎。その細心にして豪胆な戦いぶりに作者の信念が託された表題作など12編。

山本周五郎著
人　情　武　士　道
昔、縁談の申し込みを断られた女から夫の仕官の世話を頼まれた武士がとる思いがけない行動を描いた表題作など、初期の傑作12編。

山本周五郎著
酔いどれ次郎八
上意討ちを首尾よく果たした二人の武士に襲いかかる苛酷な運命のいたずらを通し、著者の人間観を際立たせた表題作など11編を収録。

新潮文庫最新刊

芦沢央著
神の悪手
棋士を目指し奨励会で足掻く啓一を、翌日の対局相手・村尾が訪ねてくる。彼の目的は一体。切ないどんでん返しを放つミステリ五編。

望月諒子著
フェルメールの憂鬱
フェルメールの絵をめぐり、天才詐欺師らによる空前絶後の騙し合いが始まった！　華麗なる罠を仕掛けて最後に絵を手にしたのは!?

午鳥志季・朝比奈秋
春日武彦・中山祐次郎
佐竹アキノリ・久坂部羊著
遠野九重・南杏子
藤ノ木優
夜明けのカルテ
―医師作家アンソロジー―

その眼で患者と病を見てきた者にしか描けないことがある。9名の医師作家が臨場感あふれる筆致で描く医学エンターテインメント集。

霜月透子著
祈願成就
創作大賞（note主催）受賞

幼なじみの凄惨な事故死。それを境に仲間たちに原因不明の災厄が次々襲い掛かる――日常を暗転させる絶望に満ちたオカルトホラー。

大神晃著
天狗屋敷の殺人
遺産争い、棺から消えた遺体、天狗の毒矢。山奥の屋敷で巻き起こる謎に満ちた怪事件。物議を呼んだ新潮ミステリー大賞最終候補作。

カフカ
頭木弘樹編訳
カフカ断片集
―海辺の貝殻のようにうつろで、ひと足でふみつぶされそうだ―

断片こそカフカ！　ノートやメモに記した短く、未完成な、小説のかけら。そこに詰まった絶望的でユーモラスなカフカの言葉たち。

季《き》節《せつ》のない街《まち》

新潮文庫　や - 3 - 12

昭和四十五年三月十六日　発行
平成三十年七月五日　五十六刷改版
令和元年七月一日　新版発行
令和六年六月二十日　六刷

著者　山《やま》本《もと》周《しゅう》五《ご》郎《ろう》
発行者　佐藤隆信
発行所　株式会社 新潮社
郵便番号　一六二―八七一一
東京都新宿区矢来町七一
電話　編集部(〇三)三二六六―五四四〇
　　　読者係(〇三)三二六六―五一一一
https://www.shinchosha.co.jp

価格はカバーに表示してあります。

乱丁・落丁本は、ご面倒ですが小社読者係宛ご送付ください。送料小社負担にてお取替えいたします。

印刷・錦明印刷株式会社　製本・錦明印刷株式会社
Printed in Japan

ISBN978-4-10-113490-1　C0193